每日讀詩詞

唐宋詞鑑賞辭典

別冊

施蟄存 等著

目錄

詞人年表

公元	干支	帝王年號	詞壇	史事
七〇一	辛丑	武周大足元年 長安元年	李白生	以郭元振為涼州都督、隴右諸軍大使。吐蕃、突厥兵不敢再到城下。武后集三教學士纂《三教珠英》一千三百卷，目錄十三卷。
七三〇	庚午	唐開元十八年	張志和生？	文學家、政治家張說卒（六六七～）。釋智昇撰成《開元釋教錄》。
七三二	壬申	唐開元二十年	戴叔倫生	信安王褘率兵大破奚、契丹。令將寒食節上墓編入五禮，永為常式。清明掃墓之俗或起於此。
七三七	丁丑	唐開元二十五年	韋應物生	河西節度使崔希逸襲吐蕃，大破之。置玄學博士，習《老子》、《莊子》、《文子》、《列子》。明經問大義十條，對時務策三首。進士加試大經十帖。
七六二	壬寅	唐上元三年 寶應元年	李白卒（七〇一～）	唐玄宗卒（六八五～）。唐肅宗卒（七一一～）。太子豫即位，是為代宗。本年兵亂、民亂迭起。
七六六	丙午	唐永泰二年 大曆元年	王建生？	以劉晏、第五崎分理天下財賦。新修國子監落成，魚朝恩升座講《易》。
七七二	壬子	唐大曆七年	劉禹錫生 白居易生	文學家元結卒（七一九或七二三～）。
七八九	己巳	唐貞元五年	戴叔倫卒（七三二～）	韋皐遣將破吐蕃兵於巂州（治今四川西昌）臺登谷。數年盡復州境。
七九〇	庚午	唐貞元六年	劉長卿卒（？～）	迎岐山無憂王寺（即法門寺）佛指骨進宮。安西、北庭與中原阻隔，奏事必假道回鶻。
七九一	辛未	唐貞元七年	韋應物卒（七三七～）	冊回鶻奉城可汗。安南都護高正平賦斂苛重，遭當地首領杜莫翰兵圍都護府。正平憂死，莫翰等罷兵。
八一〇	庚寅	唐元和五年	張志和卒？ （七三〇？～）	裴垍得風疾。以權德輿為相。因河朔用兵，無力討伐叛將吳少陽，任之為淮西留後。

公元	干支	帝王年號	詞壇	史事
八一二	壬辰	唐元和七年	溫庭筠生?	魏博田季安卒，子懷諫立，年十一歲。既而軍亂，擁田興為帥。興請命於朝，受封賞。司徒、同平章事杜佑卒（七三五～）。
八三六	丙辰	唐開成元年	韋莊生	以李固言為相，令狐楚出為山南西道節度使。
八三七	丁巳	唐開成二年	司空圖生	以翰林學士陳夷行為相。李固言出為西川節度使。國子監《石經》成。
八四二	壬戌	唐會昌二年	劉禹錫卒（七七二～） 韓偓生?	陳夷行罷相，以尚書右丞李讓夷為相。
八六六	丙戌	唐咸通七年	溫庭筠卒 （八一二?～）	高駢破南詔軍，收復交趾。
八六七	丁亥	唐咸通八年	李曄（唐昭宗）生	以樂工李可及為左威衛將軍。曹確諫，不從。
八八五	乙巳	唐中和五年 光啟元年	李存勗（後唐莊宗）生	僖宗還至長安，然藩鎮割據，天下兵亂不絕。
八九六	丙辰	唐乾寧三年	歐陽炯生 孫光憲生?	李克用軍侵掠魏、博、貝、衛、澶、相六州。昭宗奔華州依韓建。
八九八	戊午	唐乾寧五年 光化元年	和凝生	朱溫、李克用連年爭戰。
九〇三	癸亥	唐天復三年	馮延巳生	朱溫殺宦官數百人。唐代宦官典兵預政之局告終。因朱溫薦，以裴樞為相。
九〇四	甲子	唐天復四年 天祐元年	李曄（唐昭宗）卒 （八六七～）	朱溫使朱友恭（李彥威）、蔣玄輝等殺昭宗。
九〇八	戊辰	後梁開平二年	司空圖卒（八三七～）	李克用卒（八五六～），子存勗代為晉王。
九一〇	庚午	後梁開平四年	韋莊卒（八三六～）	中原殺伐不斷。吳越王錢鏐築石塘防海潮以保耕地，錢塘自是富庶。
九一六	丙子	後梁貞明二年 遼太祖神冊元年	李璟（南唐中主）生	李存勗詐稱歸晉陽，梁劉鄩聞之，進攻魏州，遭李存勗、李存審夾攻，大敗。契丹太祖耶律阿保機稱帝，建元神冊。
九二三	癸未	後梁龍德三年 後唐同光元年 遼天贊二年	韓偓卒（八四二～）	莊宗驕矜，寵伶人，以伶人景進為耳目。進頗干預政事，將相大臣多畏之。

公元	干支	帝王年號	詞壇	史事
九二五	乙酉	後唐同光三年 遼天贊四年	魏承班卒（?～）	唐軍伐蜀，十一月入成都，前蜀亡。
九二六	丙戌	後唐同光四年 明宗天成元年 遼天顯元年	李存勗（後唐莊宗）卒（八八五～）	後唐大亂。洛陽兵變，莊宗被殺，諸軍大掠都城。
九三七	丁酉	後晉天福二年 遼天顯十二年	李煜（南唐後主）生	吳主禪位於徐誥。誥在金陵即位，改元昇元，國號唐，史稱南唐。
九五四	甲寅	後周太祖顯德元年 遼應曆四年	王禹偁生	周太祖卒（九〇四～）。晉王榮即位，是為世宗。世宗親征北漢，以趙匡胤為殿前都虞候。
九五五	乙卯	後周世宗顯德二年 遼應曆五年	和凝卒（八九八～）	廢天下寺廟三萬零三百六十六所，存二千六百九十四所。
九六〇	庚申	後周恭帝顯德七年 宋太祖建隆元年 遼穆宗應曆十年	馮延巳卒（九〇三～）	趙匡胤在陳橋驛發動兵變，推翻後周稱帝，建立宋朝，改元。
九六一	辛酉	宋建隆二年 遼應曆十一年	寇準生 李璟卒（九一六～）	宋太祖設宴，諭禁軍大將石守信等罷兵權。史稱「杯酒釋兵權」。
九六八	戊辰	宋乾德元年 開寶元年 遼應曆十八年	林逋生 孫光憲卒（八九六?～）	北漢睿宗劉鈞死。繼恩嗣，遇刺死。郭無為遣兵平亂，迎立繼恩弟繼元。宋李繼勛等攻北漢，因遼軍援而退。
九七一	辛未	宋開寶四年 遼保寧三年	歐陽炯卒（八九六～）	潘美軍克英、雄二州（今廣東英德、南雄）。二月，南漢後主劉鋹降。
九七四	甲戌	宋開寶七年 遼保寧六年	楊億生	命曹彬等攻南唐。薛居正等修《五代史》（《舊五代史》）成。
九七八	戊寅	宋太平興國三年 遼保寧十年	李煜卒（九三七～）	錢俶入京獻地。南方割據各國至此全被消滅。建成崇文院，藏書八萬卷。命孔子後人襲封文宣公。

公元	干支	帝王年號	詞壇	史事
九八七	丁亥	宋雍熙四年 遼統和五年	柳永生?	太宗欲發大兵攻遼。宰相李昉等諫，乃止。
九八九	己丑	宋端拱二年 遼統和七年	范仲淹生	李繼隆等大破遼將耶律休哥軍。遼軍自此數年未大舉南下。
九九〇	庚寅	宋太宗淳化元年 遼統和八年	張先生	趙普因病罷相。遼封李繼遷為夏國王。
九九一	辛卯	宋淳化二年 遼統和九年	晏殊生	李繼遷降宋。 呂蒙正罷相。 文字學家徐鉉卒（九一六～）。
九九二	壬辰	宋淳化三年 遼統和十年	張昇生	宋複試合格進士，始用糊名考校之法。 趙普卒（九二二～）。
九九四	甲午	宋淳化五年 遼統和十二年	石延年生	李順破成都稱大蜀王，宋令王繼恩率兵鎮壓並收復成都。李順卒。宋軍破夏州，擒趙保忠。毀夏州故城。
九九八	戊戌	宋真宗咸平元年 遼統和十六年	宋祁生	呂端以病罷相。
一〇〇〇	庚子	宋咸平三年 遼統和十八年	葉清臣生	益州戍兵叛，以王均為主，號大蜀。雷有終率兵鎮壓，破成都。范廷召等與遼軍戰，大敗。
一〇〇一	辛丑	宋咸平四年 遼統和十九年	王禹偁卒（九五四～）	宋分川、峽為益、利、梓、夔四路。四川之名始此。 呂蒙正、向敏中相。 裁汰諸路冗吏，計十九萬五千餘人。
一〇〇二	壬寅	宋咸平五年 遼統和二十年	梅堯臣生	遼陷宋靈州。 宋向敏中罷相。
一〇〇七	丁未	宋景德四年 遼統和二十五年	歐陽脩生	宋真宗聽信王欽若，造作天書。擬行封禪事，號「大功業」。 宋宜州（今廣西宜山）軍校陳進擁兵割據叛亂，旋敗。
一〇〇八	戊申	宋真宗大中祥符元年 遼統和二十六年	韓琦生	宋以「天書」下降，慶賀改元。真宗封禪泰山。
一〇〇九	己酉	宋大中祥符二年 遼統和二十七年	潘閬卒（?～）	宋以丁謂為修昭應宮使；又命天下建天慶觀，道教至此大盛。 應天府民曹誠創建應天府書院。 遼蕭太后卒（九五三～）。

公元	干支	帝王年號	詞壇	史事
一〇一九	己未	宋天禧三年 遼開泰八年	司馬光生	宋開鑿揚州古河接運河工成。 王欽若罷相，寇準復相。
一〇二〇	庚申	宋天禧四年 遼開泰九年	楊億卒（九七四～）	寇準罷相，後被貶道州（今湖南道縣）司馬。 宋分江南轉運使為東西二路。
一〇二一	辛酉	宋天禧五年 遼開泰十年 太平元年	王安石生	宋有墾田數五百二十四萬七千五百八十四頃餘，為北宋田數最高數（按，係納稅田數）。
一〇二三	癸亥	宋仁宗天聖元年 遼太平三年	寇準卒（九六一～）	宋改茶法，許商人向園戶買茶，於官場納稅。
一〇二七	丁卯	宋天聖五年 遼太平七年	章楶生	宋樞密副使晏殊忤太后，罷知宣州，改知應天府。
一〇二八	戊辰	宋天聖六年 遼太平八年	王安國生 林逋卒（九六八～）	宋因外國商船來廣州者減少，命地方官與轉運司招誘安存外商。
一〇三四	甲戌	宋仁宗景祐元年 遼重熙三年	張舜民生？	遼興宗廢太后。 李元昊攻掠宋境，俘環慶路都監齊宗矩。 河決澶州，久不堵塞，致河道南移。
一〇三五	乙亥	宋景祐二年 遼重熙四年	王觀生	宋李迪罷相。范仲淹為天章閣待制，旋權知開封府。
一〇三七	丁丑	宋景祐四年 遼重熙六年	蘇軾生	宋呂夷簡罷相。 京師地震，忻、代、并三州壞房屋，死二萬二千餘人。
一〇三八	戊寅	宋景祐四年 寶元元年 遼重熙六年	晏幾道生	宋詔戒朋黨。 李元昊稱大夏皇帝，年號天授禮法延祚。
一〇四〇	庚辰	宋寶元三年 康定元年 遼重熙九年	蕭觀音生	西夏軍攻陷金明寨（今陝西安塞南、延安西北），圍延州（今延安）。 以范仲淹兼知延州。 曾公亮主編《武經總要》成書。
一〇四一	辛巳	宋康定二年 慶曆元年 遼重熙十年	石延年卒（九九四～）	西夏軍陷豐州（今內蒙古河套東南部）。遼聞宋敗，謀攻取關南地。宋分陝西為秦鳳、涇原、環慶、鄜延四路。

公元	干支	帝王年號	詞壇	史事
一〇四二	壬午	宋慶曆二年 遼重熙十一年	舒亶生	遼興宗謀攻宋，舊丞相張儉勸，乃止。遣史至宋索地，宋復遣富弼至遼，許增歲幣銀、絹各十萬。
一〇四四	甲申	宋慶曆四年 遼重熙十三年	黃裳生 王雱生	晏殊罷相。以杜衍為宰相。　夏議和成，宋冊元昊為夏國主。歲「賜」銀絹茶采二十五萬五千。　宋祁、歐陽脩等議，令州縣皆立學。
一〇四五	乙酉	宋慶曆五年 遼重熙十四年	黃庭堅生	宋范仲淹以「朋黨」罪名罷參政，出知邠州。　文學家石介卒（一〇〇五～）。
一〇四六	丙戌	宋慶曆六年 遼重熙十五年	晁端禮生	青州（治今山東青州）地震；登州（治今山東蓬萊）亦震。
一〇四八	戊子	宋慶曆八年 遼重熙十七年	劉弇生 王詵生 李之儀生 朱服生	宋用范祥變解鹽法，實行鈔鹽制度，使商人入錢，給以鹽鈔，於產地領鹽，聽其銷售。　文學家蘇舜欽卒（一〇〇八～）。
一〇四九	己丑	宋仁宗皇祐元年 遼重熙十八年	秦觀生 葉清臣卒（一〇〇〇～）	廣源州儂智高起兵自立，稱「南天國」。
一〇五一	辛卯	宋皇祐三年 遼重熙二十年	米芾生 趙令畤生	宋分淮南為東西二路。　宋庠、文彥博相繼罷相。
一〇五二	壬辰	宋皇祐四年 遼重熙二十一年	賀鑄生 范仲淹卒（九八九～）	儂智高破邕州，稱大南國仁惠皇帝，年號啟歷。
一〇五三	癸巳	宋皇祐五年 遼重熙二十二年	晁補之生 柳永卒？（九八七？～）	宋狄青大破儂智高，收復邕州。　夏進降表於遼。
一〇五四	甲午	宋皇祐六年 至和元年 遼重熙二十三年	張耒生	宋仁宗命歐陽脩主撰《唐書》（《新唐書》）。
一〇五五	乙未	宋至和二年 遼重熙二十四年 遼道宗清寧元年	晏殊卒（九九一～）	宋封孔子四十七世孫孔宗願為衍聖公。衍聖公之稱始此。　遼興宗卒（一〇一六～），子洪基即位，是為道宗。

公元	干支	帝王年號	詞壇	史事
一〇五六	丙申	宋至和三年 嘉祐元年 遼清寧二年	周邦彥生	宋仁宗病甚，宰相文彥博、富弼留宿禁中，每日探視候問，帝病癒乃止。
一〇五九	己亥	宋嘉祐四年 遼清寧五年	李廌生	宋廢榷茶，行通商法。學者胡瑗卒（九九三～）。詩人王令卒（一〇三二～）。
一〇六〇	庚子	宋嘉祐五年 遼清寧六年	梅堯臣卒（一〇〇二～）	歐陽脩等修《唐書》（《新唐書》）成。
一〇六一	辛丑	宋嘉祐六年 遼清寧七年	毛滂生 宋祁卒（九九八～）	宋宰相富弼以母喪去位。遷韓琦為首相，曾公亮相，張昇為樞密使。歐陽脩為參知政事。
一〇六五	乙巳	宋治平二年 遼道宗咸雍元年	蘇庠生	宋廷議英宗本生父濮安懿王稱號，爭論不休，史稱「濮議」。
一〇六八	戊申	宋神宗熙寧元年 遼咸雍四年	謝逸生	王安石上書主張變法。
一〇七一	辛亥	宋熙寧四年 遼咸雍七年	惠洪生	宋罷詩賦，以經義、策論取士。貶謫反對新法人士，其中有蘇軾、歐陽脩、富弼、劉摯等。
一〇七二	壬子	宋熙寧五年 遼咸雍八年	歐陽脩卒（一〇〇七～）	宋行市易法。頒方田均稅法。行保甲法。河溢大名夏津（今屬山東）。河北大蝗。
一〇七四	甲寅	宋熙寧七年 遼咸雍十年	謝薖生 王安國卒（一〇二八～）	天下大旱，自上年七月至是年夏四月無雨，流民多入京。司馬光上疏請廢新法及用兵西北。王安石罷相，知江寧府。
一〇七五	乙卯	宋熙寧八年 遼道宗太康元年	徐俯生 韓琦卒（一〇〇八～） 蕭觀音卒（一〇四〇～）	王安石復相。頒行《三經新義》。交趾攻宋，陷欽州（治今廣西靈山）、廉州（治今廣西合浦）。
一〇七六	丙辰	宋熙寧九年 遼太康二年	王安中生 王雱卒（一〇四四～）	王安石辭位，再罷相，知江寧府。吐蕃董氈（喃厮囉子）等反宋。交趾陷邕州，屠城。宋命郭逵南下征討。
一〇七七	丁巳	宋熙寧十年 遼太康三年	葉夢得生 張昇卒（九九二～）	宋平交趾之役卒傷數以萬計。理學家張載卒（一〇二〇～）。理學家邵雍卒（一〇一一～）。黃河大決於澶州。
一〇七八	戊午	宋神宗元豐元年 遼太康四年	劉一止生 張先卒（九九〇～）	宋以孫固同知樞密院事。又以呂公著、薛向並同知樞密院事。

公元	干支	帝王年號	詞壇	史事
一〇七九	己未	宋元豐二年 遼太康五年	汪藻生	宋參知政事元絳罷，以蔡確參知政事。御史中丞李定摘蘇軾詩句「譏切時政」，逮軾下御史臺獄，旋貶黃州團練副使，本州安置。史稱「烏臺詩案」。
一〇八一	辛酉	宋元豐四年 遼太康七年	陳克生 朱敦儒生	參知政事章惇罷，以張璪參知政事。神宗詔命攻西夏。文彥博、張方平諫用兵。
一〇八二	壬戌	宋元豐五年 遼太康八年	周紫芝生 趙佶（宋徽宗）生	宋官制成於是年。設三省（中書、門下、尚書），均不置長官。宰相官名改為尚書左僕射兼門下侍郎、尚書右僕射兼中書侍郎。以王珪、蔡確任之。
一〇八三	癸亥	宋元豐六年 遼太康九年	李綱生	西夏攻宋蘭州等地，敗退，遂求和。富弼卒（一〇〇四～）。文學家曾鞏卒（一〇一九～）。
一〇八四	甲子	宋元豐七年 遼太康十年	李清照生 呂本中生	司馬光等修《資治通鑑》成。熙寧、元豐期間，府庫充盈，小邑亦然。
一〇八五	乙丑	宋元豐八年 遼道宗大安元年	胡世將生 趙鼎生 向子諲生	宋神宗卒（一〇四八～）。子煦嗣位，是為哲宗，年八歲。太皇太后高氏臨朝聽政。理學家程顥卒（一〇三二～）。
一〇八六	丙寅	宋哲宗元祐元年 遼大安二年	司馬光卒（一〇一九～） 王安石卒（一〇二一～）	罷免役法、青苗法。罷蔡確、章惇，貶呂惠卿。程（頤）氏門徒攻擊蘇軾，洛（程）、蜀（蘇）二黨之爭始。
一〇八八	戊辰	宋元祐三年 遼大安四年	洪皓生 蔡伸生	蘇軾反對差役法，請命宰相比較差、雇兩法利弊。宋在密州板橋（在今山東膠州）設市舶司。
一〇九〇	庚午	宋元祐五年 遼道宗大安六年	王以寧生？ 陳與義生	御史中丞蘇轍言役法利弊。文彥博致仕。
一〇九一	辛未	宋元祐六年 遼大安七年	張元幹生	蘇軾從知杭州內調為翰林學士承旨。後又被誣罷知潁州。西夏兵屢擾宋境。
一〇九二	壬申	宋元祐七年 遼大安八年	葛立方生？	宋以蘇頌為右相，蘇轍為門下侍郎。蘇軾以兵部尚書兼侍讀。呂大臨《考古圖》成書。
一〇九三	癸酉	宋元祐八年 遼大安九年	王之道生	太皇太后高氏卒（一〇三二～）。哲宗親政。復章惇、呂惠卿官。

公元	干支	帝王年號	詞壇	史事
一〇九七	丁丑	宋紹聖四年 遼壽昌六年	朱翌生	力貶元祐大臣呂大防、劉摯、蘇轍、梁燾、范純仁等。蘇軾移送昌化軍（今海南儋州）安置。文彥博、呂大防、梁燾、劉摯於本年相繼故世。
一一〇〇	庚辰	宋元符三年 遼壽昌三年	王觀卒（一〇三五～） 秦觀卒（一〇四九～）	宋哲宗卒（一〇七七～）。弟端王佶嗣位，是為徽宗。以韓忠彥、曾布為左、右相。罷章惇、蔡卞。
一一〇一	辛巳	宋徽宗建中靖國元年 遼壽昌七年 天祚帝乾統元年	劉子翬生 蘇軾卒（一〇三七～）	貶章惇為雷州司戶。詩人陳師道卒（一〇五三～）。遼道宗卒（一〇三二～）。孫延禧即位，是為天祚帝。
一一〇二	壬午	宋徽宗崇寧元年 遼乾統二年	胡銓生 章楶卒（一〇二七～） 劉弇卒（一〇四八～）	以蔡京為右相，京開列文彥博、呂公著、司馬光、呂大防及蘇軾等一百餘人姓名，稱奸黨，刻石。禁元祐學術。
一一〇三	癸未	宋崇寧二年 遼乾統三年	岳飛生	令銷毀三蘇、黃庭堅、秦觀、范祖禹等人著作。重申禁止元祐學術。
一一〇四	甲申	宋崇寧三年 遼乾統四年	舒亶卒（一〇四二～） 王詵卒（一〇四八～）	徽宗計畫「製作禮樂」。由蔡京書寫三〇九人姓名，刻石廟堂，即「元祐黨人碑」。
一一〇五	乙酉	宋崇寧四年 遼乾統五年	姚寬生 黃庭堅卒（一〇四五～）	罷官置榷茶場，商人領長短引，向園戶買茶。除黨人父子兄弟之禁。酌移遭貶元祐用事官員至內郡。
一一〇七	丁亥	宋徽宗大觀元年 遼乾統七年	蔡松年生 時彥卒（？～） 米芾卒（一〇五一～）	加蔡京太尉。是年兩府官員更迭頻繁。理學家程頤卒（一〇三三～）。
一一〇八	戊子	宋大觀二年 遼乾統八年	李石生	蔡京進為太師，童貫加節度使。分批除韓維等一百四十三人（元祐）「黨籍」，分別恢復黨人官爵。封關羽為武安王。關羽封王始此。
一一〇九	己丑	宋大觀三年 遼乾統九年	曾覿生 黃公度生 李廌卒（一〇五九～）	蔡京罷相，封楚國公，致仕。
一一一〇	庚寅	宋大觀四年 遼乾統十年	晏幾道卒（一〇三八～） 晁補之卒（一〇五三～）	改宏詞科為詞學兼茂科。御史張克公劾蔡京，降授蔡京太子少保，依舊致仕。

公元	干支	帝王年號	詞壇	史事
一一一二	壬辰	宋政和二年 遼天祚帝天慶二年	謝逸卒（一〇六八～）	復蔡京太師。改定官名，以三公（太師、太傅、太保）為宰相，三孤（少師、少傅、少保）為次相等等。進封蔡京魯國公。蘇轍卒（一〇三九～）。
一一一三	癸巳	宋政和三年 遼天慶三年	晁端禮卒（一〇四六～）	追封王安石舒王。設保和殿，置徽宗收藏典籍彝器書畫等。
一一一四	甲午	宋政和四年 遼天慶四年	張耒卒（一〇五四～）	宋置道士名秩。完顏阿骨打誓師反遼，大破遼兵。西夏兵襲宋環州定遠城，西北戰事又起。
一一一六	丙申	宋政和六年 遼天慶六年 金收國二年	謝薖卒（一〇七四～）	徽宗聽信道士林靈素，大會道士。道教益盛。遼將高永昌反遼，金軍破之，盡取遼東郡縣。
一一一七	丁酉	宋政和七年 遼天慶七年 金太祖天輔元年	洪适生 李之儀卒（一〇四八～）	宋以高俅為太尉。徽宗自稱教主道君皇帝。金軍陸續攻佔遼多州。
一一一八	戊戌	宋徽宗重和元年 遼天慶八年 金天輔二年	韓元吉生	宋金通好開始。燒毀佛經中詆謗道儒二教之詞。置道官、道職，諸州設道學博士等。
一一二一	辛丑	宋宣和三年 遼天祚帝保大元年 金天輔五年	趙彥端生 周邦彥卒（一〇五六～）	宋軍鎮壓方臘造反，方臘在京師被殺。加童貫太師。金太祖命完顏杲率軍渡遼河西攻遼。
一一二二	壬寅	宋宣和四年 遼保大二年 金天輔六年	李呂生 完顏亮生	金軍攻陷遼中京（今內蒙古寧城西大明城）、西京（今山西大同）。宋軍亦配合金軍攻遼。金軍破燕京。宋造萬歲山（艮嶽）成。
一一二三	癸卯	宋宣和五年 遼保大三年 金天輔七年 太宗天會元年	洪邁生	金軍擄掠燕京金帛子女職官民戶而去。宋以輸幣向金換得燕京和六州之地。
一一二四	甲辰	宋宣和六年 遼保大四年 金天會二年	毛滂卒？ （一〇六一～）	童貫遣馬擴與金議山後土地事。金人拒之。擴歸勸童貫備戰。山東、河北歲凶荒而科斂重，民變迭起。

公元	干支	帝王年號	詞壇	史事
一一二五	乙巳	宋宣和七年 遼保大五年 金天會三年	陸游生 賀鑄卒（一〇五二～）	金軍追擒遼天祚帝於應州（今山西應縣）新城東六十里。遼亡。金下詔攻宋。徽宗下詔禪位於太子桓，是為欽宗。
一一二六	丙午	宋欽宗靖康元年 金天會四年	范成大生	金兵大舉攻宋。是年閏十一月，京城破。欽宗至金營求和。金要求割地納金銀為議和條件。蔡京死（一〇四七～）。
一一二七	丁未	宋靖康二年 宋高宗建炎元年 金天會五年	楊萬里生 李之儀卒（一〇四八～）	金太宗詔廢帝（欽宗）及上皇為庶人。金帥立張邦昌為楚帝。金兵擄徽、欽二帝及百官與珠寶財帛文物禮器北上。北宋終。宋高宗南遷揚州。
一一二八	戊申	宋建炎二年 金天會六年	惠洪卒（一〇七一～）	金軍繼續進攻掠犯宋地。宋科舉恢復元祐詩賦。宗澤卒（一〇六〇～）。
一一三〇	庚戌	宋建炎四年 金天會八年	朱熹生 黃裳卒（一〇四四～）	金軍繼續攻宋掠城，宋軍與之交戰，多敗績，高宗先至越州，後至溫州，一路南逃。金徙徽、欽二宗於五國城（今黑龍江依蘭）。
一一三二	壬子	宋紹興二年 金天會十年	張孝祥生	宋韓世忠破建州。高宗回臨安。秦檜罷相。
一一三三	癸丑	宋紹興三年 金天會十一年	程垓生？	楊么自稱大聖天王，勢力遍及湖北湖南。岳飛至臨安見高宗。宋置博學宏詞科。金使至臨安，要求宋與偽齊劃江為界。
一一三四	甲寅	宋紹興四年 金天會十二年	党懷英生 趙令畤卒（一〇五一～） 王安中卒（一〇七六～） 謝克家卒（？～）	張浚罷官，謫居福州。岳飛破偽齊軍，收復襄陽、郢州等地。岳飛部將牛皋等援廬州，擊退金軍。
一一三五	乙卯	宋紹興五年 金熙宗天會十三年	朱淑真生？ 王質生 趙佶卒（一〇八二～）	金太宗卒（一〇七五～）。嫡長孫亶即位，是為熙宗。宋高宗還臨安。宋徽宗卒（一〇八二～）。張浚為相。岳飛剿滅楊么。
一一三八	戊午	宋紹興八年 金熙宗天眷元年	京鏜生 王炎生 楊冠卿生 陳與義卒（一〇九〇～）	樞密院編修胡銓上書請斬秦檜、孫近、王倫，被貶昭州（今廣西平樂）。金國商議與宋媾和。
一一四〇	庚申	宋紹興十年 金天眷三年	辛棄疾生	李綱卒（一〇八三～）。金帝破壞和議，下詔復取河南、陝西。金宋交戰，互有勝負。

公元	干支	帝王年號	詞壇	史事
一一四一	辛酉	宋紹興十一年 金熙宗皇統元年	徐俯卒（一〇七五～） 岳飛卒（一一〇三～）	金軍提出「畫淮為界，歲幣銀絹各二十五萬，割唐、鄧二州」為議和條件。岳飛被誣下獄，年末遇害（一一〇三～）。
一一四二	壬戌	宋紹興十二年 金皇統二年	吳激卒（？～） 胡世將卒（一〇八五～）	宋進誓表於金，稱臣割地。金冊封康王趙構為宋帝。金釋高宗母韋氏還宋，並還徽宗「梓宮」。宋以秦檜為太師、魏國公。
一一四三	癸亥	宋紹興十三年 金皇統三年	陳亮生	宋金互遣使賀正旦，至此以為常態。蒙古漸強，取金二十餘團寨。
一一四五	乙丑	宋紹興十五年 金皇統五年	楊炎正生 呂本中卒（一〇八四～）	宋分經義、詩賦為兩科取士。增太學士名額至七百人。
一一四六	丙寅	宋紹興十六年 金皇統六年	王以寧（一〇九〇？～） 卒於本年後	宋詔修臨安府秦檜家廟。謫張浚居連州（今廣東連縣）。劉豫死（一〇七三～）。
一一四七	丁卯	宋紹興十七年 金皇統七年	蘇庠卒（一〇六五～） 趙鼎卒（一〇八五～） 劉子翬卒（一一〇一～）	岳飛部將牛皋赴田師中宴中毒死（一〇八七～）。傳為秦檜指使。孟元老完成《東京夢華錄》。
一一四八	戊辰	宋紹興十八年 金皇統八年	葉夢得卒（一〇七七～）	胡銓因「作頌謗訕」再貶吉陽軍。金修《遼史》成。
一一五二	壬申	宋紹興二十二年 金天德四年	向子諲卒（一〇八五～）	宋虔州兵變，旋被鎮壓。
一一五三	癸酉	宋紹興二十三年 金天德五年 金貞元元年	張鎡生	金主至燕京，以遷都昭告天下，改元貞元。
一一五四	甲戌	宋紹興二十四年 金貞元二年	劉過生 汪藻卒（一〇七九～）	宋張俊卒（一〇八六～）。金殺尚書右丞相蕭裕。
一一五五	乙亥	宋紹興二十五年 金貞元三年	姜夔生？ 鄭域生 汪莘生 周紫芝卒（一〇八二～） 李清照卒？ （一〇八四～） 洪皓卒（一〇八八～）	秦檜死（一〇九〇～）。諡忠獻。復張浚、万俟卨等官，胡銓從吉陽軍內移衡州（今湖南衡陽）。

公元	干支	帝王年號	詞壇	史事
一一五六	丙子	宋紹興二十六年 金貞元四年 正隆元年	王庭筠生 黃公度卒（一一〇九～） 蔡伸卒（一〇八八～）	宋下詔禁「妄議邊事」。宋欽宗卒（一一〇〇～）。
一一五八	戊寅	宋紹興二十八年 金正隆三年	崔與之生	宋詔禁殿前馬步軍三衙強刺平民為軍。金營建汴京宮室，所費甚鉅。
一一五九	己卯	宋紹興二十九年 金正隆四年	韓淲生 趙秉文生 朱敦儒卒（一〇八一～） 蔡松年卒（一一〇七～）	宋王綸使金還，言「和好無他」。高宗謂「宜安邊息民」。金廣徵兵，年二十以上、五十以下皆籍之。
一一六一	辛巳	宋紹興三十一年 金正隆六年 世宗大定元年	張元幹卒（一〇九一～） 劉一止卒（一〇七八～） 完顏亮卒（一一二二～）	金主完顏亮率大軍大舉攻宋，宋軍抵抗，互有勝敗，完顏亮至瓜洲渡，兵變被殺。
一一六二	壬午	宋紹興三十二年 金大定二年	姚寬卒（一一〇五～）	宋高宗禪位。嗣子昚即位，是為孝宗。宋追復岳飛原官，發還財產。蒙古鐵木真（成吉思汗）生。史學家鄭樵死（一一〇四～）。
一一六三	癸未	宋孝宗隆興元年 金大定三年	史達祖生	張浚力主抗戰拒和，請孝宗至建康以圖進兵。以湯思退與張浚為左、右相，均兼樞密使。
一一六四	甲申	宋隆興二年 金大定四年	葛立方卒（一〇九二？～） 程珌生	朝廷決議講和。張浚罷相，數月後卒（一〇九七～）。金軍大舉攻宋。孝宗遣使至金軍，許割地納幣，稱叔侄之國以求和。
一一六七	丁亥	宋乾道三年 金大定七年	朱翌卒（一〇九七～） 戴復古生	以虞允文為四川宣撫使。因州縣不許民戶用會子輸納，民間會子積滯貶值。
一一六八	戊子	宋乾道四年 金大定八年	完顏璟生	以蔣芾、陳俊卿為左、右相。河決胙城（今河南延津東北）、滑州（今河南滑縣）。
一一六九	己丑	宋乾道五年 金大定九年	王之道卒（一〇九三～） 張孝祥卒（一一三二～）	召虞允文還朝。以陳俊卿、虞允文為左、右相。招集歸正人墾淮西官田。
一一七〇	庚寅	宋乾道六年 金大定十年	曹豳生	遣范成大使金，求陵寢地，無成。辛棄疾上〈九議〉，陳恢復之計。
一一七二	壬辰	宋乾道八年 金大定十二年	完顏璹生	以虞允文、梁克家任左、右丞相。虞允文後又求去，出任四川宣撫使。

公元	干支	帝王年號	詞壇	史事
一一七四	甲午	宋孝宗淳熙元年 金大定十四年	盧祖皋生？	湖北茶販賴文政起事。 虞允文卒（一一一〇～）。
一一七五	乙未	宋淳熙二年 金大定十五年	趙彥端卒（一一二一～）	江西提刑辛棄疾誘殺茶商軍首領賴文政。 呂祖謙與陸九齡、陸九淵、朱熹會於信州（今江西上饒）鵝湖寺講求學術，史稱「鵝湖之會」。
一一七六	丙申	宋淳熙三年 金大定十六年	洪咨夔生 李俊民生	遣湯邦彥使金求陵寢地，被拒。 金以女真文譯《史記》、《貞觀政要》等書成。
一一七八	戊戌	宋淳熙五年 金大定十八年	魏了翁生	陳亮上書言恢復，批評「正心誠意」之學者。 朱熹知南康軍，訪白鹿洞書院遺址，後奏請修建恢復。 賜岳飛謚武穆。
一一七九	己亥	宋淳熙六年 金大定十九年	孫惟信生	宋郴州陳峒、廣西李接等相繼造反，旋被官府鎮壓。 呂祖謙編《宋文鑑》成書。
一一八〇	庚子	宋淳熙七年 金大定二十年	胡銓卒（一一〇二～） 曾覿卒（一一〇九～） 朱淑真卒？ （一一三五～） 劉迎卒（？～）	增印會子一百萬　，代江浙旱傷州縣納月樁錢。 理學家張栻卒（一一三三～）。
一一八二	壬寅	宋淳熙九年 金大定二十二年	李石卒（一一〇八～）	宋樞密都承旨王抃上年擅許金賀正旦，使皇帝起立受國書，被宋帝所逐。 以周必大知樞密院事。
一一八三	癸卯	宋淳熙十年 金大定二十三年	岳珂生	以施師點簽書樞密院事，兼權參知政事。以黃洽為參知政事。
一一八四	甲辰	宋淳熙十一年 金大定二十四年	洪适卒（一一一七～）	命江東、西諸路義役、差役各聽民便。 周必大任樞密使。 沿淮謠言紛紜，言金國生亂或南下，朝野人心惶惶。 學者李燾卒（一一一五～）。
一一八七	丁未	宋淳熙十四年 金大定二十七年	劉克莊生 韓元吉卒（一一一八～）	以周必大為右丞相。 太上皇（高宗）卒（一一〇七～）。
一一八九	己酉	宋淳熙十六年 金大定二十九年	趙以夫生 王質卒（一一三五～）	金世宗卒（一一二三～）。皇太孫璟繼位，是為章宗。宋孝宗禪位於太子惇，是為光宗。 南宋初，朝廷財政不滿一千萬貫，至此增至六千五百三十萬貫以上。

公元	干支	帝王年號	詞壇	史事
一一九〇	庚戌	宋光宗紹熙元年 金章宗明昌元年	吳淵生 元好問生	殿中御史劉光祖，從《御史彈奏格》擇其中二十條，請付下報行，從之。 金詔修曲阜孔子廟學。
一一九二	壬子	宋紹熙三年 金明昌三年	馮去非生	盧溝橋完工。金修曲阜孔廟，命臣庶名字迴避周公旦、孔丘之名。
一一九三	癸丑	宋紹熙四年 金明昌四年	范成大卒（一一二六～）	理學家陸九淵卒（一一三九～）。 以葛邲為右丞相，陳騤參知政事，胡晉臣知樞密院事，趙汝愚同知樞密院事。
一一九四	甲寅	宋紹熙五年 金明昌五年	葛長庚生 陳亮卒（一一四三～）	葛邲罷相。 壽皇（孝宗）卒（一一二七～）。光宗不問喪事。太皇太后吳氏（高宗）旨，立太子擴，是為寧宗。尊光宗為太上皇帝。詩人尤袤卒（一一二七～）。
一一九六	丙辰	宋慶元二年 金明昌七年 承安元年	吳潛生 段克己生	趙汝愚卒（一一四〇～）。 削朱熹官。 禁用「偽學」（道學）之黨。
一一九八	戊午	宋慶元四年 金承安三年	李曾伯生 李呂卒（一一二二～）	理學家、律學家蔡元定卒（一一三五～）。 金於北邊修長城以禦蒙古等部。
一一九九	己未	宋慶元五年 金承安四年	方岳生 段成己生	宋加韓侂冑少師，封平原郡王。黨禁漸弛。 頒《統天曆》。楊忠輔在其中使用三百六十五點二四二五的歲實數值，較歐洲格里曆早四百年。
一二〇〇	庚申	宋慶元六年 金承安五年	吳文英生？ 朱熹卒（一一三〇～） 京鏜卒（一一三八～）	太上皇（光宗）卒（一一四七～）。
一二〇一	辛酉	宋寧宗嘉泰元年 金章宗泰和元年	李昴英生	臨安大火四日，焚毀民房五萬三千餘家。 金命高價購遺書。
一二〇二	壬戌	宋嘉泰二年 金泰和二年	洪邁卒（一一二三～） 王庭筠卒（一一五六～）	弛偽學黨禁。加韓侂冑太師。
一二〇四	甲子	宋嘉泰四年 金泰和四年	羅椅生	立韓世忠廟於鎮江，追封岳飛鄂王。 周必大卒（一一二六～）。
一二〇五	乙丑	宋寧宗開禧元年 金泰和五年	潘牥生 陳允平生？	以錢象祖參知政事。以韓侂冑平章軍國事，立班丞相上。

公元	干支	帝王年號	詞壇	史事
一二〇六	丙寅	宋開禧二年 金泰和六年 蒙古成吉思汗元年	楊萬里卒（一一二七～） 劉過卒（一一五四～）	宋下詔伐金，大敗。鐵木真統一蒙古，被推為可汗，稱成吉思汗。
一二〇七	丁卯	宋開禧三年 金泰和七年 蒙古成吉思汗二年	辛棄疾卒（一一四〇～）	宋史彌遠與楊后謀，殺韓侂胄（一一五一～）向金求和。又貶謫其他主戰人士。
一二〇八	戊辰	宋寧宗嘉定元年 金泰和八年 蒙古成吉思汗三年	完顏璟卒（一一六八～）	宋金嘉定和議成立，改稱伯侄之國，除向金增納歲幣外，另送韓侂胄首級至金。金章宗卒（一一六八～）。
一二〇九	己巳	宋嘉定二年 金衛紹王大安元年 蒙古成吉思汗四年	姜夔卒 （一一五五？～）	蒙古軍攻西夏，圍中興府（今寧夏銀川）。
一二一〇	庚午	宋嘉定三年 金大安二年 蒙古成吉思汗五年	陸游卒（一一二五～）	宋下詔招諭「群盜」，時各地連年災害饑饉，人民反抗者眾。
一二一一	辛未	宋嘉定四年 金大安三年 蒙古成吉思汗六年	党懷英卒（一一三四～）	臨安大火，毀二千餘家。蒙古攻金，大破金軍。
一二一三	癸酉	宋嘉定六年 金崇慶二年 至寧元年 宣宗貞祐元年 蒙古成吉思汗八年	家鉉翁生	成吉思汗大破金軍於五回嶺（今河北易縣西）。金紇石烈執中殺衛紹王，立章宗兄昇王珣，是為宣宗。紇石烈執中後又被殺。成吉思汗於是年冬天，兵分三路大舉攻金。樓鑰卒（一一三七～）。

公元	干支	帝王年號	詞壇	史事
一二一八	戊寅	宋嘉定十一年 金興定二年 蒙古成吉思汗十三年	陳人傑生 王炎卒（一一三八～）	金軍攻宋和、成、階等州。又攻大散關，宋守將逃遁。蒙古木華黎破金太原府，下汾州、平陽等地。
一二二〇	庚辰	宋嘉定十三年 金興定四年 蒙古成吉思汗十五年	史達祖卒？ （一一六三～）	宋扈再興等再攻金唐、鄧二州，不克。金攻樊城，被宋軍擊退。四川宣撫使安丙與西夏約聯合攻金，無功而退。
一二二四	甲申	宋嘉定十七年 金哀宗正大元年 蒙古成吉思汗十九年	韓淲卒（一一五九～） 盧祖皋卒（一一七四～）	金向宋求和。宋寧宗卒（一一六八～）。沂王昀即位，是為理宗。蒙古第一次西征結束。
一二二六	丙戌	宋寶慶二年 金正大三年 蒙古成吉思汗二十一年	謝枋得生	成吉思汗領兵攻西夏。蒙古兵圍益都（今山東吉州）。
一二二七	丁亥	宋寶慶三年 金正大四年 蒙古成吉思汗二十二年	汪莘卒（一一五五～）	宋理宗追封朱熹徽國公。蒙古成吉思汗卒（一一六二～）。蒙古滅西夏。丘處機死（一一四八～）。
一二三二	壬辰	宋紹定五年 金開興元年 天興元年 蒙古窩闊臺汗四年	劉辰翁生 周密生 鄧剡生 完顏璹卒（一一七二～） 趙秉文卒（一一五九～）	蒙古窩闊臺軍渡黃河，攻城掠地，大破金軍。蒙古遣使至宋議聯合攻金，許滅金後以河南地歸宋。
一二三四	甲午	宋理宗端平元年 金天興三年 蒙古窩闊臺汗六年	朱嗣發生	金哀宗傳位於完顏承麟，是為末帝。典禮甫畢。宋蒙聯軍入城。哀宗自殺，末帝死於亂軍之中。金亡。宋相繼收復失地。

公元	干支	帝王年號	詞壇	史事
一二三五	乙未	宋端平二年 蒙古窩闊臺汗七年	張鎡卒（一一五三～）	蒙古軍開始攻宋。 理學家真德秀卒（一一七八～）。
一二三六	丙申	宋端平三年 蒙古窩闊臺汗八年	文天祥生 洪咨夔卒（一一七六～）	宋襄陽軍北軍將領王旻、李伯淵焚城降蒙古。蒙古軍破隨、郢、荊門軍、棗陽、德安等州縣。招降金秦、鞏諸州。 程朱理學行於北方。
一二三七	丁酉	宋理宗嘉熙元年 蒙古窩闊臺汗九年	戴復古卒於此年後（一一六七～） 魏了翁卒（一一七八～）	宋理宗詔經筵進講朱熹《資治通鑑綱目》。 蒙古軍破宋光州，攻壽春、黃州、安豐。
一二三九	己亥	宋嘉熙三年 蒙古窩闊臺汗十一年	崔與之卒（一一五八～）	宋以喬行簡為少傅、平章軍國事；李宗勉、史嵩之為左右丞相。蒙古軍攻重慶。
一二四〇	庚子	宋嘉熙四年 蒙古窩闊臺汗十二年	王沂孫生	宋臨安大饑，米價大漲，餓殍盈路，流民四起。
一二四一	辛丑	宋理宗淳祐元年 蒙古窩闊臺汗十三年	汪元量生	宋理宗詔以周敦頤、張載、程顥、程頤、朱熹從祀孔廟；黜王安石從祀。 蒙古軍陷成都。 窩闊臺卒（一一八六～）。乃馬真后稱制。
一二四二	壬寅	宋淳祐二年 蒙古乃馬真后元年	程珌卒（一一六四～）	蒙古軍破蜀中遂寧、瀘州等地。又渡淮攻揚、滁等州。破通州（今江蘇南通），屠民。 蒙古第二次西征結束。
一二四三	癸卯	宋淳祐三年 蒙古乃馬真后二年	岳珂卒（一一八三～） 孫惟信卒（一一七九～） 陳人傑卒（一二一八～）	宋以呂文德總統兩淮軍馬。余玠守蜀備戰。 史學家李心傳卒（一一六六～）。 金遺民學者王若虛卒（一一七四～）。
一二四六	丙午	宋淳祐六年 蒙古貴由汗元年	潘牥卒（一二〇五～）	宋左右丞相不協，左丞相范鍾罷。 蒙古貴族推窩闊臺長子貴由汗為大汗，是為元定宗。
一二四七	丁未	宋淳祐七年 蒙古貴由汗二年	仇遠生 唐珏生	宋游侶罷相。以鄭清之為右丞相、樞密使。 蒙古拖雷子忽必烈以僧子聰（劉秉忠）為謀士，禮遇儒學人士。 南宋數學家秦九韶著《數學九章》成。

公元	干支	帝王年號	詞壇	史事
一二四八	戊申	宋淳祐八年 蒙古貴由汗三年	張炎生	蒙古貴由汗卒（一二〇六～）。海迷失后聽政。
一二四九	己酉	宋淳祐九年 蒙古海迷失后元年	曹豳卒（一一七〇～） 許棐卒（？～）	宋以鄭清之、趙葵為左右丞相。
一二五二	壬子	宋淳祐十二年 蒙古蒙哥汗二年	王炎午生	蒙古置經略司於汴。　忽必烈從臣下請，號稱儒教大宗師。　蒙哥汗賜海迷失后死。　蒙哥汗命忽必烈征雲南。宋余玠力戰擊退蒙古軍。
一二五四	甲寅	宋寶祐二年 蒙古蒙哥汗四年	段克己卒（一一九六～）	蒙古攻合州、廣安軍，被宋將王堅擊敗。蒙古軍擒大理國主，大理亡。
一二五六	丙辰	宋寶祐四年 蒙古蒙哥汗六年	趙以夫卒（一一八九～）	太學諸生陳宜中等六人上書劾御史丁大全，號六君子，均被拘管。文天祥中狀元。
一二五七	丁巳	宋寶祐五年 蒙古蒙哥汗七年	劉將孫生 元好問卒（一一九〇～） 吳淵卒（一一九〇～） 李昴英卒（一二〇一～）	蒙古軍攻宋襄、樊，宋將高達力戰退之。　宋以賈似道為兩淮宣撫大使。　蒙古主聽讒言審查忽必烈。忽必烈從姚樞言，罷開府，歸朝廷。
一二六〇	庚申	宋理宗景定元年 蒙古世祖中統元年	吳文英卒？ （一二〇〇～） 李俊民卒（一一七六～）	加賈似道太子太師。　蒙古忽必烈即大汗位稱皇帝。是為元世祖，定年號中統。以吐蕃僧人八思巴為國師。
一二六二	壬戌	宋景定三年 蒙古中統三年	吳潛卒（一一九六～） 方岳卒（一一九九～）	宋賜賈似道第宅家廟。　蒙古江淮大都督李璮叛通宋，為史天澤等所殺。　以郭守敬提舉諸路河渠。
一二六六	丙寅	宋咸淳二年 蒙古至元三年	李曾伯卒？ （一一九八～）	蒙古詔省、院、臺、部、宣慰司、廉訪司及部府幕官之長均為蒙古人、色目人。　蒙古軍襲破宋開州（今重慶開縣）。
一二六九	己巳	宋咸淳五年 蒙古至元六年	劉克莊卒 （一一八七～）	宋以李庭芝任兩淮制置使兼知揚州。以江萬里、馬廷鸞為左右丞相。　蒙古定朝儀。
一二七二	壬申	宋咸淳八年 元至元九年	馮去非卒於此年後（一一九二～）	宋將張順、張貴抗擊元軍，戰死。　宋四川安撫使昝萬壽遣兵攻元成都。　元改中都為大都（今北京）。
一二七五	乙亥	宋帝德祐元年 元至元十二年	陳郁卒（？～）	元軍大舉攻宋，宋諸州府守將相繼降元。知贛州文天祥起兵入衛臨安。　賈似道被謫後為押運官鄭虎臣所殺。

公元	干支	帝王年號	詞壇	史事
一二七六	丙子	帝昰景炎元年 元至元十三年	羅椅卒（一二〇四～）	宋奉表投降。南宋亡。 文天祥入元營談判被扣留。 宋陸秀夫、張世傑、陳宜中奉益王昰（九歲）為天下兵馬都元帥，廣王昺（六歲）輔之。
一二七九	己卯	宋帝昺祥興二年 元世祖至元十六年	段成己卒（一一九九～）	宋元水師在厓山決戰，宋軍大敗。陸秀夫負幼帝投海卒。 蒙古帝師八思巴卒（一二三五～）。 文天祥被押送至大都。
一二八〇	庚辰	元至元十七年	陳允平卒？（一二〇五？～）	閩贛等地爆發多次農民起義，但均被官府鎮壓。 張弘範死（一二三八～）。
一二八三	癸未	元至元二十年	文天祥卒（一二三六～）	世祖擬發兵再攻日本。宋文天祥被害。
一二八九	己丑	元至元二十六年	謝枋得卒（一二二六～）	台州楊鎮龍在玉山（今屬江西）起義，號大興國，眾十餘萬，被元將史弼鎮壓。其他地方亦多漢民起義，皆被鎮壓。
一二九七	丁酉	元元貞三年 大德元年	劉辰翁卒（一二三二～）	命江浙行省發卒疏浚吳淞江（即蘇州河）。 黃河水溢，決汴梁、杞縣浦口。
一二九八	戊戌	元大德二年	周密卒（一二三二～）	《馬可．波羅遊記》成書。 王禎請工匠製木活字，又設計轉輪排字盤。印《旌德縣志》，為有記錄之最早活字印刷書籍。
一三〇三	癸卯	元大德七年	鄧剡卒（一二三二～）	頒行《大德典章》。 《大元大一統志》成書。
一三〇四	甲辰	元大德八年	朱嗣發卒（一二三四～）	增置國子生二百人，選宿衛大臣子孫充當。
一三一〇	庚戌	元至大三年	王沂孫卒？（一二四〇？～）	監察御史張養浩上書言為政十害。被罷官。 宋遺民詩人林景熙卒（一二四二～）。
一三一七	丁巳	元延祐四年	汪元量卒？（一二四一～）	罷右丞相鐵木迭兒。元仁宗欲治其罪，因太后庇護作罷。 令有司代贖在民家為婢之蒙古人子女。
一三二〇	庚申	元延祐七年	張炎卒？（一二四八～）	仁宗卒（一二八五～）。 太后復任鐵木迭兒為右丞相。鐵木迭兒大肆報復異己。 皇太子碩德八剌即位，是為英宗。
一三二四	甲子	元泰定元年	王炎午卒（一二五二～）	使僧八百人與倡優百戲，導帝師遊京城。佛事頗盛。 周德清《中原音韻》成書。

說明：

一·本表所列詞人，為本書所收之詞壇名家或有一定影響者，傳世作品過少，如僅存一、二首且影響不大者從略。

二·本表所載歷史大事，主要參考沈起煒編著、上海辭書出版社出版的《中國歷史大事年表》。

（聞怡編寫）

詞學名詞解釋

【雅詞】

詞本來是流行於民間的通俗歌詞，使用的都是大眾的口語。《雲謠集》是我們現在可以見到的一部唐代流行於三隴一帶的民間曲子詞集，這裡所保存的三十首曲子詞，可以代表民間詞的思想、感情和語言。這種歌詞，漸漸為士大夫的交際宴會所採用，有些文人偶爾也依照歌曲的腔調另作一首歌詞，交給妓女去唱，以適應他們的宴會。這種歌詞所用的語言文字，雖然比民間曲子為文雅，但在士大夫的生活中，它們還是接近口語的。《花間集》裡所收錄的五百首詞，就代表了早期的士大夫所作曲子詞。我們可以說：《雲謠集》是民間的俗文學，《花間集》是知識分子的俗文學。

直到北宋中葉，黃庭堅為晏幾道的《小山詞》作序，說這些詞「嬉弄於樂府之餘，而寓以詩人之句法。清壯頓挫，能動搖人心」。又說：「其樂府可謂狹邪之大雅，豪士之鼓吹。」晁補之也稱讚晏幾道的詞「風調閒雅」。這裡出現了一個新的訊息，它告訴我們：詞的風格標準是要求「雅」。要做得怎麼樣才算是「雅」呢？黃庭堅舉出的要求是「寓以詩人之句法」。曾慥編了一部《樂府雅詞》，其自序中講到選詞的標準是「涉諧謔則去之」。這表示他以為諧謔的詞就不是雅詞。詹傅為郭祥正的《笑笑詞》作序，他以為「康伯可之失在詼諧，辛稼軒之失在粗豪」，只有郭祥正的詞「典雅純正，清新俊逸，集前輩之大成，而自成一家之機軸」。這裡是以風格的詼諧和粗豪為不雅了。黃昇在《花菴詞選》中評論柳永的詞為「長於纖麗之詞，然多近俚俗，故市井之人悅之」。又評万俟詠的詞是「平而工，和而雅，比諸刻琢句意而求精麗者，遠矣」。他又稱讚張孝祥的詞

「無一字無來處，如歌頭、凱歌諸曲，駿發蹈厲，寓以詩人句法者也」（《花菴詞選續集》）。這裡又以市井俚俗語為不雅，琢句精麗為不雅，詞語不典為不雅，而又歸結於要求以詩人的句法來作詞。從以上這些言論中，我們可知在北宋後期，對於詞的風格開始有了要求「雅」的呼聲。

《宋史．樂志》云：「政和三年，以大晟府樂播之教坊，頒於天下。其舊樂悉禁。」這是詞從俗曲正式上升而為燕樂的時候，「雅詞」這個名詞，大約也正是成立於此時。王灼《碧雞漫志》云：「万俟詠初自編其集，分為兩體，曰雅詞，曰側豔，總名曰《勝萱麗藻》。後召試入宮，以側豔體無賴太甚，削去之。再編成集，周美成目之曰《大聲》。」從這一記錄，我們可以證明，「雅詞」這個名詞出現於此時。又可以知道，「雅詞」的對立名詞是「側豔詞」或曰「豔詞」。曾慥的《樂府雅詞》序於紹興十六年（一一四六），接著又有署名鮦陽居士編的《復雅歌詞》，亦標榜詞的風格復於雅正。此後就有許多人的詞集名自許為雅詞，如張孝祥的《紫薇雅詞》、趙彥端的《介庵雅詞》、程正伯的《書舟雅詞》、宋謙父的《壺山雅詞》，差不多在同一個時候，蔚成風氣。從此之後，詞離民間俗曲愈遠，而與詩日近，成為詩的一種別體，「詩餘」這個名詞，也很可能是由於這個觀念而產生了。

詞既以雅為最高標準，於是周邦彥就成為雅詞的典範作家。《樂府指迷》、《詞源》、《詞旨》諸書，一致地以「清空雅正」為詞的標準風格。夢窗、草窗、梅溪、碧山、玉田諸詞家，皆力避俚俗，務求典雅。然而志趣雖高，才力不濟，或則文繁意少，或則辭艱義隱，非但人民大眾不能瞭解，即在士大夫中，也解人難索。於是乎詞失去了可以歌唱的曲子詞的作用，成為士大夫筆下的文學形式。在民間，詞走向更俚俗的道路，演化而為曲了。

這時候，只有陸輔之的《詞旨》中有一句話大可注意：「夫詞亦難言矣，正取其近雅而又不遠俗。」這個觀點，與張炎、沈伯時的觀點大不相同。張、沈都要求詞的風格應當雅而不俗，陸卻主張近雅而又不遠俗。「近雅」，意味著還不是詩的句法；「不遠俗」，意味著它還是民間文學。我以為陸輔之是瞭解詞的本質的，無奈歷代以來，詞家都怕沾俗氣，一味追求高雅，斫傷了詞的元氣，唐五代詞的風格，不再能見到了。

【長短句】

有些辭典上說「長短句」是「詞的別名」。或者注釋「長短句」為「句子長短不齊的詩體」。這兩種注釋都不夠正確。在宋代以後，可以說長短句是詞的別名，但是在北宋時期，長短句卻是詞的本名；在唐代，長短句還是一個詩體名詞。所謂「長短句」，這「長短」二字，有它們的特定意義，不能含糊地解釋作「長短不齊」。

杜甫詩〈蘇端薛復筵簡薛華醉歌〉云：「近來海內為長句，汝與山東李白好。」計東註云：「長句謂七言歌行。」但是杜牧有詩題云：「東兵長句十韻。」這是一首七言二十句的排律。又有題為「長句四韻」的，乃是一首七言八句的律詩。還有題作「長句」的，也是一首七律。白居易的〈琵琶行〉是一首七言歌行，他自己在序中稱之為「長句歌」。可知「長句」就是七言詩句，無論用在歌行體或律體詩中，都一樣。不過杜牧有兩個詩題：一個是「柳長句」，另一個是「柳絕句」，他所說「長句」是一首七律。這樣，他把「長句」和「絕句」對舉，似乎「長句」僅指七言律詩了。

漢魏以來的古詩，句法以五言為主，到了唐代，七言詩盛行，句式較古詩為長，故唐人把七言句稱為長句。七言句既為長句，五言句自然就稱為短句。不過唐人常稱七言為長句，而很少用短句這個名詞，這就像〈出師表〉、〈赤壁賦〉那樣，只有後篇加「後」字，而不在前篇上加「前」字。元人王珪有一首五言古詩〈題楊無咎墨梅卷子〉，其跋語云：「陳明之攜此卷來，將有所需，予測其雅情於隱，遂為賦短句云。」由此可知元代人還知道短句就是五言詩句。

中晚唐時，由於樂曲愈趨於淫靡曲折，配合樂曲的歌詩產生了五七言句法混合的詩體，這種新興的詩體，當時就稱為「長短句」。韓偓的詩集《香奩集》，是他自己分類編定的，其中有一類就是「長短句」。這一卷中所收的都是三五七言歌詩，既不同於近體歌行，也不同於《花間集》裡的曲子詞。這是晚唐五代時一種新流行的詩體，它從七言歌行中分化出來，將逐漸地過渡到令慢體的曲子詞。三言句往往連用二句，可以等同於一個七言句；或單句用作襯字，那就不屬於歌詩正文。故所謂「長短句」詩，仍以五七言句法為主。明胡震亨《唐音癸籤》云：「宋元編錄唐人總集，始於古律二體中備析五七等言為次，於是流委秩然，可得具論。一曰四言古詩，一曰五言古詩，一曰七言古詩，一曰長短句。」這裡，胡氏告訴我們，他所見宋元舊本唐人詩集，常有「長短句」一類。我曾見明嘉靖刻本《先天集》，也有「長短句」一個類目，可知這個名詞，到明代還未失去本意，仍然有人使用為詩體名詞。

宋胡元任《苕溪漁隱叢話》云：「唐初歌詞，多是五言詩，或七言詩，初無長短句。自中葉以後，至五代，漸變成長短句。及本朝，則盡為此體。」這一段話，作者是要說明宋詞起源於唐之長短句，但這裡使用的兩個「長短句」，我們應當區別其意義，不宜混為一事。因為唐代的長短句是詩，而所謂「本朝盡為此體」的長短句，已經是五代時的「曲子詞」或南宋時的「詞」了。

晏幾道《小山樂府》自敘云：「試續南部諸賢緒餘。作五七字語，期以自娛。」又張鎡序史達祖《梅溪詞》云：「況欲大肆其力於五七言，回鞭溫韋之途，掉鞅李杜之域，躋攀風雅，一歸於正，不於是而止。」這兩篇序文中都以「五七言」為詞的代名詞。晏幾道是北宋初期人，張鎡是南宋末年人，可知整個宋代的詞人，都知道「長短句」的意義就是五七言。

但是，直到北宋中期，「長短句」還是一個詩體名詞，沒有成為與詩不同的文學形式的名詞。蘇軾與蔡景繁書云：「頒示新詞，此古人長短句詩也，得之驚喜。」陳與義詞題或曰「作長短句詠之」，或曰「賦長短句」，或曰「以長短句記之」。黃庭堅詞前小序用「長短句」者凡二見，其念奴嬌詞小序則稱「樂府長短句」。以上所引證的「長短句」，其意義仍限於五七言句法，而不是一種文學類型。特別可以注意的是黃庭堅作〈玉樓春〉詞小序云：「席上作樂府長句勸酒。」因為玉樓春全篇都是七言句，沒有五言句，所以他說「樂府長句」，而不說「長短句」。如果當時已認為「長短句」是曲子詞的專名，這裡的「短」字就不能省略了。

從唐五代到北宋，「詞」還不是一個文學類型的名稱，它只指一般的文詞（辭）。無論「曲子詞」的「詞」字，或東坡文中「頒示新詞」的「詞」字，或北宋人詞序中所云「作此詞」、「賦墨竹詞」，這些「詞」字，都只是「歌詞」的意思，而不是南宋人所說「詩詞」的「詞」字。

詞在北宋初期，一般都稱之為「樂府」，例如晏幾道的詞集稱為《小山樂府》。但樂府也是一個舊名詞，漢魏以來，歷代都有樂府，也不能成為一個新興文學類型的名詞，於是歐陽脩自題其詞集為《近體樂府》。這個名稱似乎不為群眾所接受，因為「近」字的時代性是不穩定的。接著就有人繼承並沿用了唐代的「長短句」。蘇東坡詞集最早的刻本就題名為《東坡長短句》（見《西塘集耆舊續聞》），秦觀的詞集名為《淮海居士長短句》，我們現在還可以見到宋刻本。紹興十八年（一一四八），晁謙之跋《花間集》云：「皆唐末五代時人作。」而此書歐陽炯的原序則說是「近來詩客曲子詞」。兩個人都用了當時的名稱，五代時的曲子詞，在北宋中葉以後被稱為長短句了。王明清的《投轄錄》有一條云：「拱州賈氏子，正議大夫昌衡之孫，讀書能作詩與長短句。」這也是南宋初的文字，可知此時的「長短句」，已成為文學類型的名詞，而不是像東坡早年所云「長短句詩」或「樂府長短句」了。只要再遲幾年，「詞」字已定型成為這種文學類型的名稱，於是所有的詞集都題名為「某某詞」，而王明清筆下的這一句「能作詩與長短句」，也不再能出現，而出現了「能作詩詞」這樣的文句了。

【近體樂府】

在先秦時期，詩都是配合樂曲吟唱的歌辭（詞），所以詩即是歌。漢武帝建置樂府以後，合樂吟唱的詩稱為「樂府歌詞」，或曰「曲辭」。後世簡稱「樂府」。從此以後，「詩」成為一種不配合音樂的文學形式的名詞，與「歌」或「樂府」分了家。

到了唐代，古代的詩人們雖然仍用樂府舊題目作歌詞，事實上已不能吟唱。這時候，「樂府」幾乎已成為一種詩體的名詞，與音樂無關，於是就出現了「樂府詩」這個名稱。初唐詩人所作〈飲馬長城窟行〉、〈東門行〉、〈燕歌行〉等等，都是沿用古代樂府題目（曲名）擬作的歌詞，事實上是樂府詩，而不是樂府，因為它們都無樂譜可唱。

盛唐詩人運用樂府詩體，寫了許多反映新的社會現實的詩，但他們不用樂府舊題，而自己創造新的題目，例如杜甫的〈兵車行〉、〈麗人行〉和「三吏」、「三別」等，這一類的詩，稱為「新題樂府」。後來，白居易就簡化為「新樂府」。新樂府也還是一種詩體，而不是樂府。

這是一個很凸出的現象：唐代詩人集中的所謂「樂府」，幾乎全不是樂府，而是樂府詩。有許多真正配合音樂而寫的絕句和五七言詩，例如〈涼州詞〉、〈簇拍陸州〉、〈樂世〉、〈何滿子〉等，卻從來不被目為樂府，而隸屬於絕句或長短句。

北宋人把《花間集》、《尊前集》這一類的曲子詞稱為樂府，這是給樂府這個名詞恢復了本義。晏幾道把他自己的詞集定名為《小山樂府》，這是「曲子詞」以後的詞的第一個正名。歐陽脩的詞集標名為《近體樂府》，這是對晏幾道的定名作了修正。他大概以為舊體樂府都是詩，形式和長短句的詞不同，故定名「近體樂府」，以資區別。但是，宋本《歐陽文忠公集．近體樂府》第一卷中有「樂語」和「長短句」兩個類目。「樂語」不是曲子詞，而「長短句」則是曲子詞。由此看來，歐陽脩本人似乎還以「長短句」為詞的正名，而「近體樂府」則為包括「樂語」在內的一切當代曲詞的通稱。到南宋時，周必大編定自己的詞集，取名曰《平園近體樂府》。這時候，「近體樂府」才成為專指詞的名詞。

但是，「近體」的「近」字，是一個有限度的時間概念。宋代人所謂「近體」，到了元明，已經不是「近體」而成為古體了。元人宋褧的詞集名曰《燕石近體樂府》，明代夏言的詞集名曰《桂洲近體樂府》，這都是盲從了宋人，沒想到元代的近體樂府，應當是北曲；而明代的近體樂府，應當是南曲。詞已不是新興歌詞形式，怎麼還能說是「近體樂府」呢？

我們應當說，「近體樂府」是北宋人給詞的定名，當時「詞」這個名稱還未確立，所以不能說「近體樂府」是詞的別名。

【寓聲樂府】

黃昇《花菴詞選》記錄賀鑄有小詞二卷，名曰《東山寓聲樂府》。陳振孫《直齋書錄解題》著錄長沙坊刻本《百家詞》，其中有賀鑄的《東山寓聲樂府三卷》。「寓聲樂府」這個名詞大約是賀鑄所創造，用來作他的詞集名的。後人不考究其意義，以為「寓聲樂府」也是詞的別名，這就錯了。

陳振孫解釋這個名詞云：「以舊譜填新詞，而別為名以易之，故曰寓聲。」朱祖謀云：「寓聲之名，蓋用舊調譜詞，即摘取本詞中語，易以新名。」此二家的解釋，大致相同，都以為按舊有詞調作詞，而不用原來調名，在新作的詞中摘取二三字，作為新的調名。但這樣解釋，對「寓聲」二字的意義，還沒有說明。我們研究賀鑄用這兩個字的本意，似乎是自己創造了一支新曲，而寓其聲於舊調。也就是說，借舊調的聲腔，以歌唱他的新曲。陳朱兩家的解釋，恰恰是觀念相反了。蘇東坡有一首詞，其小序云：「僕乃作一曲，名賀新涼，令秀蘭歌以侑觴。」他這首詞，題名賀新涼，而其句法音律，實在就是〈賀新郎〉。根據東坡小序，則我們應該說是以〈賀新涼〉新曲寓聲於舊曲〈賀新郎〉，不能說是把〈賀新郎〉改名為〈賀新涼〉。如果說賀鑄的詞都是改換了一個新調名，那麼「寓聲」二字就無法解釋了。王鵬運以為賀鑄的「寓聲樂府」，和周必大的詞集題名「近體樂府」，元遺山的詞集稱「新樂府」，同樣都是用來與古樂府相區別（「所以別於古也」）。這是根本沒有注意賀鑄用這個語詞的本意，所以朱祖謀批評他「擬不於倫」了。

今本賀鑄的《東山詞》中，有寓聲的新曲，亦有原調名。據黃昇的選本，似乎二卷本的《東山寓聲樂府》中，並不都是以新調名為題，也有用原調名的。黃昇選錄賀鑄詞十一首，都沒有注明新調名。現在根據別本，可知〈青玉案〉為〈橫塘路〉的寓聲曲調，〈感皇恩〉為〈人南渡〉的寓聲曲調，〈臨江仙〉為〈雁後歸〉的寓聲曲調，其餘八首就不知道是新調名抑原調名了。

賀鑄的詞，現在僅存兩個古本。其一為虞山瞿氏鐵琴銅劍樓所藏殘宋本《東山詞》上卷。其二是勞巽卿傳錄的一個鮑氏知不足齋所藏的《賀方回詞》二卷。此本中有用新調名標題的寓聲樂府，也有用原調名的。這兩個古本並非同出於一源。鮑氏所藏鈔本，來歷不明，疑非宋代原編本。因為歷代詩文集用作家姓字標目者，大多是後人編集之本。宋代原刻賀鑄詞，絕不會用《賀方回詞》這樣的書名。

清代道光年間，錢塘王迪，字惠庵，匯鈔以上二本，合為三卷。以鮑氏鈔本二卷為上卷及中卷，以殘宋本《東山詞》上卷為下卷。又以同調之詞並歸一處，刪去重出的詞八首，又從其他諸家選本中搜輯得四十首，編為《補遺》一卷。全書題名為《東山寓聲樂府》，這是賀鑄的詞經殘佚之餘的第一次整理結集。但王惠庵以為賀鑄所有的詞都是寓聲樂府，又以為賀鑄的詞集原名就是《東山寓聲樂府》，因此，他採用此書名而自以為「仍其舊名」。

光緒年間，王鵬運四印齋初刻賀鑄詞，採用了《汲古閣未刻詞》中的《東山詞》（這就是殘宋本《東山詞》上卷），又將自己輯錄所得二十餘首增入。又以為《東山詞》這個書名是毛氏所妄改，因此也改題為《東山寓聲樂府》，「以從其舊」。此外，王鵬運又不說明此書僅為宋本之上卷，於是，這個四印齋刻本出來以後，一般人都不知道有一個殘宋本《東山詞》上卷。過了幾年，王鵬運才見到皕宋樓所藏王惠庵編輯本，於是從王惠庵本中鈔補百餘首，編為《補鈔》一卷，續刻傳世。這樣一來，非但殘宋本和鮑氏舊鈔本這兩個古本賀鑄詞的面目不可復見，連王惠庵的編輯本也未獲保存。《四印齋所刻詞》中，賀鑄詞的版本最為可議，這是王鵬運自己也感到不愉快的。

以後，朱祖謀輯刻《彊村叢書》，關於賀鑄的詞，採用了殘宋本和鮑氏鈔本，都保存它們的原來面目。卷末附以吳伯宛重輯的《補遺》一卷，又不用「東山寓聲樂府」為書名。這樣處理，最為謹慎，可見朱祖謀知道賀鑄的詞並不都是寓聲樂府，而「寓聲樂府」也並不是詞的別名。

南宋詞人張輯，字宗瑞，有詞集二卷，名《東澤綺語債》。黃昇云：「其詞皆以篇末之語而立新名。」這部詞集現在還有，用每首詞的末三字為新的詞調名，而在其下註明「寓□□□」。這裡作者明白地用了「寓」字，可知也是寓聲樂府。作者之意，以為他所創的新調，寓聲於舊調，所以是向舊調借的債，故自題其詞集為「綺語債」。《彊村叢書》所刻本，刪去「債」字，僅稱為《東澤綺語》，大約朱祖謀沒有注意到這個「債」字的含義。

【琴趣外篇】

陶淵明有一張沒有弦的琴，作為自己的文房玩物。人家問他：「無弦之琴，有何用處？」詩人答道：「但識琴中趣，何勞絃上音。」這是「琴趣」二字的來歷，可知琴趣不在於音聲。後人以「琴趣」為詞的別名，可謂一誤再誤。以琴曲為琴趣，這是一誤；把詞比之為琴曲，因而以琴趣為詞的別名，這是再誤。宋人詞集有名為「琴趣外篇」的，現在還有六家：歐陽脩、黃庭堅、秦觀、晁補之、晁端禮、趙彥端。此外，葉夢得的詞集亦名為「琴趣外篇」，可是這個集子後來已失傳了。所有的「琴趣外篇」，都不是作者自己選定的書名，而是南宋時出版商彙刻諸名家詞集時，為了編成一套叢書，便一本一本地題為某氏「琴趣外篇」。於是，「琴趣外篇」就成為詞的別名了。

琴曲本是古樂、雅樂，在音樂中占有很高的地位。而詞本是民間俗曲，它們是怎樣聯繫到一起的呢？原來，宋人為了提高詞的地位，最初稱之為「雅詞」，後來更尊之為琴操。這可以說是對詞曲的莫大推崇。然而這個比擬卻是不倫不類的，因為詞的曲子與琴曲是完全不同的，對這一點，宋人也並不是不知道，蘇東坡有一首〈醉翁操〉，自序云：「琅琊幽谷，山水奇麗，泉鳴空澗，若中音會，醉翁喜之，把酒臨聽，輒欣然忘歸。既去十餘年，而好奇之士沈遵聞之往遊，以琴寫其聲，曰〈醉翁操〉，節奏疏宕而音指華暢，知琴者以為絕倫。然有其聲而無其辭。翁雖為作歌，而與琴聲不合。又依《楚辭》作〈醉翁引〉，好事者亦倚其辭以製曲，雖粗合均度而琴聲為辭所繩約，非天成也。後三十餘年，翁既捐館舍，遵亦沒久矣。有廬山玉澗道人崔閑，特妙於琴，恨此曲之無辭，乃譜其聲，而請東坡居士以補之云。」

東坡這一段話，也說明了琴曲節奏疏宕，不與詞同。歐陽脩用楚辭體作〈醉翁引〉，有人為他作曲，在演奏時，曲子雖然有了節奏，而琴聲已失去其古音之自然。由此可見，蘇東坡也知道詞與琴曲是完全不同的。東坡的這一首〈醉翁操〉，本來不收在東坡詞集中，因為它是琴操而不是詞。南宋時，辛稼軒模仿東坡，也作了一首，編入了他的詞集，於是後人在編東坡詞集時，也把〈醉翁操〉編了進去。從此，琴曲〈醉翁操〉成了詞調名。

宋趙令畤《侯鯖錄》記一段詞話云：「東坡云，琴曲有〈瑤池燕〉，其詞不協，而聲亦怨咽。變其詞作閨怨，寄陳季常去此曲奇妙，勿妄與人云。」這段話是引用了蘇東坡〈瑤池燕〉詞的自序，其詞即「飛花成陣春心困」一首。由此也可知為琴曲而作的歌詞，不協於詞的音律，如果要以琴曲譜詞，就非變不可。

以上二件事，都可以證明琴曲不能移用於詞曲。因此，我說，以「琴趣」為琴曲的代用詞，此是一誤；以「琴趣」為詞的別名，此是再誤。

不過，宋代人還沒有把「琴趣」直接用作詞的別名，他們用的是「琴趣外篇」。所謂「外篇」，也就是意味著，詞的地位雖然提高了，但只能算是琴曲的支流，還不等於真正的琴曲，只是「外篇」而已。這樣標名是可以的，只犯了一誤，而沒有再誤。

元明以來，許多詞家都不明白「琴趣外篇」這個名詞的意義，他們以為「琴趣」是詞的別名，而對「外篇」的意義，則不去研究，於是非但把自己的詞集標名為「琴趣」，甚至把宋人集名的「外篇」二字也刪掉了。《棟亭書目》著錄秦觀詞集為《淮海琴趣》，歐陽脩詞集為《醉翁琴趣》，汲古閣本趙彥端詞集稱《介庵琴趣》，《趙定宇書目》稱晁補之詞集為《晁氏琴趣》，都是同樣錯誤。清代以來，詞家以「琴趣」為詞的別名，因而用作詞集名者很多，例如朱彝尊的《靜志居琴趣》，張奕樞的《月在軒琴趣》，吳泰來的《曇花閣琴趣》，姚梅伯的《畫邊琴趣》，況周頤的《蕙風琴趣》，邵伯褧的《雲淙琴趣》，都是以誤傳誤，失於考究。

【詩餘】

一種文學形式，從萌芽到定型，需要一個或長或短的過程。這種已定型的文學形式，還需要另一個過程，才能確定其名稱。詞是從詩分化出來，逐漸發展而成為脫離了詩的領域的一種獨立的文學形式，其過程是從盛唐到北宋，幾乎有二三百年的時間；而最後把這種文學形式定名為「詞」，還得遲到南宋中期。

近來有人解釋詞的名義，常常說：「詞又名長短句，又名詩餘。」這裡所謂「又名」，時間概念和主從概念，都很不明確。好像是這種文學形式先名為詞，後來又名為長短句，後來又名為詩餘。但是，考之於文學發展史的實際情況，卻並不如此。事實恰恰是：先有長短句這個名詞，然後又名為詞，而「詩餘」這個名詞初出現的時候，還不是長短句的「又名」，更不是詞的「又名」。

胡元任《苕溪漁隱叢話》前集序於紹興四年甲寅（一一三四），後集序於乾道三年丁亥（一一六七），全書中不見有「詩餘」這個名詞，也沒有提到《草堂詩餘》這部書。王楙的《野客叢書》成於慶元年間（一一九五～一二〇〇），書中已引用了《草堂詩餘》，可見這部書出現於乾道末年至淳熙年間。毛平仲《樵隱詞》有乾道三年王木叔序，稱其集為《樵隱詩餘》。以上二事，是宋人用「詩餘」這個名詞的年代最早者。稍後則王十朋詞集曰《梅溪詩餘》，其人卒於乾道七年，壽六十。廖行之詞集曰《省齋詩餘》，見於《直齋書錄》，其人乃淳熙十一年（一一八四）進士，詞集乃其子謙所編刊，當然在其卒後。林淳詞集曰《定齋詩餘》，亦見《直齋書錄》，其人於乾道八年為涇縣令，刻集亦必在其後。此外凡見於《直齋書錄》或宋人筆記的詞集，以「詩餘」標名者，皆在乾道、淳熙年間，可知「詩餘」是當時流行的一個新名詞。黃叔暘稱周邦彥有《清真詩餘》，景定刊本《嚴州續志》亦著錄周邦彥《清真詩餘》，這是嚴州刻本《清真集》的附卷，並非詞集原名。現在所知周邦彥詞集，以淳熙年間晉陽強煥刻於溧水郡齋的一本為最早，其書名還是《清真集》，不作《清真詩餘》。

我懷疑南宋時人並不以「詩餘」為文學形式的名詞，它的作用僅在於編詩集時的分類。考北宋人集之附有詞作者，大多稱之為「樂府」，或稱「長短句」，都編次在詩的後面。既沒有標名為「詞」，更沒有標名為「詩餘」。南宋人集始於詩後附錄「詩餘」。陳與義卒於紹興八年，其《簡齋集》十八卷附詩餘十八首。但今所見者乃胡竹坡箋注本，恐刊行甚遲。高登的《東溪集》，附詩餘十二首。登卒於紹興十八年，三十年後，延平田澹始刻其遺文，那麼亦當在淳熙年間了。況且今天我們所見的《東溪集》，已是明人重編本，不能確知此「詩餘」二字是否見於宋時初刻本。宋本《後村集》，其第十九、二十兩卷為詩餘，此本有淳祐九年（一二四九）林希逸序，其時劉克莊尚在世。然《後村先生大全集》一百九十六卷，其卷一百八十七至一百九十一，共五卷，則題作「長短句」。可見南宋人編詩集，如果把詞作也編進去，則附於詩後，標題曰「詩餘」，以代替北宋人集中的「樂府」或「長短句」。

「詩餘」成為一個流行的新名詞以後，書坊商人把文集中的詩餘附卷裁篇別出，單獨刊行，就題作《履齋詩餘》、《竹齋詩餘》、《冷然齋詩餘》，甚至把北宋人周邦彥的長短句也題名為《清真詩餘》了。這樣，「詩餘」好像已成為這一種文學形式的名稱，但是，我們如果再檢閱當時人所作提到詞的雜著，如詞話、詞序、詞集題跋之類，還是沒有見到把作詞說成作詩餘，由此可知「詩餘」這個名詞雖出現於乾道末年，其意義與作用還不等於一個文學形式的名稱。個人的詞集雖題曰「詩餘」，其前面必有一個代表作者的別號或齋名。詞選集有《草堂詩餘》、《群公詩餘》，「草堂」指李白，「群公」則指許多作者，也都是有主名的。一直到明人張綖作詞譜，把書名題作《詩餘圖譜》，從此「詩餘」才成為詞的「又名」。這是張綖造成的一個大錯。

現在可以弄清楚：在北宋時，已有了詞為「詩人之餘事」的概念，但還沒有出現「詩餘」這個名詞。南宋初，有人編詩集，把詞作附在後面，加上一個類目，就稱為「詩餘」，於是這個名詞出現了。但是，這時候，「詩餘」

還不是詞的「又名」，甚至，這個時候，連「詞」這個名詞也還沒有成立。只要看當時人講到詞這種文學形式的地方，邵伯溫稱「長短句」，黃庭堅稱「樂府之餘」，羅泌、關注稱「歌詞」，孫兢稱「樂章」，陸游稱「樂府詞」。唯有王偁的〈書舟詞序〉中稱「叔原獨以詞名爾」，這裡才用了「詞」字，但這個「詞」字還不是文學形式的名詞，而只是「歌詞」、「曲子詞」的省文。

再後一些時間，書坊商人把名家詩文集中的「詩餘」部分抄出，單獨刊行，於是就題其書名曰「某人詩餘」，詞選集也就出現了《草堂詩餘》、《群公詩餘》等等書目。這時候，「詩餘」二字還不能單獨用，其前面必須有主名，表明這是某人的「詩之餘事」。整個南宋時期，沒有人把做一首詞說成做一首詩餘。

直到明代，張綖作詞譜，把他的書名題作《詩餘圖譜》，從此以後，「詩餘」才成為詞的「又名」。從楊慎以來，絕大多數詞家，一直把這個名詞解釋為詩體演變之餘派，又從而紛爭不已，其實都是錯誤的。

【南詞、南樂】

詞在唐五代時稱為曲子詞，到了南宋，簡稱為詞。在北方，金元之間，興起了北曲，這又是一種曲子詞了。於是北方人稱詞為南詞，以區別於北詞（曲）。歐陽玄有〈漁家傲南詞〉十二闋詠燕京風物，這些都是北方人的語言，南方人不說。明代李西涯輯五代宋元詞二十三家，題作《南詞》。明初詞人馬浩瀾自序其《花影集》云：「予始學為南詞，漫不知其要領。」（楊慎《升菴詩話》）這都是明代初期人沿用元代北方人的名稱，而不自知其誤。

詞又有稱為南樂的，也是元人語。王秋澗〈南鄉子〉詞序云：「和幹臣樂府南鄉子南樂。」以詞為南樂，則北曲便是北樂了。

【大詞、小詞】

按照字數的多少，把詞分為小令、中調、長調三類，這是明代人的分法，最早用於明代人重編的《草堂詩餘》。宋代人談詞，沒有這種分法。他們一般總說令、引、近、慢，或者簡稱令、慢。令即明人所謂小令，引、近相當於中調，慢即是長調。大致如此。但另外還有稱為大詞、小詞的。宋沈義父《樂府指迷》云：「作大詞先須立間架，將事與意分定了。第一要起得好，中間只鋪敘，過處要清新，最緊是末句，須是有一好出場方妙。小詞只要些新意，不可太高遠。」此文目的是論詞的創作方法，但使我們注意到，宋人談詞，只分為大詞、小詞二類。小詞即小令，大詞即慢詞，這是可以理解的，唯有明人所謂中調，即引、近之類，在宋人觀念裡，到底是屬於小詞呢，還是大詞？這一問題，在宋人書中，沒有見過明確述及。蔡嵩雲注《樂府指迷箋釋》此條云：「按宋代所謂大詞，包括慢曲及序子、三臺等。所謂小詞，包括令曲及引、近等。自明以後，則稱大詞曰長調，小詞曰小令，而引、近等詞，則曰中調。」蔡氏此注，已很明白，但是沒有提出證據，何以知道宋人所謂小詞，包括引、近在內？且「小詞曰小令」，這句話也有語病，應該說：「令詞曰小令。」

宋陳鵠《耆舊續聞》云：「唐人詞多令曲，後人增為大拍。」大拍即大詞，可知令詞以外，都屬於大詞了。但是，張炎《詞源》云：「慢曲、引、近，名曰小唱。」這是另外一個概念。他所謂小唱，並不等於小詞。他這裡是對法曲、大曲而言，不但令、引、近為小唱，連慢詞也還是屬於小唱。《詞源》又說：「法曲、大曲、慢曲之次，引近輔之，皆定拍眼。」這兩條中所謂引、近，都包括令曲而言，揣摩其語氣，可知他以慢曲為一類，引、近為一類。由此可知宋人以慢曲為大詞，令、引、近都為小詞。陳允平的詞集《日湖漁唱》分四個類目：「慢、西湖十詠、引令、壽詞。」這裡兩類是按詞體分的，兩類是按題材內容分的。其引令類詞中有〈祝英臺近〉，由此可知陳允平以慢詞為一類，以令、引、近為一類，這就證明了宋人以令、引、近為小詞，只有慢詞才算大詞。

那麼，宋人所謂小詞，即明人所謂小令和中調，宋人所謂大詞，即明人所謂長調。至於明人以五十九字以下為小令，五十九字至九十字為中調，九十字以上為長調，這樣按字數作硬性區分，是毫無根據的。

元人燕南芝庵論曲云：「近出所謂大樂：蘇小小〈蝶戀花〉、鄧千江〈望海潮〉、蘇東坡〈念奴嬌〉、辛稼軒〈摸魚子〉、晏叔原〈鷓鴣天〉、柳耆卿〈雨霖鈴〉、吳彥高〈春草碧〉、朱淑真〈生查子〉、蔡伯堅〈石州慢〉、張子野〈天仙子〉也。」這裡列舉宋金人詞十首，有令、引、近、慢，而一概稱之為「大樂」，這是什麼道理呢？原來元代民間所唱，都是俚俗的北曲，唱宋金人的詞，已經算是雅樂。因此，不論令、引、近、慢，在元人觀念中，都是大樂。大樂的對立面，就是小唱。宋人以詞為小唱，元人以詞為大樂，可知在元代，詞人雖然不多，詞的地位卻愈高了。

【詞題、詞序】

宋人黃昇說：「唐詞多緣題所賦，〈臨江仙〉則言仙事，〈女冠子〉則述道情，〈河瀆神〉則詠祠廟，大概不失本題之意。爾後漸變，去題遠矣。」（見《唐宋諸賢絕妙詞選》）明人楊慎也跟著說：最初的詞，詞意與詞題統一，後來漸漸脫離。

這個觀點，有兩個錯誤。第一，他們都以為詞調名就是詞題。第二，他們都以為先有詞題，然後有詞意，這是本末顛倒了，例如〈河瀆神〉，最初的作者是為賽河神而製歌詞，樂師將歌詞譜入樂曲，這個曲調就名為〈河瀆神〉。可見在最初的階段，是先有歌詞，後有調名。第二個階段，凡是祭賽河神，都用〈河瀆神〉這個曲子，文人就依這個曲調的音節製作歌詞。所以此時調名與詞意統一。後來，〈河瀆神〉這個曲子普遍流傳，不在祭河神的時候，也有人唱這個曲子。於是文人就用別的抒情意境作詞。從此以後，調名和詞意就沒有關係了。黃、楊二人把詞調名稱為詞題，這是詞的發展在第一、二階段的情況，到了第三階段，詞調名就不是詞題了。溫庭筠有三首〈河瀆神〉，詞意是詠賽神的，又有二首〈女冠子〉，詞意是詠女道士的。這兩個調名，可以說同時也是詞題。但另外有許多詞，如〈菩薩蠻〉、〈酒泉子〉、〈河傳〉等，詞意與調名絕不相關，這就不能認為調名即詞題了。綜觀唐五代詞，調名與詞意無關者多，故黃昇說「唐詞多緣題所賦」，這個「多」字也未免不合事實。

唐五代至北宋初期的詞，都是小令，它們常用於酒樓歌館，為侑觴的歌詞。詞的內容，不外乎閨情宮怨，別恨離愁，或賦詠四季景物。文句簡短明白，詞意一看就知，自然用不到再加題目。以後，詞的作用擴大，成為文人學士抒情寫懷的一種新興文學形式，於是詞的內容、意境和題材都繁複了。有時光看詞的文句，還不知道為何而作。於是作者有必要給加一個題目。這件事，大約從蘇東坡開始。例如東坡〈更漏子〉詞調名下有「送孫巨源」四字，〈望江南〉一首的調名下有「超然臺作」四字。都是用來說明這首詞的創作動機及其內容。這就是詞題。有了詞題，就表明詞的內容與調名沒有關係。但曹勛有幾首詞，調名為〈月上海棠〉、〈隔簾花〉、〈二色蓮〉、〈夾竹桃〉，詞的內容也就是賦詠這些花卉。這樣，調名也就是詞題了，本來可以不再加題目，可是，當時的習慣，調名已不是詞題，故作者還得加上一個題目「詠題」，以說明「月上海棠」等既是調名，也是詞題。不過，這幾首詞是作者的自製曲，還是先有詞而後製曲，並非所謂「緣題作詞」。唯有陳允平作一首賦垂楊的詞，即用垂楊詞調，但是他還不得不再加一個題目「本意」。

王國維《人間詞話》有一條談到詞題的，他說：「詩之《三百篇》、〈十九首〉，詞之五代、北宋，皆無題也。非無題也，詩詞中之意，不能以題盡之也。自《花庵》、《草堂》每調立題，並古人無題之詞，亦為之作題。如觀一幅佳山水，而即曰：此某山某河，可乎？詩有題而詩亡，詞有題而詞亡。」

王氏反對詩詞有題目，這一觀念是違反文學發展的自然規律的。《詩》三百篇以首句為題，不能說沒有題目。〈古詩十九首〉是早期的五言詩，正如唐五代的詞一樣，讀者易於瞭解其內容，故無題目。但畢竟不便，故陸機擬作，仍然以每首詩的第一句作為題目。魏晉以後，詩皆有題，題目不過說明詩的主旨所在，本來不必完全概括詩意。王氏甚至說「詩有題而詩亡，詞有題而詞亡」，可謂「危言聳聽」，難道杜甫的詩，因為有題目，便不成其為詩了嗎？

不過王國維這一段話，多半是針對《草堂詩餘》而說的。明代人改編宋本《草堂詩餘》，給每一首原來沒有題目的小令，加上了「春景」、「秋景」、「閨情」、「閨意」之類的題目。明代人自己作詞，也喜歡用這一類空泛而無用的詞題。這是明代文人的庸俗文風，當然不足為訓。

「詞序」其實就是詞題。寫得簡單的，不成文的，稱為詞題。如果用一段比較長的文字來說明作詞緣起，並略為說明詞意，這就稱為詞序。蘇東坡的〈滿江紅〉、〈洞仙歌〉、〈無愁可解〉、〈哨遍〉等詞，調名下都有五、六十字的敘述，類似一段詞話，這就不能認為題目了。

姜夔最善作詞序，其〈慶宮春〉、〈念奴嬌〉、〈滿江紅〉、〈角招〉等詞序，宛然如一篇小品文。序與詞合讀，猶如陶淵明的〈桃花源〉詩及序。序與詩詞，相得益彰。但是也有人不欣賞詞序。周濟《介存齋論詞雜著》說：「白石小序甚可觀。苦與詞複。若序其緣起，不犯詞境，斯為兩美已。」又說：「白石好為小序，序即是詞，詞仍是序，反覆再觀，如同嚼蠟矣。詞序、序作詞緣起，以此意詞中未備也。今人論院本，尚知曲白相生，不許複沓，而獨津津於白石詞序，一何可笑。」

周氏既知道白石詞序「甚可觀」，又笑人家「津津於白石詞序」。這倒並不是觀念有矛盾。他以為白石詞序孤獨地看，是一篇好文章，但如果與詞同讀，便覺得詞意與序文重複。這意見雖然不錯，可不適用於姜夔的詞序，因為姜夔的詞序，並不與詞相犯。至於周氏以「曲白相生」為比喻，這卻比不與倫了。在戲本裡，道白與唱詞各不相犯，因為道白和唱詞互相銜接，劇情由此發展。如果唱詞的內容，就是道白的內容，觀眾聽眾當然嫌其重複。詞序並不同於道白。唱詞的人並不唱詞序。詞序是書面文學，詞才是演唱文學。所以，詞序與詞的關係，並不等於道白與曲詞的關係。詞的內容即使與詞序重複，其實也沒有關係。

【填腔、填詞】

元稹〈樂府古題序〉謂樂府，「因聲以度詞，審調以節唱。句度短長之數，聲韻平上之差，莫不由之準度。而又別其在琴瑟者為操引，採民甿者為謳謠。備曲度者，總得謂之歌、曲、詞、調。斯皆由樂以定詞，非選詞以配樂也。後之審樂者，往往採取其詞，度為歌曲，蓋選詞以配樂，非由樂以定詞也」。這段話說明樂曲與歌詞的互相形成，極其簡明扼要。

所謂「由樂以定詞」，是指先有樂曲，然後依這個樂曲的聲調，配上歌詞。這在古代，叫做「倚歌」。《漢書·張釋之傳》云：文帝「使慎夫人鼓瑟，上自倚瑟而歌。」顏師古註云：「倚瑟，即今之以歌合曲也。」唐、宋人叫做「倚聲」。《唐書·劉禹錫傳》云：「禹錫謂屈原居沅、湘間，作《九歌》，使楚人以迎送神。乃倚聲作〈竹枝詞〉十篇，武陵人悉歌之。」宋人也有稱為「填曲」的。《夢溪筆談》：「唐人填曲，多詠其曲名，所以哀樂與聲，尚相諧會。」宋元以來一般人則通稱「填詞」。這個名詞，出現得也相當早，宋仁宗對柳永有「且去填詞」之語，可見這個名詞在北宋時已有。

所謂「選詞以配樂」，是指先有歌詞，然後給歌詞譜曲。即《尚書》所謂「聲依永，律和聲」。以歌詞配樂曲，古代稱為「誦詩」。《周禮》記載大司樂以樂語教國子，其三曰「誦」。鄭玄注曰：「以聲節之曰誦。」《漢書·禮樂志》云：「乃立樂府，采詩夜誦。」這是說，以白天採集到的各地民歌，晚上為它們譜曲。這個「誦詩」的「誦」字，向來沒有人注意鄭玄的注解，連顏師古也以為是「歌誦」的意思。漢代稱為「自度曲」。《漢書·元帝紀》謂帝「多材藝，自度曲，被歌聲。分刌比度，窮極窈眇」。這就是說皇帝能夠給歌詞作曲。到了宋代，就稱為「填腔」。宋吳曾《能改齋漫錄》云：「政和中，一中貴人使越州回，得詞於古碑陰，無名無譜，不知何人作也。錄以進御，命大晟府撰腔。因詞中語，賜名魚遊春水。」由此可知宋人為歌詞作曲，稱為「填腔」。

自古以來一切音樂歌曲，最初是隨口唱出一時的思想情感，腔調都沒有定型。後來這個腔調唱熟了，成為統一的格律，於是一個曲子定了型。再以後，有人配合這個曲調另製歌詞，於是一個曲調可以譜唱許多歌詞。「填詞」與「填腔」是互相起作用的。從唐代的五七言詩發展到宋代的詞，文學形式的改變，已說明了詩隨時都在受樂的影響。不能說唐代的詩樂關係是先有詩，後有曲調；宋代的詩樂關係是先有曲調，後有詞。不過，宋代詞人，精通音樂的人不多，故多數人只能填詞而不能填腔。

不懂音律，當然不會填腔作曲；但宋人所謂填詞，最初也還是需要懂一點音律。在宋代，歌樓伎席傳唱的詞調，文人都已聽得很熟，因此都能夠一邊聽唱，一邊選字定句。所謂「依聲撰詞，曲終而詞就」。或者是先隨意寫一首長短句歌詞，也往往可以配合現成的歌曲。這是因為平時聽得多了，雖說隨意撰詞，其實心中已摹擬著一個曲調。例如蘇東坡作〈江城子〉詞，其序云：「乃作長短句，以江城子歌之。」又〈陽關曲〉序云：「本名小秦王，入腔即陽關曲。」這兩段詞序是東坡故弄玄虛。如果他撰詞覓句的時候，心中沒有想到〈江城子〉或〈小秦王〉的腔調，他隨意寫出來的詞怎麼能譜入〈江城子〉或〈小秦王〉呢？他又知道〈小秦王〉可以過入〈陽關曲〉，故作〈小秦王〉詞而令樂師唱時過腔，便題作〈陽關曲〉。由此可知東坡填詞，亦有音律知識為基礎。如周邦彥、姜夔之深通音律者，就非但能填詞，也能填腔了。

但是南宋後期，詞家都已不曉音律，故沈伯時教人作詞，唯注意於緊守去聲字，及平聲可以入聲替，上聲絕不可以去聲替等等規律，這是就前輩名家詞中，模擬其四聲句逗，依樣畫葫蘆，也就是楊守齋所謂「依句填詞」。可是，楊守齋《作詞五要》還說：「自古作詞，能依句者少，依譜用字，百無一二。」可知宋詞雖盛，詞家能按歌者並不多。依句填詞，亦已可貴，又何怪乎元明以後，詞僅存於紙上而不復為樂府乎？

由以上的文獻看來，「填詞」這個名詞，可有三種解釋。第一種是「按譜填詞」，這些作家都深通音律，能依曲譜撰寫歌詞。他們也能「填腔」，即作曲。柳永、周邦彥、姜夔、張炎都屬於這一類。第二種是「按簫填詞」。這些作家不會唱曲打譜，但能識曲知音。他們耳會心受，能依簫聲寫定符合於音律的歌詞，但他們不會「填腔」。蘇東坡，秦觀，賀鑄，趙長卿，都屬於這一類。第三種是「依句填詞」。這些作家不懂音律。詞對於他們，只是一種紙上文學形式。他們依著前輩的作品，逐字逐句地照樣填寫，完全失去了「倚聲」的功效。南宋以後，大多數詞家都屬於這一類。但由於才情有高下，文字有巧拙，這些詞家的作品仍有很大的區別。劉過、陸游、元好問、陳維崧等，可謂依句填詞的高手，厲樊榭以下至戈順卿，就是呆板的摹古作品了。明清二代，有許多小家詞人，他們的作品，破句落韻，拗音澀字。「依句」的功夫，都談不上，也就不能算是填詞了。

近代詞家，自知不懂音律，只能依句，故自謙曰「填詞」。其實這還是「填詞」的末流。如果能做到第一義的「填詞」，這「填詞」二字也不算是謙詞了。

明代人開始把「填詞」作為一個名詞用，竟稱「詞」為「填詞」。如李蓘在《花草粹編》序文中說：「蓋自詩變而為詩餘，又曰雅調，又曰填詞，又變而為金元之北曲。」清代詞家沿襲其錯誤，凡講到詞，常說是「填詞」，似乎都不瞭解這個「填」字的意義。這是「填詞」這個語詞的誤用。

【自度曲、自製曲、自過腔】

通曉音律的詞人，自撰歌詞，又能自己譜寫新的曲調，這叫做自度曲。此語最早見於《漢書．元帝紀贊》：「元帝多材藝，善史書。鼓琴瑟，吹洞簫，自度曲，被歌聲。」應劭注曰：「自隱度作新曲，因持新曲以為歌詩聲也。」荀悅注曰：「被聲，能播樂也。」臣瓚注曰：「度曲，謂歌終更援其次，謂之度曲。〈西京賦〉曰：『度曲未終，雲起雪飛。』張衡〈舞賦〉：『度終復位，次受二八。』」師古注曰：「應、荀二說皆是也。度，音大各切。」臣瓚引〈西京賦〉為注，李善注〈西京賦〉，又引用臣瓚之說，他們都把這個「度」字解釋為「過度」的意思，於是可知他們把「度」字讀作「杜」字音。但是應劭所注釋的是「自度曲」三個字，他以為「自度曲」就是「自製曲」。臣瓚、李善所注釋的，僅為「度曲」二字，他們以為「度曲」即「唱曲」。可是「度曲」二字，早已見於宋玉的〈笛賦〉：「度曲舉盼。」宋玉用這兩個字，也是「唱曲」的意思。故後世以「度曲」為「唱曲」，以「自度曲」為「自製曲」，乃是各取一說，二者不可混淆。「自度曲」是一個名詞。「度曲」是一個動賓結構的語詞。不能把「自度曲」解釋為「自唱曲」。

宋代有不少詞人，都深通音樂，他們做了詞，便自己能夠作曲，故詞集中常見有「自度曲」。舊本姜白石詞集第五卷，標目云「自製曲」，其實就是「自度曲」，這裡所收都是姜夔自己創作的曲調。第六卷標目云：「自度曲。」當時編集時偶然沒有統一。陸鍾輝刻本就已經統一為「自度曲」了。柳永、周邦彥深於音律，他們的詞集中有不少自度曲，但並不都標明。不過，凡是自度曲，至少都應當注明這個曲子的宮調，或者在詞序中說明。柳永的《樂章集》按照宮調編輯，姜夔的自度曲都有小序。這個辦法最有交代，其他詞集中未有說明的自度曲，後世讀者就無法知道了。

自度曲亦稱「自度腔」。吳文英〈西子妝慢〉注曰：「夢窗自度腔。」張仲舉〈虞美人〉詞序云：「題臨川葉宋英《千林白雪》，多自度腔。」也有稱「自撰腔」的，張先〈勸金船〉詞序曰：「流杯堂唱和，翰林主人元素自撰腔。」蘇東坡和作序亦云：「和元素韻，自撰腔，命名。」這是說：〈勸金船〉是他們的朋友楊元素自己作的曲調，〈勸金船〉這個調名也是楊元素取定的。自度曲有時亦稱「自製腔」。例如蘇東坡〈翻香令〉詞小序云：「此詞蘇次言傳於伯固家，云老人自製腔。」又黃昇《花庵詞選續集》云：「馮偉壽精於律呂，詞多自製腔。」

又有稱為「自過腔」的，其含義就不同了。晁補之〈消息〉詞題下自註曰：「自過腔，即越調〈永遇樂〉。」姜夔有一首〈湘月〉詞，自序曰：「予度此曲，即念奴嬌鬲指聲也。於雙調中吹之。鬲指，亦謂之「過腔」，見晁無咎集。凡能吹竹者，便能過腔也。」據此可知，晁補之的〈消息〉，就是用鬲指聲來吹奏的永遇樂。姜夔的〈湘月〉詞，句格仍與念奴嬌一樣，晁補之的〈消息〉，句法亦與〈永遇樂〉沒有不同。可知所謂「過腔」，僅是音律上的改變，並不影響到歌詞句格。

所謂「過腔」者，是從此一腔調過入另一腔調。「鬲指」者，指吹笛的指法可以高一孔，或低一孔。指法稍變，腔調即異。故〈念奴嬌〉的腔調稍變，即可另外題一個調名曰〈湘月〉。但這僅是歌曲腔調的改動，並不影響到歌詞句格。後世詞家，已不懂宋詞音律，作詞只能依照句法填字。〈念奴嬌〉和〈湘月〉，〈永遇樂〉和〈消息〉，句法既然一樣，從文學形式的角度來看，當然不妨說：〈湘月〉即〈念奴嬌〉，〈消息〉即〈永遇樂〉。至於二者之間，腔調不同，卻不能從字句中看得出來。《詞律》、《詞譜》，只能以詞調的句格同異為類別，無法從句法相同的兩首詞中區別其腔調之不同。可是，周之琦的《心日齋詞集》、江順詒的《詞學集成》，都極力排抵萬樹不懂宮調。其實，萬樹在《詞律》卷端〈發凡〉中已明白說了：「宮調失傳，作者依腔填句，不必另收〈湘月〉。」萬氏正因為無法從字句中區別宮調，故只能就詞論詞。如周之琦、江順詒之自以為能知二詞有宮調不同的區別，但他們也不可能作字句相同的〈湘月〉及〈念奴嬌〉各一闋，而使讀者知其有宮調之不同。不過，以文詞句法而論，則〈湘月〉即〈念奴嬌〉，〈消息〉即〈永遇樂〉，從音律而論，則〈湘月〉非〈念奴嬌〉，〈消息〉亦非〈永遇樂〉，萬氏在〈念奴嬌〉下注〈百字令〉、〈酹江月〉、〈大江東去〉等異名，而〈湘月〉亦在其中，似乎〈湘月〉亦是〈念奴嬌〉的一個別名，又在〈永遇樂〉下注云「一名〈消息〉」，這樣注法，確是失於考慮的。

自過腔既然不是創調，它就和自度曲不同。但姜夔以〈湘月〉編入詞同集第六卷自度曲中，可見宋朝人還是把自過腔作為自度曲的。

【闋】

一首詞稱為一闋，這是詞所特有的單位名詞，但它是一個復活了的古字。音樂演奏完畢，稱為「樂闋」，這是早見於《儀禮》、《禮記》等書的用法，它是一個動詞。《說文》解釋這個字為「事已閉門也」。事情做完，閉門休息，這就與音樂沒有關係，只剩下完畢的意義了。《呂氏春秋．古樂篇》云：「昔葛天氏之樂，三人操牛尾，投足以歌八闋。」東漢馬融〈長笛賦〉云：「曲終闋盡，餘弦更興。」這裡兩個「闋」字，已成為歌曲的單位名詞了。但是，漢魏以來，我們還沒有見到稱一支歌曲或一首樂府詩為一闋的文獻。直到唐代詩人沈下賢的詩文集中，才出現了〈文祝延二闋〉的標題，以後，到了宋代，「闋」字被普遍用作詞的單位名詞，可知這個古字是在晚唐時代開始復活的。

宋彭乘《墨客揮犀》載宋仁宗天聖年中有女郎盧氏題詞於驛舍壁上，其序言云：「因成〈鳳棲梧〉曲子一闋。」這是稱一首詞為一闋的最早記錄。以後就有蘇東坡的〈如夢令〉詞序云：「戲作兩闋。」陳與義的〈法駕導引〉序云：「得其三而亡其二，擬作三闋。」馬令《南唐書》稱李元宗「嘗作〈浣溪沙〉二闋」。又謂馮延巳「著樂章百餘闋」。都在北宋時期。

宋人習慣，無論單遍的小令，或雙曳頭的慢詞，都以一首為一闋。分為上下遍的詞，可以稱為上下闋。或曰前後闋。無論上下或前後，合起來還是一闋，不能說是二闋。近來有人說：「詞一片叫做一闋，一首詞分做兩片，三片，也可以說是兩闋，三闋。」又有人說：「一首詞分兩段或三段，每段叫做一闋。」這話非常奇怪，不知有什麼根據，我翻遍宋元以來詞集、詞話，絕沒有發現以一首分上下片的詞為二闋的例子。

「闋」字用到後來，成為「詞」的代用字。東坡詞序有「作此闋」。姜夔詞序有「因度此闋」，「因賦是闋」。又金陵人跋歐陽脩詞云：「荊公嘗對客誦永叔小闋。」又柳永〈郭郎兒近拍〉詞云：「硯席塵生，新詩小闋，等閒都盡廢。」趙彥端詞云：「只因小闋記情親，動君梁上塵。」這些「闋」字都代替了「詞」字，「小闋」即是「小詞」。吳文英〈霜葉飛〉詞云：「塵箋蠹管，斷闋經歲慵理。」這裡的「斷闋」是指未完成的詞稿，離開「闋」字的本義愈來愈遠，辭書裡不會收入了。

【令、引、近、慢】

唐五代至北宋前期，詞的字句不多，稱為令詞。北宋後期，出現了篇幅較長，字句較繁的詞，稱為慢詞。令、慢是詞的二大類別。從令詞發展到慢詞，還經過一個不長不短的形式，稱為「引」或「近」。明朝人開始把令詞稱為小令，引、近列為中調，慢詞列入長調。張炎《詞源》云：「美成諸人又復增演慢曲、引、近。」可知引、近、慢詞到宋徽宗時代已盛行了。

「令」字的意義，不甚可考。大概唐代人宴樂時，以唱歌勸客飲酒，歌一曲為一令，於是就以令字代曲字。

白居易〈代書詩一百韻寄微之〉詩云：「打嫌調笑易，飲訝卷波遲。」自註云：「抛打曲有調笑令。」又〈就花枝〉詩云：「醉翻衫袖抛小令。」又〈聽田順兒歌〉云：「爭得黃金滿衫袖，一時抛與斷年聽。」「抛打曲」的意義，未見唐人解說，從這些詩句看來，似乎抛就是唱，打就是拍。元稹〈何滿子歌〉云：「牙籌記令紅螺碗。」此處「記令」就是「記曲」，可知唐代人稱小曲為小令。

小令的曲調名，唐人多不加令字。〈調笑令〉本名〈調笑〉，一般不加令字，《教坊記》及其他文獻所載唐代小曲名多用「子」字。唐人稱物之么小者為「子」，如小船稱船子，小椀稱琮子。現在廣東人用「仔」字，猶是唐風未改。曲名加子字，大都是令曲。如〈甘州〉原是大曲，其令曲就名為〈甘州子〉。又有〈八拍子〉，意思是八拍的小曲。漁人的小曲，就名為〈漁歌子〉。流行於酒泉的小曲，就名曰〈酒泉子〉。到了宋代，漸漸不用子字而改用令字，例如〈甘州子〉，在宋代就改稱〈甘州令〉了。也有唐五代時不加子字或令字，而在宋代加上令字的，例如〈喜遷鶯〉、〈浪淘沙〉、〈鵲橋仙〉、〈雨中花〉等。令字本來不屬於調名，〈浪淘沙令〉就是〈浪淘沙〉，〈雨中花令〉就是〈雨中花〉，二者沒有什麼不同。南宋朱翌《猗覺寮雜記》稱「宣和末，京師盛歌新水」。這所謂新水，就是〈新水令〉。宋人書中引述到各種詞調，往往省略了令字或慢字，不必因為有此一字之差而斷定其不是同一個曲調。

引，本來是一個琴曲名詞，古代琴曲有〈箜篌引〉、〈走馬引〉，見於晉崔豹《古今註》和吳兢《樂府古題要解》。宋人取唐五代小令，曼衍其聲，別成新腔，名之曰引。如王安石作〈千秋歲引〉，即取〈千秋歲〉舊曲展引之。曹組有〈婆羅門引〉，即從〈婆羅門〉舊曲延長而成。此外晁補之有〈陽關引〉，李甲有〈望雲涯引〉，呂渭老有〈夢玉人引〉，周邦彥有〈蕙蘭芳引〉，大概都是由同名舊曲展引而成，不過這些舊曲已失傳了。萬紅友注王安石〈千秋歲引〉云：「荊公此詞，即〈千秋歲〉調添減攤破，自成一體，其源實出於〈千秋歲〉，非與前調迴別也。」又云：「凡題有引字者，引申之義，字數必多於前。」徐本立亦云：「凡調名加引字者，引而伸之也。即添字之謂。」此二家注釋，皆近是而猶有未確。蓋引與添字攤破，猶有區別。大概添字攤破，對原詞的變化不大，區別僅在字句之間，而引則離原調較遠了。

近，是近拍的省文。周邦彥有〈隔浦蓮近拍〉，方千里和詞題作〈隔浦蓮〉，吳文英有〈隔浦蓮近〉，此三家詞句式音節完全相同，可知近即是近拍。以舊有的〈隔浦蓮〉曲調，另翻新腔，故稱為近拍。〈隔浦蓮〉令曲早已失傳，唯白居易有〈隔浦蓮〉詩，為五言四句，七言二句，這恐怕就是唐代〈隔浦蓮〉令曲的腔調句式。王灼《碧雞漫志》謂「〈荔枝香〉本唐玄宗時所製曲，今歇指、大石二調中皆有〈荔枝香近拍〉，不知何者為本曲」。此文亦可以證明〈荔枝香近〉即〈荔枝香近拍〉，且有同名而異曲的，宋詞樂譜失傳，這個問題就無法考究了。

慢，古書上寫作曼，亦是延長引申的意思。歌聲延長，就唱得遲緩了，因此由曼字孳乳出慢字。《樂記》云：「宮、商、角、徵、羽，五者皆亂，迭相陵，謂之慢。」又云：「鄭衛之音，亂世之音也，比於慢矣。」這兩個慢字，都是指歌聲淫靡。《宋史．樂志》常以遍曲與慢曲對稱。法曲、大曲都是以許多遍構成為一曲，如果取一遍來歌唱，就稱為遍曲。慢曲只有單遍，可是它的歌唱節拍，反而比遍曲遲緩。張炎《詞源》云：「慢曲不過百餘字，中間抑揚高下，丁抗掣拽，有大頓、小頓、大柱、小柱、打、掯等字，真所謂上如抗，下如墜，曲如折，止如槁木，倨中矩，句中鉤，累累乎端如貫珠之語，斯為難矣。」這一段話，其中有許多唱歌術語，我們已不很能瞭解，但還可以從此瞭解慢曲之所以慢，就因為有種種延長引申的唱法。唐代詩人盧綸有一首〈宴席賦得姚美人拍箏歌〉，有句云：「有時輕弄和郎歌，慢處聲遲情更多。」由此可見唐人唱曲已有慢處。到了宋代，有了慢詞，於是曲有急慢之別。大約令、引、近，節奏較為急促，慢詞字句長，韻少，節奏較為舒緩。

但在令慢之中，也各自還有急慢之別。例如〈促拍采桑子〉，是令曲中的急曲子。〈三臺〉是三十拍的促曲，就是慢詞中的急曲子了。

詞調用慢字的，這個慢字往往可以省去。如姜夔有〈長亭怨慢〉，周密、張炎均作〈長亭怨〉。王雱有〈倦尋芳〉，潘汾題作〈倦尋芳慢〉，其實都是同樣一首詞。《詩餘圖譜》把〈倦尋芳〉和〈倦尋芳慢〉分為兩調，極為錯誤。不知《捫虱新語》引述王雱此詞，亦稱〈倦尋芳慢〉，可以證明這個慢字，在宋代是可有可無的。此外如〈西子妝〉、〈慶清朝〉等詞，在宋人書中，有的加慢字，有的不加，都沒有區別。大概同名令曲還在流行的，那麼慢詞的調名，就必須加一個慢字。同名令曲已不流行，或根本沒有令曲的，就不必加慢字了。

【雙調、重頭、雙曳頭】

元明以來，一般人常把兩疊的詞稱為「雙調」。汲古閣刻《六十名家詞》的校注，萬樹《詞律》，清《欽定詞譜》，都用這個名詞。這其實極不適當。「雙調」是宮調名，詞雖有上下兩疊，或曰兩片，但只是一調，不能稱為雙調。

「雙調」這個名詞在宋代還沒有這樣的用法。一首令詞，上下疊句法完全相同的，稱為「重頭」。宋張邦基《墨莊漫錄》記載一個故事，據說「宣和年間，錢塘人關子東在毗陵，夢中遇到一個美髯老人，傳授給他一首名為〈太平樂〉的新曲子。關子東醒來後，只記得五拍。過了四年，關子東回到錢塘，又夢見那個美髯老人。老人取出笛子來把從前那個曲子吹了一遍，關子東才知道是一首重頭小令。以前記住的五拍，剛是一片。於是關子東依照老人所傳的曲拍，填成一首詞，題名為〈桂華明〉」。按「桂華明」這個詞調，至今猶存。此詞分上下疊，每疊五句。上下疊句式音韻皆同，故曰「重頭小令」。這是明見於宋人著作的，可知宋代人稱這類詞為重頭小令而不稱為「雙調小令」。(「重」字讀平聲，是「重複」的重。)

「重頭」只有小令才有，例如〈南歌子〉，〈漁歌子〉，〈浪淘沙〉，〈江城子〉等詞調都是。如果下疊第一句與上疊第一句不同的，這是「換頭」，不是「重頭」。換頭的意義是改換了頭一句，重頭的意思是下疊頭一句與上疊頭一句重複。換頭的地方在音樂上是過變的地方。過變，即今之過門。小令有重頭的，也有換頭的，但引、近、慢詞則全都換頭，而沒有重頭的了。《詞律》、《詞譜》沒有仔細區別，一概稱之為「雙調」，亦極不適當。不過，在宋代人的書裡，「換頭小令」這個名詞我還沒有看到過，因此，分上下兩疊而用換頭的令詞，應當用什麼名稱，這還不能知道。可能在宋代，不管換頭不換頭，凡分兩疊的令詞都叫做「重頭小令」。晏殊詞云：「重頭歌韻響錚鏦，入破舞腰紅亂旋。」(〈木蘭花〉)可以想見，歌至重頭處愈美，舞至入破處愈急。然則不論其詞句同不同，其音樂節奏在下疊開始處都得加以繁聲，不與上疊第一句相同。這樣解釋，似乎也可以，但我還不能下斷語。總之，把上下兩疊的令詞稱為「雙調」，以致與宮調名的「雙調」相混淆，這總是錯誤的。

《柳塘詞話》云：「宋人三換頭者，美成之〈西河〉、〈瑞龍吟〉，耆卿之〈十二時〉、〈戚氏〉，稼軒之〈六州歌頭〉、〈醜奴兒近〉，伯可之〈寶鼎現〉也。四換頭者，夢窗之〈鶯啼序〉也。」這裡是把三疊的詞稱為三換頭，四疊的詞為四換頭，但宋代人是否如此說過，還沒有見到。我們知道，換頭一定在下疊的起句。音樂師在這地方加了繁聲，所以後來作詞者依樂聲改變了此處句法，與上疊第一句不同。上下兩疊的詞，只有一個換頭。這一現象，只存在於令、引、近詞中。至於慢詞，有三疊的，有四疊的，或者各疊句法完全不同，例如〈西河〉。例如〈蘭陵王〉。或則第一疊與第二疊句法相同，但是有換頭，而第三疊則句法與前二疊全不同，例如〈西河〉。這些都不能稱為三換頭、四換頭。而且，換頭既從第二疊開始，則三疊之詞，也只有二換頭，怎麼可以稱為三換頭呢？至於四換頭，又是唐詞〈醉公子〉的俗名，是一首重頭小令，更不可用於四疊的慢詞。總之，三換頭、四換頭這些名詞，都是明清人妄自製定的，概念並不明確，我們不宜沿用。

〈瑞龍吟〉一調，《花菴詞選》已說明它是雙曳頭。因為此詞第二疊與第一疊句式、平仄完全相同，形式上好似第三疊的雙頭，故名之曰雙曳頭。曳頭不是換頭。有人以為只要是分三疊的詞，都是雙曳頭，這也是錯的。《詞律拾遺》補注戚氏詞云：「諸體雙曳頭者，前兩段往往相對，獨此體不然。」按〈戚氏〉本來不是雙曳頭，故前兩段句式不同。三疊的慢詞，並不都是雙曳頭。既稱雙曳頭，則前兩段一定要對。

三疊的詞，起拍未必都分兩排，周邦彥〈雙頭蓮〉詞第一、二段句式完全相同，果是雙曳頭，取名〈雙頭蓮〉，即含此義。由此更可知三疊之詞，並不都是雙頭，否則一切分三疊之詞，都可以名為〈雙頭蓮〉了。考之《詞譜》所收宋人三疊慢詞，雙曳頭者並不多見。〈瑞龍吟〉、〈雙頭蓮〉為一類，其一、二段句式全同。〈西河〉為一類，其一、二段雖同，但第二段用了換頭。

【變、徧、遍、片、段、疊】

《周禮．春官宗伯》：「若樂九變，則人鬼可得而禮矣。」鄭玄注曰：「變，猶更也。樂成則更奏也。」這是作為音樂術語的「變」字的最初出現。這個變字，是變更的變。每一支歌曲，從頭到尾演奏一次，接下去便另奏一曲，這叫做一變。《周禮》所謂「九變」，就是用九支歌曲組成的一套。古代音樂，以九變為最隆重的組曲，祭祖、祀神鬼，都用九變樂。

這個「變」字，用到唐代，簡化了一下，借用「徧」字，或作「遍」字。《新唐書．禮樂志》云：「儀鳳二年，太常卿韋萬石定凱安舞六變：一變象龍興參墟，二變象克定關中，三變象東夏賓服，四變象江淮平，五變象玁狁服從，六變復位以崇，象兵還振旅。」又云：「儀鳳二年，太常卿韋萬石奏請作上元舞，兼奏破陣、慶善二舞，而破陣樂五十二徧，著於雅樂者二徧。慶善樂五十徧，著於雅樂者一徧。上元舞二十九徧，皆著於雅樂。」又云：「河西節度使楊敬忠獻霓裳羽衣曲十二徧。」在同一卷音樂史中，或用「變」，或用「徧」，或用「遍」，都是根據當時公文書照抄下來記錄，而沒有加以統一的。由此可見，變字已漸漸不用，而徧和遍則可以通用。郭茂倩《樂府詩集》收唐代大曲〈涼州歌〉，〈伊州歌〉，都有「排遍」。白居易〈聽歌六絕句：水調〉詩云：「五言一遍最殷勤，調少情多似有因。」這兩個遍字，都是指全套大曲中的一支曲子。

宋代的慢詞，其前身多是大曲中的一遍。例如〈霓裳中序第一〉，原為唐〈霓裳羽衣曲〉中序的第一遍。〈傾杯序〉，原為〈傾杯樂序曲〉的一遍。其後有人單獨為這一曲作詞，以賦情寫景，就成為慢詞中的一調。用這個調子作一首歌詞，也就可以稱為一遍。

既然把一首詞稱為一遍，於是一首詞的前後段，也有人稱為前後遍。賀鑄〈謁金門〉詞序云：「李黃門夢得一曲，前遍二十三言，後遍二十二言，而無其聲。余采其前遍，潤一橫字，已續二十五字寫之。」

在南宋，這個遍字又省作「片」字。張炎《詞源》云：「東坡次章質夫水龍吟，後片愈出愈奇。」又云：「大曲亦有歌者，有譜而無曲，片數與法曲相上下。」這裡所謂後片，即是後遍；所謂片數，即是遍數。

前遍、後遍，或稱前段、後段。《甕牖閒評》有「二郎神前段」，「卜算子後段」等說法。也有用上段、下段的，見《花菴詞選》。也有稱第一段、第二段的。《花菴詞選》解周邦彥〈瑞龍吟〉詞云：「今按此詞自『章臺路』至『歸來舊處』是第一段。自『黯凝佇』至『盈盈笑語』是第二段。自『前度劉郎』以下係第三段。」《碧雞漫志》云：「今越調〈蘭陵王〉凡三段，二十四拍。」這些都用段字，與遍、片同義。

另有用「疊」字的，唐代已有，也見於《新唐書・禮樂志》：「韋皋作南詔奉聖樂，用黃鐘之韻，舞六成，工六十四人，贊引二人，序曲二十八疊。」沈存中《夢溪筆談》云：「〈霓裳曲〉凡十三疊，前六疊無拍，至第七疊方謂之疊遍，自此始有拍而舞作。」可知此疊字也就是遍的意思。疊遍，也就是排遍。

疊字的意義是重複。故詞家一般都以一首詞的下片為疊。《詞源．謳曲旨要》云：「疊頭豔拍在前存。」疊頭，即下片首句，亦即所謂過處。但楊湜《古今詞話》論秦觀〈鷓鴣天〉詞云：「此詞形容愁怨之意最工，如後疊『甫能炙得燈兒了，雨打梨花深閉門』，頗有言外之意。」據此，則非但下片是疊，即上片也可稱為疊。既然上片可稱前疊，下片可稱後疊，援上下闋為一闋之例，以一首詞為一疊，也就不能說是錯誤了。

萬紅友《詞律》把詞的分為二段者稱為二疊，分三段者為三疊。這似乎不是宋人的觀念。宋人雖然說前疊、後疊，但仍是一疊，而不以為是二疊。把三段的詞稱為三疊，在宋人的書中，沒有出現過。

【換頭、過片、么】

詞的最早形式是不分片段的單遍小令。後來發展到重疊一遍的，於是出現了分上下二遍的令詞。《花菴詞選》收張泌〈江城子〉二首，註云：「唐詞多無換頭。如此詞兩段，自是兩首，故兩押情字。今人不知，合為一首，則誤矣。」可知當時俗本，曾誤以二首合為一首，認為是重頭小令。幸而詞中兩押情字，可證明其原來是兩首，否則就不容易辨別了。《花間集》收牛嶠〈江城子〉二首，也都是單遍（第二首有誤字）。宋代蘇東坡作〈江城子〉十三首，都用牛嶠詞體重疊一遍，這種情況，宋人稱為「疊韻」。晁補之有一首詞，題作「梁州令疊韻」，是用兩首〈梁州令〉連為一首。〈梁州令〉原來是上下兩遍的令詞，現在又重疊一首，就成為四遍的慢詞了。

詞從單遍發展為兩遍，最初是上下兩遍句式完全相同。例如〈采桑子〉、〈生查子〉、〈卜算子〉、〈蝶戀花〉、〈玉樓春〉、〈釵頭鳳〉、〈踏莎行〉之類。後來，在下遍開始處稍稍改變音樂的節奏，因而就相應地改變了歌詞的句式。例如〈清商怨〉、〈一斛珠〉、〈望遠行〉、〈思越人〉、〈夜遊宮〉、〈阮郎歸〉、〈憶秦娥〉等等，都是。凡是下遍開始處的句式與上遍開始處不同的，這叫做換頭。

現在詞家都以為換頭是一個詞樂名詞，因為詩與曲都沒有換頭。其實不然。在唐代的詩論裡，已有了換頭這個名詞。宋代以後，這個名詞僅用於詞，誰都不知道詩亦有換頭，因此更無人知道換頭是從唐詩的理論中繼承下來的名詞。日本和尚遍照金剛（空海）的《文鏡秘府論》有〈論調聲〉一章，他說：「調聲之術，其例有三：一曰換頭，二曰護腰，三曰相承。」以下舉了一首〈蓬州野望〉五言律詩為例，以說明換頭的意義。他說：第一句頭兩字平聲，第二句頭兩字當用仄聲。第三句頭兩字仍用仄聲，第四句頭兩字又宜用平聲。第五句頭兩字仍用平聲，第六句頭兩字當用仄聲。第七句頭兩字仍用仄聲，第八句頭兩字又當用平聲。如此輪轉終篇，名為雙換頭，是最善也。若僅換每句第一字，則名為換頭，然不及雙換頭也。據此可知換頭這個名詞，起於唐人詩律，大概是相對於八病中的平頭而言的。遍照金剛這部著作，過去沒有流傳於中國，唐宋人詩話中，亦從來沒有提到過換頭。所以無人知道換頭這個名詞的來歷。清末劉熙載在他的《藝概詞概》中說：「詞有過變，隱本於詩。《宋書．謝靈運傳論》云：『前有浮聲，則後須切響。』蓋言詩當前後變化也。而雙調換頭之消息，即此已寓。」劉熙載沒有見過《文鏡秘府論》，已想到詞的換頭源於詩律。劉氏詞學之深，極可佩服。

《苕溪漁隱叢話》引〈李翰林集後序〉，略謂「李白既承詔撰清平辭三章，上命梨園子弟略約調撫絲竹，遂促李龜年歌之。太真妃持七寶杯酌西涼州葡萄酒笑領歌詞，意甚厚。上因調玉管以倚曲，每曲徧將換，則遲其聲以媚」。這一段記載，說明了樂曲中有換頭的緣起。

換頭又稱為過，或曰過處，或曰過片。因為音樂奏到這裡，都要加繁聲，歌詞從上遍過渡到下遍，聽者不覺得是上遍的重新開始。這個過字就是現今國樂家所謂過門。《樂府指迷》用過處，如「過處多是自敘」，「過處要清新」。《詞旨》、《詞源》用過片，如「過片不可斷意」，「最是過片不要斷了曲意，須要承上接下」。這裡所謂過、過處、過片，都是指下遍起句而言。胡元儀注《詞旨》云：「過片，謂詞上下分段處也。」這個注，意義非常含混。如果說「上下分段處」，那麼上遍的結句也可以說是過片了。

換頭這個名詞，宋代詞家還有另一種用法：指一首詞的下遍全部。《苕溪漁隱叢話》論東坡〈卜算子〉詞（缺月掛疏桐）云：「此詞本詠夜景，至換頭但只說鴻。正如〈賀新郎〉詞（乳燕飛華屋）本詠夏景，至換頭但只說榴花。」這裡所謂換頭，顯然是指下遍全部而言，並不專指下遍的起句。況且〈卜算子〉是重頭小令，下遍並不換頭，由此可見宋人竟以詞的下遍為換頭了。

過片，又稱為過變。這個名詞，在宋人書中還沒有見到。清張宗橚《詞林紀事》附刊《詞源》（誤作《樂府指迷》）的《製曲》一條中作過變，不作過片，這恐怕是元明人傳鈔時所改。沈雄《古今詞話》云：「樂府所製有用疊者，今按詞則云換頭，或云過變，猶夫曲之為過宮也。」又《七頌堂詞繹》、〈宋四家詞選目錄序論〉均用過變。按：變是本字，唐人省作徧，或遍，宋人又省作片。現在又復古用變字，並無不可。至於過宮，則是另外一回事，與過變毫不相涉。沈雄這個比喻，完全是外行話。

換頭又稱過拍。這也是明清時代流行的語詞。詞以一句為一拍，拍字就可以代句字用，於是稱過處為過拍。但是況周頤《蕙風詞話》中，凡是講到過拍，都是指上遍結句而言，例如：「廖世美〈燭影搖紅〉過拍云：塞鴻難問，岸柳何窮，別愁紛絮。」又云：「許古〈行香子〉過拍云：夜山低，晴山近，曉山高。」查兩家原作，況氏所謂過拍，都是上遍的歇拍（結尾句）。又顧太清〈鷓鴣天〉詞上片結句云：「世人莫戀花香好，花到香濃是謝時。」蕙風批云：「過拍具大澈悟。」又蕙風論詞云：「曲有煞尾，有度尾，煞尾如戰馬收韁，度尾如水窮雲起。煞尾猶詞之歇拍也，度尾猶詞之過拍也。如水窮雲起，帶起下意也。填詞則不然，過拍只須結束上段，筆宜沉著；換頭另意另起，筆宜挺勁，稍涉曲法，即嫌傷格，此詞與曲之不同也。」從這些例句中，可以發現況氏以上遍的結尾句為過拍，下遍之起句為換頭，全詞的結尾為歇拍。這是很大的錯誤。過拍就是換頭，而上遍的結句亦可以稱為歇拍。

換頭亦有人稱為過腔。但過腔這個名詞，別有意義，絕不能這樣使用，這是許寶善的錯誤。所謂過腔，其本意是以一個曲子，翻入別一個宮調中吹奏。姜夔自製〈湘月〉一曲，即用〈念奴嬌〉鬲指聲，移入雙調中吹奏。鬲指，又稱過腔。姜氏在此詞自序中言之甚詳，怎麼可以稱過片為過腔呢？

一首詞的下遍，亦有稱為么的。元代詞人白樸的《天籟集》中有〈水龍吟〉詞的小序云：「么前三字用仄者，見田不伐《芊嘔集》〈水龍吟〉二首，皆如此。田妙於音，蓋仄無疑。或用平字，恐不堪協。」這裡所謂「么前三字」，即上遍的最後三字。可知白樸以下遍為么，這是借用了北曲名詞。北曲以同前之曲為么遍，簡稱為么。白樸是北方人，故用北曲語，南方詞人中，未嘗見有此用法。

【領字（虛字、襯字）】

張炎《詞源》卷下有《虛字》一條，他說：「詞與詩不同。詞之句語，有二字、三字、四字至六字、七八字者，若堆疊實字，讀且不通，況付之雪兒乎？合用虛字呼喚①。單字如『正』、『但』、『甚』、『任』之類。兩字如『莫是』、『還又』、『那堪』之類。三字如『更能消』、『最無端』、『又卻是』之類。此等虛字卻要用之得其所。若能善用虛字，句語自活，必不質實，觀者無掩卷之誚。」

沈義父《樂府指迷》也有一條講詞中用虛字的。他說：「腔子多有句上合用虛字，如嗟字、奈字、況字、更字、又字、料字、想字、正字、甚字，用之不妨。如一詞中兩三次用之，便不好，謂之空頭字。」

以上從一字到三字的虛字，多用於詞意轉折處，使上下句語結合，起過渡或聯繫作用。明人沈雄的《古今詞話》把這一類虛字稱為「襯字」。萬樹在《詞律》中就加以辯駁。他以為詞與曲不同，曲有襯字，詞無襯字。按：沈雄以詞中虛字為襯字，實有未妥。在南北曲中，襯字不一定是虛字，有時實字也可以是襯字。故詞中虛字，不宜稱為襯字。

在清代人的論詞著作中，這一類的虛字都稱為「領字」，因為它們是用來領起下文。如「正」、「甚」之類，《宋四家詞選目錄序論》中就稱為「領句單字」，這便說明了「領字」的意義。

領字的作用，在單字用法上最為明確。因為單字不成一個概念，它的作用只是領起下文。二字、三字，本身就具有一個概念，使用這一類語詞，有時可以認為句中的一部分。它們非但不是領字，甚至也還不能說是虛字。

宋人所謂虛字，都用在句首。近代卻有人說：「虛字用法，可分三種。或用於句首，或用於句中，或用於句尾。用於句尾者，多在協韻處，所謂虛字協韻是也。此在詞中，可有可無。用於句首或句中者，其始起於襯字，在首句用以領句，在句中用以呼應，於詞之章法，關係至巨，無之則不能成文者也。」（見蔡嵩雲《樂府指迷箋釋》）按：句尾用虛字，是少數詞人偶然的現象，辛稼軒就喜歡用虛字協韻，例如〈六州歌頭〉歇拍云「庶有瘳乎」，〈賀新郎〉下片云「畢竟塵汙人了」，〈卜算子〉六首歇拍都用也字，如「烏有先生也」，「舍我其誰也」。這一類虛字，已成為詞句的一部分，作實字用，並不是宋人所說的虛字。沈祥龍《論詞隨筆》把姜夔詞「庾郎先自吟愁賦，淒淒更聞私語」二句中的「先自」和「更聞」認為是句中虛字，這顯然是錯誤的。總之，宋人所謂虛字，都是起領句作用的，所以，它們必然用在句首。清人稱為「領字」，其意義更為明確。

領字唯用於慢詞，引近中極少見。單字領句，亦比二三字領句用得更多。故學習作詞，或研究詞學，尤其應當注意單字領字。單字領字有領一句的，有領二句的，有領三句的，至多可領四句。今分別舉例如下：

向抱影凝情處。（周邦彥：法曲獻仙音）
想繡閣深沉。（柳永：傾杯樂）
但暗憶江南江北。（姜夔：疏影）
縱芭蕉不雨也颼颼。（吳文英：唐多令）
以上一字領一句。

探風前津鼓，樹杪旌旗。（周邦彥：夜飛鵲）
嘆年來蹤跡，何事苦淹留。（柳永：八聲甘州）
正思婦無眠，起尋機杼。（姜夔：齊天樂）
奈雲和再鼓，曲終人遠。（賀鑄：望湘人）
以上一字領二句。

漸霜風淒緊，關河冷落，殘照當樓。（柳永：八聲甘州）
算只有殷勤，畫簷蛛網，盡日惹飛絮。（辛棄疾：摸魚兒）
奈華嶽燒丹，青溪看鶴，尚負初心。（陸游：木蘭花慢）
悵水去雲回，佳期杳渺，遠夢參差。（張翥：木蘭花慢）

以上一字領三句。

漸月華收練，晨霜耿耿；雲山摛錦，朝露溥溥。（蘇軾：沁園春）

望一川暝靄，雁聲哀怨；半規涼月，人影參差。（周邦彥：風流子）

想驄馬鈿車，俊遊何在；雪梅蛾柳，舊夢難招。（張翥：風流子）

正驚湍直下，跳珠倒濺；小橋橫截，缺月初弓。（辛棄疾：沁園春）

以上一字領四句。

一字領二句的句法，在詞中為最多，如果這二句都是四字句，最好用對句。一字領三句的，此三句中最好有二句是對句。如柳永〈八聲甘州〉那樣用三個排句，就顯得情調更好。一句領四句的，這四句必須是兩個對句，或四個排句，不過這種句法，詞中不多，一般作者，都只用〈沁園春〉和〈風流子〉二調。

〔註〕① 「合用」，即「應當用」，這個「合」字是唐宋人用法，不作「合並」講。

【拍（一）】

拍是音樂的節度。當音樂或歌唱在抑揚頓挫之時，用手或拍板標記其節度，這叫做拍。〈唐摭言〉載牛僧孺給拍板下定義，稱之為樂句，這是拍板的極妙注解。寫作歌詞以配合樂曲，在音樂的節拍處，歌詞的意義也自然應當告一段落，或者至少應當是可以略作停頓之處。如果先有歌詞，然後作曲配詞，那麼，樂曲的節拍也應當照顧歌詞的句逗。因此，詞以樂曲的一拍為一句，這是歌喉配合樂曲的自然效果。宋代詞家或樂家的書中，雖然沒有明白記錄詞的一句即是曲的一拍，但從一些現存資料中考索，也可以證明這一情況。

蘇東坡有一首詞，題名為〈十拍子〉，就是〈破陣子〉。此詞上下遍各五句，十拍，正是十句，因此別名為〈十拍子〉。

毛滂有〈剔銀燈〉詞，其小序云：「同公素賦。侑歌者以七急拍七拜勸酒。」按此詞上下遍各七句，用入聲韻。七句中五句押韻，可知是急曲子，故云〈七急拍〉。〈十拍子〉是指全闋拍數，〈七急拍〉是就其一遍而言。

《墨莊漫錄》云：宣和間，錢塘關注子東在毗陵，夢中遇美髯翁授以〈太平樂〉新曲。子東記其五拍。後四年，子東歸錢塘，復夢美髯翁，出腰間笛復作一弄，蓋是重頭小令也。按此詞《漫錄》亦記其全文，詞名〈桂華明〉，上下遍各五句。所謂「記其五拍」者，就是記其上遍五句。

劉禹錫詩題云：「和樂天春詞，依〈憶江南〉曲拍為句。」這也可以證明歌詞的一句就是曲子的一拍。

唐李濟翁《資暇集》云：「三臺，三十拍促曲。」按現存万俟詠三臺一闋，從來皆分為上下二遍，萬樹《詞律》分為三疊，其辯解十分精審。這首詞每疊十句，可知三臺三十拍，也就是三十句。

王灼《碧雞漫志》云：「今越調〈蘭陵王〉凡三段，二十四拍。又有大石調〈蘭陵王慢〉，殊非舊曲。周齊之際，未有前後十六拍慢曲子耳。」按越調〈蘭陵王〉，周邦彥以下，作者還不少，但字句各有參差，但三段二十四句，都是一致的。鄭文焯亦云：「〈蘭陵王〉二十四拍，猶能約略言之。」現在將〈蘭陵王〉詞分析句拍，錄於本節篇末，供讀者參證。

又《碧雞漫志．六么》條云：「或云此曲拍無過六字者，故曰六么。」按六么乃錄要之誤，並不是因句子字數為調名。但我們從此文也可知曲拍可以字數計。詞中有〈六么令〉一調，上下遍各有一個七字句，其餘都是不超過六字的短句。由此也可證明詞以一句為一拍。

從上列這些例證來看，可知宋詞實以一拍為一句。不過拍的時間有固定，句的長短卻不一律。因此不能規定以幾個字為一拍。方成培《香研居詞麈》引戚輔之《佩楚軒客談》所載趙子昂云「歌曲以八字為一拍」，此話實不可解，而方成培卻盲從其言，說「元曲以八字為一拍」，這是完全錯誤的。

張炎《詞源》說：「法曲之拍，與大曲相類，每片不同，其聲字疾徐，拍以應之。如大曲降黃龍花十六，當用十六拍。前衮、中衮，六字一拍。要停聲待拍，取氣輕巧。煞衮則三字一拍，蓋其曲將終也。至曲尾數句，使聲字悠揚，有不忍絕響之意，似餘音繞梁為佳。」由此亦約略可見詞句長短與歌唱的關係。曲尾的三字句，宜於曼聲長引；衮遍的六字句，要停聲待拍，因為衮遍的音樂急促，歌詞亦宜急唱，儘管只有六字一句，可能還不到一拍的時間。至於音樂家所謂驅駕虛聲，縱弄宮調，另外翻出新的花式，如花拍、慢拍、急拍、打前拍、打後拍等各種名詞，都屬於音樂，而不可能從歌詞中去認識了。

【蘭陵王句拍　周邦彥詞】

柳陰直，／煙裡絲絲弄碧。／隋堤上、曾見幾番，／拂水飄綿送行色。／登臨望故國，／誰識京華倦客？／長亭路，年去年來，／應折柔條過千尺。

閒尋舊蹤跡，／又酒趁哀絃，／燈照離席。／梨花榆火催寒食。／愁一箭風快，／半篙波暖，／回頭迢遞便數驛。／望人在天北。

悽惻、恨堆積！／漸別浦縈迴，／津堠岑寂，／斜陽冉冉春無極。／念月榭攜手，／露橋聞笛。／沉思前事，／似夢裡，／淚暗滴。

以上詞三段，每段八句，其為二十四拍，無可疑者。歷代諸家所作，雖然小有參差，但每段八句，大致相同。

詞既以一拍為一句，於是這個拍字便可以借用來代替句字。但結拍並非結句，後人以詞的末一句為結拍，這是錯的。

【拍（二）】

結拍或稱歇拍，在宋代人的文獻中，還沒有見到這樣用法。楊慎《詞品》有云：「秦少游〈水龍吟〉前段歇拍句云：落紅成陣飛遍鴛甃。」這顯然是以末一句為歇拍。但歇拍本來是大曲中的一遍，在曲將終了時，它的後面還有煞袞一遍，才是全曲的煞尾。現在用以稱詞的末尾一句，也是錯的。宋人詞中亦曾有歇拍這個名詞，其意義是歌唱的時候停聲待拍，例如張仲舉詞云：「數聲白翎雀，又歇拍多時，嬌甚彈錯。」此處的歇拍，就不是一個名詞了。鄭文焯校《清真集》，稱詞的上下遍末句為煞拍。這個名詞，如以大曲的煞袞為例，也可以成立。但終究是元明南北曲名詞，不是宋詞用的名詞。

詞的換頭處亦可稱為過拍，這個名詞亦未見宋人用過。《詞源》稱為過片，《樂府指迷》稱為過處。楊無咎〈雨中花令〉詞云：「慢引鶯喉千樣囀，聽過處幾多嬌怨。」就是說聽她唱到過門處，聲音格外嬌怨。但是，詞的下片起句不換頭的，也有人稱為過拍。這樣，過拍的意義就成為下片起句了。況周頤《蕙風詞話》中常以詞的下片結尾句為過拍，這是非常錯誤的。

宋人以音繁詞多的曲調為大拍。《耆舊續聞》云：「唐人詞多令曲，後人增為大拍。」這個大拍就是指慢詞，而不是大曲。

拍字又可以引申而為樂曲的代用詞。陳亮與陳景元書云：「閒居無用心處，卻欲為一世故舊朋友作近拍詞三十闋，以創見於後來。」這裡所謂近拍詞，實即近體樂府歌詞的意義。

又，以舊曲翻成新調，亦可以稱為近拍。詞調名有〈郭郎兒近拍〉、〈隔浦蓮近拍〉、〈快活年近拍〉等，都是舊曲的新翻調。《碧雞漫志》云：「〈荔枝香〉，今歇指、大石兩調中皆有近拍，不知何者為本曲。」這裡所謂近拍，亦就是等於新調。

【減字偷聲】

詞樂家有減字偷聲的辦法。一首詞的曲調雖有定格，但在歌唱之時，還可以對音節韻度，略有增減，使其美聽。〈添聲楊柳枝〉，〈攤破浣溪沙〉，這是增；〈減字木蘭花〉，〈偷聲木蘭花〉，這是減。從音樂的角度來取名，增叫做添聲，減叫做偷聲。從歌詞的角度來取名，增叫做添字，又稱攤破，減叫做減字。

現在先講減字偷聲。

歌詞字數既減少，唱的時候也就少唱幾聲。反之，樂曲縮短，歌詞也相應減少幾個字。故減字必然偷聲，偷聲必然減字。

〈木蘭花〉本來是唐五代時的〈玉樓春〉。《花間集》有一首牛嶠的〈玉樓春〉：「春入橫塘搖淺浪。花入小園空惆悵。此情誰信為狂夫，恨翠愁紅流枕上。　小玉窗前嗔燕語。紅淚滴穿金線縷。雁歸不見報郎歸，織成錦字封過與。」此詞格式，每首為上下二片。每片各以四個七言句組成，用仄韻，下片換韻。如果下片不換韻，它就像一首七言詩。

唐五代時另有一個詞調，名曰〈木蘭花〉。今舉《花間集》所收韋莊一首：「獨上小樓春欲暮。愁望玉關芳草路。消息斷，不逢人，卻斂細眉歸繡戶。　坐看落花空嘆息。羅袂濕斑紅淚滴。千山萬水不曾行，魂夢欲教何處覓。」這首詞和〈玉樓春〉只差第三句。〈玉樓春〉為七言句，〈木蘭花〉為兩個三言句。它們顯然是有區別的。

《花間集》中，魏承班有二首〈玉樓春〉，都是七言八句，與牛嶠所作同。另有一首〈木蘭花〉，詞云：「小芙蓉，香旖旎。碧玉堂深清似水。閉寶匣，掩金鋪，倚屏拖袖愁如醉。 遲遲好景煙花媚。曲渚鴛鴦眠錦翅。凝然愁望靜相思，一雙笑靨嚬香蕊。」這首〈木蘭花〉已與韋莊所作不同。

韋莊詞的上片第一句和第三句，兩個七言句，已變成兩個三三句法，而下片未變。這裡已透露出減字偷聲的信息。

到了宋代，〈玉樓春〉和〈木蘭花〉被混而為一。牛嶠的〈玉樓春〉，在諸家選本中，都題作〈木蘭花〉了。清人萬樹編《詞律》，就認為「或名之曰〈玉樓春〉，或名之曰〈木蘭花〉，又或加令字，兩體遂合為一，想必有所據，故今不立〈玉樓春〉之名。」從此，詞家以〈木蘭花〉為〈玉樓春〉的別名，這是研究唐五代詞與宋詞的一個可以商討的問題。北宋以後，〈木蘭花〉又出現了兩種減字形式，一種是晏幾道的〈減字木蘭花〉。

晏幾道《小山詞》有八首〈木蘭花〉，其一云：「秋千院落重簾暮，彩筆閒來題繡戶。牆頭丹杏雨餘花，門外綠楊風後絮。 朝雲信斷知何處？應作襄王春夢去。紫騮認得舊遊蹤，嘶過畫橋東畔路。」

另外有兩首〈減字木蘭花〉，其一云：「長亭晚送。都似綠窗前日夢。小字還家。恰應紅燈昨夜花。 良時易過。半鏡流年春欲破。往事難忘。一枕高樓到夕陽。」這首詞較之〈木蘭花〉，上下片第一、第三句各減三字，成為四七、四七句法。韻法則從上下片同用一韻改為上下片各用二韻。字數減了，韻法卻繁了。

另外還有一種〈減字木蘭花〉，初見於張先的詞：「雪籠瓊苑梅花瘦。外院重扉聯寶獸。海月新生。上得高樓沒奈情。 簾波不動銀釭小。今夜夜長爭得曉。欲夢高唐。只恐覺來添斷腸。」這首詞題作〈偷聲木蘭花〉，它只在上下片第三句中偷減了三個字，每片成為七七四七句法。但是它的韻法，也和晏幾道的詞一樣，成為上下片各用二韻。

晏幾道的詞稱為〈減字木蘭花〉，張先的詞，字句的減法不同，不便再稱為〈減字木蘭花〉，故標名為〈偷聲木蘭花〉，以示區別。其實這兩首詞都是偷減了〈玉樓春〉。

〈減字木蘭花〉是宋代最時興的詞調，簡稱「減蘭」。柳永集中，〈減蘭〉與〈玉樓春〉同屬仙呂調。張孝祥《于湖詞》中，〈減蘭〉亦屬仙呂調。《金奩集》中，韋莊的〈木蘭花〉屬林鐘商調，張先《安陸集》中，〈減蘭〉和〈木蘭花〉都屬於林鐘商，而〈偷聲木蘭花〉則屬於仙呂調。由此可知，〈木蘭花〉被偷聲減字之後，曲子的宮調也變了。由此更可知，減字偷聲與移宮轉調有關。

周密有〈減字木蘭花慢〉十闋，詠西湖十景，其詞句格式與諸家〈木蘭花慢〉全同。這是從〈木蘭花〉令詞衍引為慢詞，「減字」二字已失去其意義了。

賀鑄有〈減字浣溪沙〉七首。〈浣溪沙〉本來是上下二片，每片三個七言句，用平聲韻。賀鑄這七首詞也仍如〈浣溪沙〉舊式，並未減字，而他題作〈減字浣溪沙〉，不知是什麼緣故。也許當時盛行〈攤破浣溪沙〉，大家以為是〈浣溪沙〉正格。賀鑄減去其所增三字，因而稱之為〈減字浣溪沙〉，卻不知這是〈浣溪沙〉正格本調。

《小山詞》云：「月夜落花朝，減字偷聲按玉簫。」周邦彥〈虞山溪〉云：「香破豆，燭頻花，減字歌聲穩。」《逃禪詞》云：「換羽移宮，偷聲減字，不顧人腸斷。」從這些詞句，也可以瞭解減字偷聲的作用了。

【攤破、添字】

詞調名有加「攤破」二字的，意思是將某一個曲調，攤破一二句，增字衍聲，另外變成一個新的曲調，但仍用原有調名，而加上「攤破」二字，以為區別。「攤破」是兼文字和音樂而言，如果單從文字方面說，「攤破」就是「添字」。

詞中最常見的有〈攤破浣溪沙〉。〈浣溪沙〉本調為上下二片，每片七言三句，用平聲韻。例如：「堤上遊人逐畫船，拍堤春水四垂天。綠楊樓外出秋千。　白髮戴花君莫笑，六么催拍盞頻傳。人生何處似尊前！」（歐陽脩）

攤破的方法有二種。一種是將每片第三句改為四言、五言各一句，成為七七四五句格，仍用平聲韻。例如：「相恨相思一個人，柳眉桃臉自然春。別離情思，寂寞向誰論。　映地殘霞紅照水，斷魂芳草碧連雲。水邊樓上，回首倚黃昏。」（失名，見《樂府雅詞》）

另一種攤破是將上下片第三句均改用仄聲結尾，而另加三字一句，仍協平聲韻，成為七七七三句格。例如：「菡萏香銷翠葉殘，西風愁起綠波間。還與韶光共憔悴，不堪看。　細雨夢回雞塞遠，小樓吹徹玉笙寒。多少淚珠何限恨，倚欄杆。」（南唐中主李璟）

這一形式的浣溪沙，在元大德刻本《稼軒長短句》中有八闋，題作「添字浣溪沙」，可知是為了和第一形式的攤破法有所區別。但是，〈浣溪沙〉一經如此添字，其音調、形式卻和唐詞〈山花子〉相同了。《花間集》有和凝作〈山花子〉二首，今錄其一：「鶯錦蟬縠馥麝臍，輕裾花早曉煙迷。鸂鶒戰金紅掌墜，翠雲低。　星靨笑隈霞臉畔，蹙金開襜襯銀泥。春思半和芳草嫩，碧萋萋。」

二詞完全一樣，因此，汲古閣刻本《稼軒詞》就把這八首稼軒詞統統改題為〈山花子〉。《花間集》又有一首毛文錫的詞：「春水輕波浸綠苔，枇杷洲上紫檀開。晴日眠沙鸂鶒穩，暖相隈。　羅襪生塵游女過，有人逢著弄珠迴。蘭麝飄香初解珮，忘歸來。」

此詞與和凝的〈山花子〉詞相同，但是題作〈浣沙溪〉。在這首詞後面，另有一首上下片各三句七言的〈浣溪沙〉，在卷前的目錄中，也分別為「浣沙溪一首，浣溪沙一首」。可知這不是刻版錯誤。不過這是根據鄂州本《花間集》而知，明清坊本已誤並為「浣溪沙二首」了。〈浣沙溪〉這個調名，僅此一例，故鮮有人注意，萬樹《詞律》及徐本立《詞律拾遺》都不收此調名。在《全唐詩》中，毛文錫這首詞已被改題為〈攤破浣溪沙〉了。

由以上幾個例子，可知七七七三句法的曲調，在五代時原名〈山花子〉，與〈浣溪沙〉無關。宋人以為是〈浣溪沙〉的變體，故改名為〈攤破浣溪沙〉。反而不知道有〈山花子〉了。

程正伯《書舟詞》中有〈攤破江城子〉，實在就是〈江梅引〉；又有〈攤破南鄉子〉，就是〈醜奴兒〉。這一些情況，如果不是故意巧立名目，那就是出於無心，自以為攤破一個曲調，卻不知其與另外一個曲子相同了。

《樂府指迷》云：「古曲譜多有異同，至一腔有兩三字多少者，或句法長短不等者，蓋被教師改換。亦有嘌唱一家，多添了字。吾輩只當以古雅為主。」又《都城紀勝》云：「嘌唱，謂上鼓面唱令曲小詞，驅駕虛聲，縱弄宮調，與叫果子，唱耍曲兒為一體。本只街市，今宅院往往有之。」由這兩段記錄，可知無論減字偷聲，或攤破添字，最初都是教師或嘌唱家為了耍花腔，在歌唱某一詞調時，增減其音律，長短其字句。後來這種唱法固定下來，填詞的作者因而衍變成另一腔調。

【促拍】

樂曲名有加「促拍」二字的，唐代已有。《樂府詩集》有「簇拍陸州」，乃七言絕句。又有「簇拍相府蓮」，乃五言八句詩。唐代詩人為歌曲作詞，不按照樂曲的音節長短造句，故他們所撰歌詞，仍是句法整齊的五言或七言詩。從這些詩句看，無法知道歌曲的節拍。因此，所謂「簇拍陸州」，與「六州」有何區別，從歌詞的字句之間是看不出來的。

宋人作詞，也有在某一個詞調名前加「促拍」二字，以表示其有別於本調。如「醜奴兒」，另有「促拍醜奴兒」；「滿路花」，另有「促拍滿路花」之類。也有把「促拍」二字加在詞名後的，如《松隱集》有「長壽仙促拍」。「促拍」即「簇拍」。唐人已有用「促」字的，宋人則完全不用「簇」字。最初或許是因音同而誤。但「促」的意義更易於瞭解。「促」就是「急促」。「促拍滿路花」就是用急促的節奏來演奏及歌唱「滿路花」詞調，這就是所謂「急曲子」了。唐詩人劉言史〈王中丞宅夜觀舞胡騰〉云：「四座無言皆瞪目，橫笛琵琶偏頭促。」宋詞人賀鑄詞云：「按舞華裀，促遍涼州，羅襪未生塵。」偏即遍。偏頭促，即促遍也。張祜〈悖拏兒舞〉詩云：「春風南內百花時，道調梁州急遍吹。」「急遍」也就是「促遍」。《宋史．樂志》載〈梁州曲〉有正宮、道調、仙呂、黃鐘諸調，可知道調中的〈涼州曲〉，節拍特別急促。李濟翁《資暇集》云：「〈三臺〉，三十拍促曲名。」可知「急遍」、「促遍」、「促曲」、「促拍」，都是同義詞。唐宋人都喜歡節奏急促的音樂，舞曲尤其非有急遍不可。趙虛齋〈桂枝香〉詞云：「聽曲曲仙韶促拍，趁畫舸飛空，雪浪翻激。」這也是形容節奏急促的舞姿。

但是，所謂「促拍」，只是樂曲節奏的改變，歌詞雖然因此而有所改變，恐未必如「攤破」、「減字」等詞調的明顯。例如「醜奴兒」本來就是唐五代的「采桑子」，在周邦彥的《清真集》中，才改名為「醜奴兒」。

黃庭堅亦有二首「醜奴兒」，其句格與周邦彥的「醜奴兒」又不同。趙長卿有二首詞，與黃庭堅的「醜奴兒」句格全同，但他卻題調名為「似娘兒」。另外還有一首「醜奴兒」，二首「采桑子」，句格都完全一樣。元好問有三首詞，句格與黃庭堅的「醜奴兒」相同，但他題為「促拍醜奴兒」。由此可知，「醜奴兒」的本調還弄不清楚，不知孰為正格。再加上「促拍」二字，更不易知其差別何在。又有所謂「促拍滿路花」者，黃庭堅、柳永、趙師俠，均有此調。黃庭堅詞前，還有一段小序云：「往時有人書此詞於州東酒肆壁間，愛其詞，不能歌也。一十年前，有醉道士歌於廣陵市中，群小兒隨歌得之，乃知其為促拍滿路花也。俗子口傳，加釀鄙語，政敗其好處。山谷老人為錄舊文，以告深於義味者。」從這段小序，可知有了歌詞，還不能知道它是什麼調子。要聽到有人唱了之後，才知道這首詞的調名是「促拍滿路花」。但是黃庭堅這首詞的文字句格，和周邦彥的二首「滿路花」，僅換頭及結拍處略有參差，實在也看不出「促拍」的形跡。《詞律》、《詞譜》等書，於幾個標明「促拍」的詞調，議論紛紜，恐怕都不得要領。杜小舫論「促拍醜奴兒」云：「促拍者，促節短拍，與減字彷彿。此調字數多於《醜奴兒》，不能以促拍名之也。應遵《詞譜》並《樂府雅詞》，改為『攤破南鄉子』。」又，徐誠庵論「促拍采桑子」云：「竊謂此詞字數少於南鄉子，應名促拍南鄉子。黃詞字數多於南鄉子，應名攤破南鄉子。」他們都以為「促拍」即「減字」，亦未必正確。音樂節奏急促，與歌詞字數多少無關。可以多唱幾個字，也可以少唱幾個字。不增不減也無妨，問題取決於唱腔，而不在字數。因此，從字句的異同來瞭解「促拍」的意義，在宋詞中，也還是不可能的。

【轉調】

一個曲子，原來屬於某一宮調，音樂家把它翻入另一個宮調。例如《樂府雜錄》記載唐代琵琶名手康昆善彈羽調「錄要」，另一個琵琶名手段善本把它翻為楓香調的「錄要」，這就稱為轉調。轉調本來是音樂方面的事，與歌詞無涉。但是，一支歌曲，既轉換了宮調，其節奏必然會有改變，歌詞也就不能不隨著改變，於是就出現了帶「轉調」二字的詞調名。楊無咎《逃禪詞》云：「換羽移宮，偷聲減字，不顧人腸斷。」「換羽移宮」，就是說轉調。戴埴《鼠璞》云：「今之樂章，至不足道，猶有正調、轉調、大曲、小曲之異。」可知有正調，不妨有轉調。在宋人詞集中，詞調名加「轉調」二字的，有徐幹臣的〈轉調二郎神〉，見《樂府雅詞》。這首詞與柳永所作〈二郎神〉完全不同。但湯恢有和詞一首，卻題作〈二郎神〉。故萬樹《詞律》列之於〈二郎神〉之後，稱為「又一體」，而刪去「轉調」二字。吳文英有一首詞，與徐幹臣、湯恢所作句格全同，卻題名為〈十二郎〉。由此可知，〈二郎神〉轉調以後，句格就不同於〈二郎神〉正調，而〈轉調二郎神〉則又名〈十二郎〉。萬樹以〈轉調二郎神〉為〈二郎神〉的又一體，顯然是錯了。

但李清照有一首〈轉調滿庭芳〉，與周邦彥的〈滿庭芳〉（風老鶯雛）句格完全相同，這就不知道李清照何以稱之為轉調了。劉燾亦有〈轉調滿庭芳〉（風急霜濃）一首，所不同於〈滿庭芳〉者，乃改平韻為仄韻。以此為例，那麼姜夔以本來是仄韻的〈滿江紅〉改用平韻，也可以說是〈轉調滿江紅〉了。沈會宗有〈轉調蝶戀花〉二首，亦見於《樂府雅詞》。這兩首詞與〈蝶戀花〉正調完全相同，唯每片第四句末三字，原用平仄仄，沈詞改為仄平仄。例如馮延巳作〈蝶戀花〉第四句云「誰把鈿箏移玉柱」，沈詞則為「野色和煙滿芳草」，僅顛倒了一個字音。曾覿有〈轉調踏莎行〉一首，趙彥端亦有一首，二詞句格相同，但與〈踏莎行〉正調僅每片第一二句相同，餘皆各別。吟哦之際，已絕不是〈踏莎行〉正調了。張孝祥《于湖先生長短句》於詞調下各注明宮調，唯〈南歌子〉三首下註云「轉調」。但轉調並非宮調名，可知是用以表明為〈轉調南歌子〉。但這首詞的句格音節，與歐陽脩集中的〈雙疊南歌子〉完全一樣，可知其仍是正調，不知何故注為轉調。又《古今詞話》

載無名氏〈轉調賀聖朝〉一首（見《花草粹編》），其句格與杜安世、葉清臣所作〈轉調賀聖朝〉又各自不同。

從宋人詞的句格文字看，所謂轉調與正調之間的差別，僅能略知一二事例，還摸不出規律來。大約這純粹是音律上的變化，表現在文字上的跡象都不很明白。

【犯】

詞調名有用「犯」字的，萬樹《詞律》所收有〈側犯〉、〈小鎮西犯〉、〈尾犯〉、〈玲瓏四犯〉、〈花犯〉、〈倒犯〉。又有〈四犯剪梅花〉、〈八犯玉交枝〉、〈花犯念奴〉，這些都表示這首詞的曲調是犯調。

什麼叫犯調呢？姜夔〈淒涼犯〉詞自序云：「凡曲言犯者，謂以宮犯商、商犯宮之類。如道調宮『上』字住，雙調亦『上』字住。所住字同，故道調曲中犯雙調，或於雙調曲中犯道調，其他准此。唐人樂書云：『犯有正、旁、偏、側，宮犯宮為正，宮犯商為旁，宮犯角為偏，宮犯羽為側。』此說非也。十二宮所住字各不同，不容相犯。十二宮特可犯商角羽耳。」由此可知唐人以為十二宮都可以相犯，而姜夔則以為只能犯商、角、羽三調。他的理由是：只有住字相同的宮調纔可以相犯。所謂「住字」，就是每首詞最後一個字的工尺譜字。例如姜夔這首〈淒涼犯〉，自註云：「仙呂調犯商調。」這首詞的末句為「誤後約」，「約」字的譜字是「上」，在樂律中，這個「上」字叫做「結聲」，或「煞聲」。仙呂調和商調同用「上」字為結聲，故可以相犯。不過此處所謂「商調」，即是「雙調」，不是夷則商的「商調」。故南曲中有「仙呂入雙調」，亦與姜夔此詞同。

張炎《詞源》卷上有〈律呂四犯〉一篇，提供了一個宮調互犯的表格，並引用姜夔這段詞序為說明。他改正了唐人的記錄。他說：「以宮犯宮為正犯，以宮犯商為側犯，以宮犯羽為偏犯，以宮犯角為旁犯，以角犯宮為歸宮，周而復始。」

由此可知，犯調的本義是宮調相犯，這完全是詞的樂律方面的變化，不懂音樂的詞人，只能按現成詞調填詞，不會創造犯調。宋元以後，詞樂失傳，連正調的樂譜及唱法，我們現在，都無法知曉。雖然有不少研究古代音樂的人在探索，恐怕還不能說已有辦法恢復宋代的詞樂。

但宋詞中另外有一種犯調，不是宮調相犯，而是各個詞調之間的句法相犯。例如劉過有一首〈四犯剪梅花〉，是他的創調，他自己註明了所犯的調名：「水殿風涼，賜環歸、正是夢熊華旦。（〈解連環〉）疊雪羅輕，稱雲章題扇。（〈醉蓬萊〉）西清侍宴。望黃傘，日華龍輦。（〈雪獅兒〉）金券三王，玉堂四世，帝恩偏眷。（〈醉蓬萊〉） 臨安記、龍飛鳳舞，信神明有後，竹梧陰滿。（〈解連環〉）笑折花看，挹荷香紅潤。（〈醉蓬萊〉）功名歲晚。帶河與礪山長遠。（〈雪獅兒〉）麟脯杯行，狨韉坐穩，內家宣勸。（〈醉蓬萊〉）」

這首詞上下片各四段，每段都用〈解連環〉、〈雪獅兒〉、〈醉蓬萊〉三個詞調中的句法集合而成。〈醉蓬萊〉在上下片中各用二次，而且上下片的末段都用〈醉蓬萊〉，可知此詞以〈醉蓬萊〉為主體，而混入了〈雪獅兒〉、〈解連環〉二調的句法。調名〈四犯剪梅花〉，是作者自己取名的，萬樹解釋道：「此調為改之所創，採各曲句合成。前後各四段，故曰四犯。」

姜夔有一首〈玲瓏四犯〉，自註云：「此曲雙調，世別有大石調一曲。」僅說明〈玲瓏四犯〉有宮調不同的二曲，但沒有說明何謂四犯。這首詞也不是白石的自製曲，更不可知其詞名何所取義。側犯是以宮犯商的樂律術語，凡以宮犯商的詞調，都屬側犯，它不是一個詞調名。尾犯、花犯、倒犯，這三個名詞不見注釋，想來也是犯法的術語，也不是調名。不過有一首〈花犯念奴〉，即〈水調歌頭〉，大約是〈念奴嬌〉的犯調。所犯的方法，謂之花犯，如花拍之例。那麼，〈花犯念奴〉可以成為一個詞調名，光是花犯二字，就不是詞調名了。

【遍、序、歌頭、曲破、中腔】

詞調名有稱為遍、序、歌頭、曲破的，都表示它是出於大曲。毛文錫有〈甘州遍〉一首，即大曲〈甘州〉的一遍。晏小山有〈泛清波摘遍〉一首，即大曲〈泛清波〉的一遍。趙以夫有〈薄媚摘遍〉，即大曲〈薄媚〉的一遍。大曲以許多曲子連續歌奏，少的也有十多遍，多的可以有幾十遍。一遍就是一支曲子。現在從大曲中摘取其一遍來譜詞演唱，所以稱為摘遍，或省掉「摘」字。

大曲的第一部分是序曲。序曲有散序、中序。〈霓裳羽衣曲〉先散序六遍，沒有拍子，故不能配舞。其次是中序，才開始有拍子，舞女便從此開始跳舞。因此，中序又稱為拍序。詞調中有〈霓裳中序第一〉即〈霓裳羽衣曲〉中序的第一遍。《新唐書．禮樂志》載大曲〈傾杯〉有數十曲之多。現在詞調中還有〈傾杯序〉，也是大曲〈傾杯〉序曲中的一遍。詞調名又有〈鶯啼序〉，可能亦是大曲〈鶯啼〉的序曲。但名為〈鶯啼〉的大曲卻未見記錄。

蘇東坡詞〈南歌子〉云：「誰家水調唱歌頭。」傅幹註東坡詞云：「水調曲頗廣，謂之歌頭，豈非首章之一解乎？」這個注不很明白。應當說是大曲〈水調〉中歌遍之第一遍。大曲的舞，開始於中序第一遍，而歌則未必都開始於中序第一。《碧雞漫志》載山東人王平作〈霓裳羽衣曲〉歌詞，始於第四遍。《樂府雅詞》所載董穎〈薄媚〉「西子詞」始於排遍第八。排遍又名疊遍，就是中序。以歌計數，謂之歌遍。歌遍之第一遍，謂之歌頭。舞始於中序第一遍，歌則不一定與舞同時開始。故歌頭不一定就是中序第一遍。詞調中有「水調歌頭」、「六州歌頭」，都是這個意義。《尊前集》載後唐莊宗作一詞，題曰〈歌頭〉，就不知道是哪一個大曲的歌頭了。但「水調」是宮調的俗名，也不是大曲名。「水調歌頭」這個詞牌名，只表示歌詞屬於水調，還不知道它是哪一個大曲的歌頭。至於〈六州歌頭〉，就很明白地表示它是大曲〈六州〉的歌頭了。

大曲中序（即排遍）之後為入破。《新唐書．五行志》云：「天寶後，樂曲多以邊地為名，有〈伊州〉、〈甘州〉、〈涼州〉等。至其曲遍繁聲，皆謂之入破。破者，蓋破碎云。」又宋王鞏《隨手雜錄》載宋仁宗云：「自排遍以前，音聲不相侵亂，樂之正也；自入破以後，侵亂矣，至此，鄭衛也。」由此可知大曲奏至入破時，歌淫舞急，使觀者搖魂蕩目了。唐詩人薛能有〈柘枝詞〉云：「急破催搖曳，羅衫半脫肩。」這是形容柘枝舞妓舞到入破時，因為舞姿搖曳以致舞衫卸落的情況。晏殊〈木蘭花〉詞云：「重頭歌韻響錚鏦，入破舞腰紅亂旋。」也形容了入破以後的音樂節奏愈加繁促，歌舞也越來越急速。因此，這一部分的曲子名為「急遍」。元稹〈琵琶歌〉云：「驟彈曲破音繁並，百萬金鈴旋玉盤。」這是形容琵琶彈到入破時的情況。白居易〈臥聽法曲霓裳〉詩「朦朧閒夢初成後，宛轉柔聲入破時」，這是形容歌唱到入破時的情況。《武林舊事》載天基節排當樂，有「薄媚曲破」、「萬歲涼州曲破」、「齊天樂曲破」、「降黃龍曲破」、「萬花新曲破」，這些所謂「曲破」者，都是大曲的摘遍，「薄媚曲破」就是大曲〈薄媚〉中的一支入破曲。「萬歲涼州曲破」，就是用大曲〈涼州〉中的一支入破曲譜寫祝皇帝萬歲的歌詞。

陳暘《樂書》著錄了一闋〈後庭花破子〉。他說：「李後主、馮延巳相率為之。」所謂「破子」，意思是入破曲中的小令曲。王安中有鼓子詞〈安陽好〉九首，以〈清平樂〉為「破子」。這是配合隊舞所用樂曲。唱過「破子」，就唱「遣隊」（或曰「放隊」），至此，歌舞俱畢。由此可知「破子」是舞曲所用，或者應當說是小舞的曲破。故《詞譜》注曰：「所謂破子者，以其繁聲入破也。」雖然未說明白，但可知注者亦以為「破子」是「曲破」之一。

万俟詠有〈鈿帶長中腔〉一闋，王安中有〈徵招調中腔〉一闋。這兩個所謂「中腔」，我還不很瞭解，宋人書中，亦未見解釋。宋孟元老《東京夢華錄》記天寧節上壽排當云：「第一盞，御酒。歌板色一名，一名『唱中腔』，一遍訖。」又第七盞御酒下云：「樂部斷送採蓮訖，曲終。復群舞。唱中腔畢，女童進致語，勾雜戲入場。」《武林舊事》記天基節排當，已無此名色，恐怕只有北宋時才有。王安中所作一闋，正是天寧節祝聖壽之詞，即御酒第一盞時所唱。那麼，所謂「中腔」，可能也就是中序的一遍。但此說還待研考。

（施蟄存）

詞牌簡介

詞是合樂的詩體。劉熙載《藝概．詞曲概》說：「詞曲本不相離，惟詞以文言，曲以聲言耳。」「其實詞即曲之詞，曲即詞之曲也。」詞作者初依曲譜填詞，曲名即是詞調名，或稱「詞牌」。也偶有部分先作詞後譜曲者，其詞調按作詞情事、詞中情意或字句等命名。唐宋詞調的來源，據今人歸納，大概有如下幾個方面：

一、來自民間曲子。

二、來自邊地或域外。

三、創自教坊、大晟府等國家樂府機構。

四、創自樂工歌妓。

五、詞人自度曲。

六、摘自大曲、法曲。

此外尚有少數來自琴曲、佛教道教音樂曲調等。其中一、二兩類即所謂「胡夷里巷之曲」，為詞調的主要來源。以後詞的音譜散亡，詞樂失傳，作詞者只能依據前人作品的句讀、平仄斟酌下筆，詞的調名就只成為文字格律的標誌了。

至於詞調命名之由來，據近人詹安泰《詞學論稿》，大約有下列各種：

一、以詞中所詠之事物為調名。如〈醉公子〉詠公子醉、〈采蓮子〉詠採蓮等。

二、以詞中之情意為調名。如〈長相思〉寫久別之情，〈更漏子〉寫夜長難寐等。唐五代詞，多詠調名本意，一、二類多屬此情況。

三、以詞中之字句為調名。或用起句，如韓翃之〈章臺柳〉等；或用末句，如呂巖之〈梧桐影〉等；或摘句中之字，如毛文錫之〈紗窗恨〉等。

四、以句舉詞，因而名調。此類與創始之詞取詞中字句命名之例微有不同，乃就舊有詞調易以新名，如後人因蘇軾之〈念奴嬌〉而別名〈大江東去〉或〈酹江月〉，因晁補之之〈摸魚兒〉而別名〈買陂塘〉等。至若賀鑄、張輯之取自作詞中語以改易調名，又與前者同中有異。由此而調名愈益繁複。

五、以全篇之字數為調名。如〈十六字令〉、〈百字令〉。

六、以篇中各句之字數為調名。如〈三字令〉。

七、以句法名調。如〈字字雙〉，以句句皆有雙字「斑復斑」、「山復山」等。

八、取古人詩語以為調名。此例甚多，如楊慎《詞品》及都穆《南濠詩話》所舉〈蝶戀花〉取梁元帝「翻階蛺蝶戀花情」、〈滿庭芳〉取柳宗元「滿庭芳草積」等。後人對此一說法也有不同意見，不能以其有偶合者即認為是其調名所自出。

九、以非所詠事物為調名。此類蓋就其時隨所觸發之事物以名詞，而詞之內容不必與調名相應。如唐玄宗自潞州還京師，夜半舉兵誅韋后，民間製〈夜半樂〉、〈還京樂〉二曲；宋教坊家人買鹽，於紙角中得一曲譜，翻成曲調，遂名此曲為〈雙調鹽角兒令〉等是。

十、以地名作調名。如〈氐州第一〉、〈石州慢〉、〈揚州慢〉、〈荊州亭〉等是。

十一、以人名作調名。如〈念奴嬌〉、〈何滿子〉等。

調名緣起，大略如此。詞調至繁，異名亦多，命名情況頗為複雜，只能說其大概，亦不必一一推求其原始。清人毛先舒《填詞名解》、汪伋《詞名集解》，可以參看，但其中穿鑿附會處亦不一而足，不必過信其說。

本書所收詞調本名及異名三百七十七個，現簡介如下，供讀者參考。簡介文字，除採用上海辭書出版社出版的《辭海》所收詞牌條目釋文外，其餘另行編寫，參考書目不備列。

詞牌編列以每條首字筆畫為序。

【一畫】

〔一剪梅〕宋周邦彥詞有「一剪梅花萬樣嬌」句，故名。又名〈臘梅香〉、〈玉簟秋〉。雙調六十字，平韻。

〔一斛珠〕南唐李煜詞有此調，載《尊前集》。又名〈醉落魄（拓）〉、〈怨春風〉等。雙調五十七字，仄韻。據舊題曹鄴小說《梅妃傳》，謂唐玄宗封珍珠一斛密賜江妃。妃不受，以詩謝，有「長門自是無梳洗，何必珍珠慰寂寥」之句。玄宗覽詩不樂，令樂府以新聲度之，名〈一斛珠〉，曲名始此。又有宋大曲〈一斛夜明珠〉見《宋史．樂志》。

〔一萼紅〕雙調一百零八字。有平韻、仄韻兩體：仄韻有北宋無名氏詞，因詞中有「未教一萼，紅開鮮蕊」句，乃取以為名；平韻始見於南宋姜夔詞。

〔一落索〕一作〈一絡索〉，又名〈洛陽春〉、〈玉連環〉等。「一落索」為宋時俗語，猶言一大串。雙調自四十四字至五十字，仄韻。

〔一葉落〕後唐莊宗自度曲。取首句為調名。單調三十一字，仄韻。

〔一叢花〕雙調七十八字，平韻，以張先「不如桃杏，猶解嫁東風」一首為最有名。

【二畫】

〔九張機〕宋「轉踏」詞名。宋曾慥《樂府雅詞》存兩篇，俱無名氏作。內容寫婦女織絲時的情景，自一張機至九張機，故名。一篇九首。另一篇前有「口號」，後有「放隊詞」。

〔二郎神〕唐教坊曲名，後用為詞牌。宋詞以柳永所作為最早，雙調一百零四字，仄韻。另有〈轉調二郎神〉，又名〈十二郎〉，雙調一百零五字，仄韻。首句較〈二郎神〉多一字，以下句讀亦頗有不同。

〔人月圓〕始創於宋王詵，因其詞中有「人月圓時」句，故名。又名〈青衫濕〉。雙調四十八字，有平韻、仄韻兩體。

〔人南渡〕即〈感皇恩〉。賀鑄因所作有「人南渡」句改名。

〔八六子〕又名〈感黃鸝〉。《尊前集》所收杜牧之作，雙調九十字，平韻。宋人所作為雙調八十八字，亦平韻，但句讀有所不同。

〔八拍蠻〕唐教坊曲名。始於八拍之「蠻」歌，後用為詞牌。七言四句二十八字，單調，平韻。其一、三句皆仄起。

〔八聲甘州〕又名〈甘州〉、〈瀟瀟雨〉等。〈甘州〉本唐大曲名。此調因上下闋八韻，故名八聲。乃慢詞，與〈甘州遍〉、〈甘州子〉不同。雙調九十七字，平韻。

〔八歸〕有仄韻、平韻兩體。仄韻體始於姜夔，雙調一百十五字。平韻體有高觀國詞，一百十一字，有脫文。二體雖用韻有平仄之異，而聲調則同。

〔卜算子〕又名〈缺月掛疏桐〉、〈百尺樓〉、〈眉峰碧〉等。雙調四十四字，仄韻。另有〈卜算子慢〉，八十九字或九十三字。

仄韻。

〔卜算子慢〕八十九字或九十三字。仄韻。

【三畫】

〔三字令〕因全調用三字句，故名。創自五代歐陽炯。雙調四十八字或五十四字，平韻。

〔三姝媚〕雙調九十九字或一百零一字，有仄韻、平韻兩體。

〔三臺合〕即〈宮中調笑〉。

〔上行杯〕唐教坊曲名，後用為詞牌。單調（或云雙調），五代孫光憲詞二首，一首三十八字（或作三十九字），平仄韻間叶；一首三十九字，仄換仄韻。二者句格相同。另一體四十一字，仄韻不換韻。

〔千年調〕此調曹組詞名〈相思會〉，因其首韻有「人無百年人，剛作千年調」句，辛棄疾改此名。雙調七十五字，仄韻，較曹詞少末句二襯字。

〔千秋歲〕又名〈千秋節〉。雙調七十一字或七十二字，仄韻。另有〈千秋歲引〉，又名〈千秋萬歲〉，即據此調添減字數而成。

〔千秋歲引〕又名〈千秋歲令〉、〈千秋萬歲〉。雙調八十二字，仄韻。又有八十四字、八十五字、八十七字諸體。此調即〈千秋歲〉添減攤破而成。

〔千秋歲令〕即〈千秋歲引〉。

〔大江東去〕即〈念奴嬌〉。

〔大酺〕唐教坊曲有〈大酺樂〉。「大酺」謂大眾宴樂，廣布酒食。唐張文收造曲。宋人借舊曲以製新調，始於周邦彥詞，雙調一百三十三字，仄韻，已非詠調名本意。

〔女冠子〕唐教坊曲名，後用為詞牌。唐詞內容多詠女道士。今存詞中，小令始於溫庭筠，雙調四十一字，上闋平仄韻換協，下闋平韻。長調始於柳永，雙調一百十一字，仄韻。

〔子夜歌〕〈菩薩蠻〉的別名。元彭元遜所作〈子夜歌〉，雙調一百十七字，仄韻。兩者不同。

〔小重山〕又名〈小沖山〉、〈小重山令〉等。雙調五十八字，平韻。間有押仄韻者。

〔山花子〕唐教坊曲名，後用為詞牌。此調在五代時為雜言〈浣溪沙〉之別名，即就〈浣溪沙〉的上下段中，各增添三個字的結句，故又名〈攤破浣溪沙〉或〈添字浣溪沙〉。亦有徑稱〈浣溪沙〉者，見敦煌曲子詞。又因南唐李璟詞「細雨夢回」兩句頗著名，故又稱〈南唐浣溪沙〉。雙調四十八字，平韻。敦煌曲子詞中的一首則押仄韻。

〔山亭柳〕此調平韻詞始自晏殊，仄韻詞始自杜安世。皆雙調七十九字，而句律不同。

〔山鬼謠〕即〈摸魚兒〉。

【四畫】

〔六么令〕唐教坊曲名，後用為詞牌。一說么是小的意思，因此調羽弦最小，節奏繁急，故名。又名〈綠腰〉。雙調九十四字，仄韻。

〔六州歌頭〕本鼓吹曲名，後用為詞牌。六州指唐西邊之伊、涼、甘、石、氐、渭諸州，每州各有歌曲，統名〈六州〉。歌頭即引歌，也就是「中序」的第一章。宋人倚其聲而創調。雙調一百四十三字。平仄互叶，也有只叶平韻的。賀鑄「少年俠氣」一首，為同部韻平仄通叶。

〔六醜〕雙調一百四十字，仄韻。創自周邦彥。周密《浩然齋雅談》記邦彥以此詞犯六調，皆聲之美者，然頗難唱，故以高陽氏之子六人，皆才而醜者比之，故名六醜。明楊慎以其名不雅，易名〈個儂〉。《詞譜》另收〈個儂〉，為宋廖瑩中所作詞，以起句「恨個儂無賴」為名。雙調一百五十九字，仄韻，與〈六醜〉非一調。

〔天仙子〕唐教坊曲名。來自西域，或云本名〈萬斯年〉，後用為詞牌。有單調、雙調兩體：單調三十四字，有五仄韻、四仄韻、兩仄三平韻、五平韻數種；雙調六十八字，仄韻。

〔天門謠〕雙調四十五字，仄韻。句格與〈朝天子〉全同，僅第三句少一字。賀鑄登采石磯蛾眉亭詞以「牛渚天門險」起句，自改調名。

〔天香〕賀鑄因其所作有「好伴雲來，還將夢去」句，改名〈伴雲來〉。雙調九十六字，仄韻。

〔太常引〕又名〈太清引〉、〈臘前梅〉。雙調四十九字或五十字，平韻。

〔少年遊〕又名〈玉臘梅枝〉等。雙調五十字至五十二字，平韻。此調各家所作，前後段字數句法及用韻，頗有參差。又張先有〈少年遊慢〉，雙調八十四字，仄韻，與令詞體製不同。

〔引駕行〕此調有五十二字、一百字、一百二十五字諸體。五十二字體，即一百字體之前半，俱叶仄韻。一百二十五字體，平韻。

〔月上瓜洲〕即〈相見歡〉。

〔月上海棠〕又名〈玉關遙〉、〈月上海棠慢〉。雙調。有七十字、七十二字、九十一字諸體。仄韻。

〔月下笛〕此調始於周邦彥詞，詠月下聽人吹笛，故名。雙調九十八字，仄韻，中間拗句似〈瑣窗寒〉。南宋姜夔、張炎所作，九十九字或一百字，句律頗與周詞異。

〔木蘭花〕唐教坊曲名，後用為詞牌。唐五代人所作〈木蘭花〉，句式參差不一。雙調，有五十二字或五十五字等，仄韻。另為〈玉樓春〉的別名，因五代歐陽炯所作有「同在木蘭花下醉」之句，故名。宋人所作實即〈玉樓春〉調。另有〈減字木蘭花〉和〈偷聲木蘭花〉。後又演為〈木蘭花慢〉，雙調一百零一字，平韻。

〔木蘭花慢〕〈木蘭花〉本唐教坊曲名，宋人演為慢調。雙調一百零一字，平韻。

〔水調歌頭〕相傳隋煬帝開汴河時曾製〈水調歌〉。唐人演為大曲，有散序、中序、入破三部分，「歌頭」當為中序的第一章。

又名〈元會曲〉、〈凱歌〉、〈臺城遊〉等。雙調九十五字，平韻。宋人於上下闋中的兩個六字句，多兼押仄韻。也有句句通押同部平仄聲韻的。

【水龍吟】又名〈小樓連苑〉、〈龍吟曲〉等。雙調一百零二字，仄韻。亦有平韻之作。

【五畫】

【半死桐】即〈鷓鴣天〉。賀鑄因其所作有「梧桐半死清霜後」句改名。

【古香慢】吳文英自度曲。原注夷則商犯無射宮。雙調九十四字，仄韻。

【四犯令】又名〈四和春〉、〈桂華明〉。雙調五十字，仄韻。

【四字令】即〈醉太平〉。

【四園竹】此調始於周邦彥詞。雙調七十七字，同部平仄通叶。

【市橋柳】詞見《齊東野語》。因第二句有「折盡市橋官柳」句，取以為名。雙調五十六字，仄韻。

【氏州第一】此調始於周邦彥詞，乃從宋大曲〈氏州〉取其首遍。王國維《唐宋大曲考．熙州》：「〈熙州〉一作〈氏州〉，周邦彥有〈氏州第一〉詞。毛晉所藏《清真集》作〈熙州摘遍〉，蓋〈熙州〉之第一遍也。」雙調一百零二字，仄韻。

【永遇樂】又名〈消息〉。雙調一百零四字，仄韻。南宋陳允平始用平韻。

【玉京秋】周密自度曲。雙調九十五字，仄韻。

【玉樓春】又名〈木蘭花〉、〈惜春容〉、〈西湖曲〉等。雙調七言八句五十六字，仄韻。

【玉蝴蝶】有小令、長調兩體。小令始於溫庭筠，雙調四十一字或四十二字，平韻。長調始於柳永，雙調九十九字，平韻。亦有九十八字體。

【甘州】即〈八聲甘州〉。

【甘州遍】按唐教坊大曲有〈甘州〉。凡大曲有多遍，此為〈甘州曲〉之一遍。雙調，六十三字，平韻。

【甘草子】雙調四十七字，仄韻。

【生查子】唐教坊曲名，後用為詞牌。又名〈陌上郎〉、〈綠羅裙〉等。韋應物曾作此詞，已佚，存詞以唐末韓偓所作為最早，敦煌曲子詞中亦有此調。雙調四十字，仄韻。按「查」字一說即「楂」或「槎」字之誤。

【石州引】即〈石州慢〉。

【石州慢】又名〈柳色黃〉、〈石州引〉。雙調一百零二字，仄韻。各家句法頗有不同。

〔回心院〕遼道宗皇后蕭氏，小字觀音，以諫阻帝之遊畋無度，被疏遠，作〈回心院〉詞十首，蓋寓望帝回心之意。單調二十八字，有平韻、仄韻二體，以各詞首句「掃深殿」「拂象床」等末字平仄而定。

〔多麗〕又名〈綠頭鴨〉、〈隴頭泉〉等。雙調，有平韻、仄韻兩體。平韻體一百三十九字，仄韻體一百四十字。

〔好女兒〕此調有兩體。六十二字體始於晏幾道，雙調，平韻。賀鑄五首因其自作詞句改名〈國門東〉、〈九迴腸〉、〈月先圓〉、〈綺筵張〉、〈畫眉郎〉。四十五字體始於黃庭堅，雙調，平韻，又名〈繡帶兒〉、〈繡帶子〉。

〔好事近〕又名〈釣船笛〉、〈翠圓枝〉等。雙調四十五字，仄韻。

〔如夢令〕原名〈憶仙姿〉，相傳為後唐莊宗自製曲，中有「如夢，如夢，和淚出門相送」句，蘇軾為改今名。又名〈宴桃源〉等。單調三十三字，仄韻。其復加一疊為雙調者名〈如意令〉。

〔安公子〕隋末新翻樂曲，唐時為教坊曲，後用為詞牌。雙調，有八十字，一百零六字等體，仄韻。

〔曲玉管〕唐教坊曲名，後用為詞牌。宋詞只柳永一首，分三段，前兩段為雙曳頭。一百零五字，同部平仄通叶。

〔曲遊春〕此調先見於施岳詞，周密詞和施詞韻，皆賦春遊杭州西湖事，故名。雙調一百零三字，仄韻。另有一百零一字體。

〔江南好〕即〈望江南〉。又〈滿庭芳〉亦別稱〈江南好〉。

〔江南春〕古樂府有〈江南〉曲調。入宋以後，有寇準〈江南春〉單調小令與吳文英同名雙調慢詞。寇詞意境本於南朝梁柳惲〈江南曲〉「汀洲採白蘋，日暖江南春」之詩。單調三十字，三、五、七言各二句，平韻。《詞譜》以李白〈三五七言〉一詩字數句法與此相同，以李詩首句「秋風清」為調名，屬寇準詞於此調下，未必是。吳文英詞一百零六字，或作一百零九字，仄韻。

〔江南柳〕即〈憶江南〉雙調五十四字體。

〔江城子〕又名〈江神子〉、〈水晶簾〉等。唐五代詞均為單調，自三十五字至三十七字不等，平韻。至宋人始作雙調七十字，平韻。黃庭堅有仄韻之作。

〔江城梅花引〕又名〈江梅引〉、〈攤破江城子〉等。《詞律》謂「此詞相傳為前半用〈江城子〉，後半用〈梅花引〉，故合名〈江城梅花引〉，蓋取（李白）『江城五月落梅花』句也」，但以後半不似〈梅花引〉為可疑；又說「或腔有可通，未可知也」。雙調八十七字，有平、上、去三聲叶韻與全押平韻兩體。宋洪皓使金被留時所作詠梅四首，最有名。因其每首有一「笑」字，稱為〈四笑江梅引〉。

〔江神子〕即〈江城子〉。

〔江梅引〕即〈江城梅花引〉。

〔百字令〕即〈念奴嬌〉。

〔竹枝〕一作〈竹枝子〉。唐教坊曲名，後用為詞牌。單調十四字，分平韻、仄韻兩體。《花間集》所收皇甫松、孫光憲二人詞，每首均疊用「竹枝」、「女兒」作為和聲。

〔**竹馬子**〕一名〈竹馬兒〉。雙調一百零三字，仄韻。

〔**行香子**〕又名〈爇心香〉。雙調六十六字或六十四字、六十八字，平韻。

〔**行路難**〕即〈梅花引〉一百十四字體〈小梅花〉。賀鑄以樂府篇名改易。

〔**西平樂**〕又名〈西平樂慢〉。柳永詞雙調一百零二字，仄韻。周邦彥詞雙調一百三十七字，平韻。

〔**西江月**〕唐教坊曲名，後用為詞牌。又名〈步虛詞〉等。雙調五十字。唐五代詞本為平仄韻異部間協，宋以後詞則上下闋各用兩平韻，末轉仄韻，例須同部。另有〈西江月慢〉，雙調一百零三字，例用入聲韻。

〔**西河**〕唐教坊曲有〈西河劍器〉、〈西河長命女〉等，源出西涼樂，後傳入西河（今山西汾陽），遂以名調。宋人據舊曲名另製新調。又名〈西河慢〉、〈西湖〉。分三段，一百零五字，仄韻。

【七畫】

〔**伴雲來**〕即〈天香〉。賀鑄因所作有「好伴雲來，還將夢去」句改名。

〔**何滿子**〕唐教坊曲名，後用為詞牌。亦作〈河滿子〉。開元時滄州歌者何滿子臨刑哀歌一曲以自贖，竟不得免，後來此曲即以歌聲何滿子為名。此調在唐五代有五言四句、六言六句、七言四句三種。《花間集》所收即第二種，單調三十六字，或第三句多一字；又雙調七十四字，均平韻。宋人又有雙調仄韻體。

〔**尾犯**〕又名〈碧芙蓉〉。雙調，以九十四字和九十八字體為較常見。仄韻。

〔**巫山一段雲**〕唐教坊曲後，後用為詞牌。雙調四十四字，平韻。另一體雙調四十六字，上闋平韻，下闋換兩仄韻兩平韻。

〔**更漏子**〕因晚唐溫庭筠詞中多詠更漏而得名。雙調四十六字，仄韻、平韻換叶。

〔**杏花天**〕又名〈杏花風〉。雙調五十四字，仄韻。又有五十五字、五十六字體，皆就五十四字體添一、二襯字而成。

〔**杏花天影**〕姜夔自度曲。取〈杏花天〉調稍加變化而成。依舊調作新腔，故加「影」字。雙調五十八字，仄韻。蓋於五十四字體〈杏花天〉上下片各加二字短句，又改其前句為平收，不叶韻耳。

〔**沁園春**〕東漢竇憲仗勢奪取沁水公主園林，後人作詩以詠其事，此調因此得名。又名〈壽星明〉、〈洞庭春色〉等。雙調一百十四字，平韻。

〔**角招**〕姜夔自度曲。雙調一百零七字，仄韻。據其〈徵招〉詞序，謂「〈徵招〉、〈角招〉者，政和間大晟府嘗製數十曲，音節駁矣」。其所製〈徵招〉，稱「較大晟曲為無病」，則〈角招〉蓋亦因舊曲改進而成。

〔**阮郎歸**〕詞名用劉晨、阮肇故事。唐教坊曲有〈阮郎迷〉，疑為其初名。又名〈醉桃源〉等。雙調四十七字，平韻。

〔夜半樂〕唐教坊曲名。柳永據舊曲作新調。三疊，一百四十四字；另一首一百四十五字，末句多一襯字，開首句讀稍異。參見〈還京樂〉。

〔夜合花〕雙調，有九十七字、九十九字、一百字三體，平韻。《詞律》云作者多用一百字體。

〔夜如年〕即〈擣練子〉。賀鑄因所作有「破除今夜夜如年」句改名。

〔夜行船〕又名〈明月棹孤舟〉。雙調五十五字或五十六字，仄韻。

〔夜飛鵲〕始見於周邦彥詞。雙調一百零六字，平韻。

〔夜遊宮〕雙調五十七字，仄韻。

〔夜擣衣〕即〈擣練子〉。賀鑄因所作有「淨拂床砧夜擣衣」句改名。

〔孤雁兒〕即〈御街行〉。

〔定西番〕唐教坊曲名，後用為詞牌。雙調三十五字，平仄韻異部間叶。又一體單叶平韻，不間入仄韻。以上作者皆唐五代人。宋詞張先所作，雙調四十一字，平韻，乃就前一體上片增出六字一句。

〔定風波〕唐教坊曲名，後用為詞牌。又名〈定風流〉等。敦煌曲子詞有此調。五代歐陽炯所作，句律稍異，宋人依之。雙調六十二字，平韻仄韻互用。另有〈定風波慢〉，雙調，有九十九字至一百零五字各體，仄韻。

〔念奴嬌〕念奴為唐天寶中著名歌女，音調高亢，遂取為調名。宋詞中以蘇軾所填〈赤壁懷古〉詞最著名。又名〈百字令〉、〈大江東去〉、〈酹江月〉等。雙調一百字，仄韻，亦有用平韻者。

〔拋球樂〕唐教坊曲名。為拋球催酒時所唱。後用為詞牌名。單調，有三十字、三十三字、四十字、四十二字各體，皆平韻。宋柳永以舊曲名創為新體，雙調一百八十八字，仄韻。

〔明月逐人來〕《能改齋漫錄》云李持正自撰譜，因詞有「皓月隨人近遠」句，故名。雙調六十二字，仄韻。

〔東風第一枝〕又名〈瓊林第一枝〉。雙調一百字，仄韻。

〔杵聲齊〕即〈擣練子〉。賀鑄因所作有「杵聲齊」句改名。

〔武陵春〕又名〈武林春〉、〈花想容〉。雙調四十八字或四十九字、五十四字，平韻。

〔河傳〕一作〈水調河傳〉，又名〈怨王孫〉、〈月照梨花〉等。「河傳」之名始於隋代，傳為煬帝去江都時作，聲韻悲切，今已不傳。今可見者以晚唐溫庭筠之作為最早。《花間集》所收各詞，雙調自五十一字至五十五字不等，句式頗不一致，叶韻亦有參差。

〔河滿子〕見〈何滿子〉。

〔河瀆神〕唐教坊曲名，後用為詞牌。唐五代詞皆依調名本意，詠河邊祠廟。雙調四十九字，有兩體：一為上片平韻，下片換仄韻；一為通首押平聲韻。

〔**法曲獻仙音**〕一作〈獻仙音〉，又名〈越女鏡心〉等。原為唐法曲。雙調九十二字，仄韻。

〔**花心動**〕此調宋詞始於阮逸女所作，雙調一百零四字，仄韻。各家詞字數、句讀、押韻或有小異。

〔**花犯**〕又名〈繡鸞鳳花犯〉。「犯調」詞之一，始於周邦彥。雙調一百零二字，仄韻。

〔**芳草渡**〕有令詞和慢詞兩體。令詞雙調五十五字或五十七字，平韻。慢詞雙調八十九字，仄韻。

〔**采桑子**〕唐教坊大曲有〈采桑〉，後截取一「遍」單行，用為詞牌。又名〈醜奴兒令〉、〈羅敷媚〉等。雙調四十四字，平韻。又有〈添字采桑子〉，四十八字或五十四字；〈促拍采桑子〉，五十字；〈攤破采桑子〉，六十字；皆雙調平韻。宋詞另有〈采桑子慢〉，一名〈醜奴兒慢〉等，雙調九十字，有平韻、仄韻二體，上半闋多用一叶韻。

〔**金人捧露盤**〕一作〈銅人捧露盤〉。又名〈上西平〉、〈西平曲〉等。雙調七十九字，平韻。

〔**金明池**〕又名〈昆明池〉。雙調一百二十字，仄韻。仲殊詞名〈夏雲峰〉，乃誤題。

〔**金縷曲**〕即〈賀新郎〉。

〔**長命女**〕又名〈薄命女〉。雙調三十九字，仄韻。

〔**長亭怨慢**〕為姜夔自製曲。詞序言「初率意為長短句，然後協以律，故前後闋多不同」。雙調九十七字，仄韻。

〔**長相思**〕唐教坊曲名，後用為詞牌。因梁陳樂府〈長相思〉而得名。又名〈雙紅豆〉、〈憶多嬌〉等。雙調三十六字，平韻。二疊韻。敦煌曲子詞中有一體，雙調四十四字，平韻，字句格律與前者全異，當是同名異曲。宋人演為〈長相思慢〉，雙調一百零三字，或一百零四字，平韻。

〔**長相思慢**〕又名〈夢揚州〉。雙調一百零三字，或一百零四字，平韻。

〔**雨中花**〕有小令、長調二體。小令雙調，自五十一字至五十八字，皆仄韻。長調又有平韻、仄韻二體。平韻詞自九十六字至一百字，仄韻詞九十八字，皆雙調。

〔**雨霖鈴**〕唐教坊曲名，後用為詞牌。一作〈雨淋鈴〉。相傳唐玄宗因安祿山之亂遷蜀，入斜谷，時霖雨連日，棧道中聞鈴聲，為悼念楊貴妃，遂採作此曲。雙調一百零三字，仄韻。宋柳永作「寒蟬淒切」一首，為世傳誦。

〔**青玉案**〕取義於東漢張衡〈四愁詩〉「何以報之青玉案」句。又名〈橫塘路〉等。雙調六十七字，仄韻。宋詞此調字數句法稍有參差，以依賀鑄「凌波不過橫塘路」一首者為較常見。

〔**青杏兒**〕即〈攤破南鄉子〉。又名〈似娘兒〉等。雙調六十二字，平韻。黃庭堅詞名〈轉調醜奴兒〉，《詞譜》謂是刻本誤題。

〔**青門引**〕雙調五十二字，仄韻。

【九畫】

〔南柯子〕即〈南歌子〉。

〔南浦〕唐教坊曲有〈南浦子〉，宋詞則借舊曲名另製新調。雙調，分一百零五字仄韻及一百零二字平韻兩體。宋人多填仄韻。

〔南鄉子〕唐教坊曲名，後用為詞牌。分單調、雙調兩體。單調二十七字或二十八字、三十字。先用兩平韻，後轉為三仄韻。雙調五十六字或五十四字、五十八字，平韻。

〔南歌子〕唐教坊曲名。後用為詞牌。又名〈南柯子〉、〈春宵曲〉、〈風蝶令〉等。有單調、雙調兩體。單調二十三字或二十六字，平韻。雙調五十二字，又有平韻、仄韻兩體。唐人另有〈南歌子詞〉，單調二十字，平韻，即五言絕句，與此調不同。

〔品令〕雙調。仄韻。有四十九字、五十一字、五十二字、五十五字、六十字、六十三字、六十四字、六十五字、六十六字諸體。宋人填此調者，多作俳語，故字句多少不一，句讀亦多變換。

〔帝臺春〕唐宋教坊曲名。《宋史・樂志》十七載，琵琶獨彈曲破十五曲中，無射宮調有〈帝臺春〉，後用為詞牌。宋詞只李甲一首，雙調九十八字，仄韻。

〔後庭宴〕《庚溪詩話》云：宋宣和中，掘地得石刻唐詞，調名〈後庭宴〉。雙調六十字，仄韻。

〔思佳客〕即〈鷓鴣天〉。

〔思帝鄉〕唐教坊曲名，後用為詞牌。又名〈萬斯年曲〉。單調三十三字至三十六字，平韻。

〔思越人〕即〈鷓鴣天〉。

〔思遠人〕雙調五十一字，仄韻。

〔怨王孫〕〈憶王孫〉另一體之異名，雙調五十四字，仄韻。與〈河傳〉之別名〈怨王孫〉者句律不同。

〔拜星月〕又名〈拜星月慢〉。唐教坊曲有〈拜新月〉，因民間婦孺拜新月之風俗而產生。敦煌《雲謠集雜曲子》有〈拜新月〉二首，八十四字，一平韻，一仄韻，詠調名本意。宋詞名〈拜星月〉，雙調一百零四字，仄韻。又有一百零二字體。

〔春光好〕唐教坊曲名，後用為詞牌。《羯鼓錄》載唐玄宗臨軒擊鼓，見春色明麗，因取為曲名。又名〈愁倚闌〉、〈愁倚闌令〉等。雙調四十字，平韻。另有四十一字至四十八字各體。又〈喜遷鶯〉亦名〈春光好〉，但與此調不同。

〔春草碧〕有二體。雙調七十五字仄韻體本名〈番槍子〉，以宋韓玉詞末句「春草碧」，改此名。另一體宋万俟詠作，詠調名本意，雙調九十八字，仄韻。

〔春從天上來〕雙調一百零四字，或一百零六字，平韻。

〔昭君怨〕又名〈洛妃怨〉等。雙調四十字，兩仄韻兩平韻。

〔柳枝〕即〈楊柳枝〉。

〔柳梢青〕又名〈隴頭月〉、〈早春怨〉等。雙調四十九字或五十字，有平韻、仄韻兩體。

〈洞仙歌〉唐教坊曲名，後用為詞牌。又名〈羽仙歌〉、〈洞中仙〉等。敦煌寫本《雲謠集雜曲子》收此調二首，字句格律與宋詞異。宋詞有令詞、慢詞兩體。令詞有八十二字至九十三字各體，慢詞有一百十八字至一百二十六字各體，均雙調，仄韻。

〈玲瓏四犯〉又名〈夜來花〉。此調創自北宋周邦彥。雙調九十九字或一百零一字，仄韻。南宋姜夔又有自製曲，與周詞句讀不同。

〈相見歡〉唐教坊曲名，後用為詞牌。又名〈秋夜月〉、〈上西樓〉、〈烏夜啼〉等。雙調三十六字，上闋平韻，下闋兩仄韻兩平韻，亦有通篇皆押平韻者。

〈相思令〉即〈長相思〉。

〈眉峰碧〉即〈卜算子〉。

〈眉嫵〉一名〈百宜嬌〉。宋姜夔曾填〈戲張仲遠〉一首，雙調一百零三字，仄韻。宋呂渭老〈聖求詞〉亦有〈百宜嬌〉，但兩者句律不同。

〈秋波媚〉即〈眼兒媚〉。

〈秋蕊香〉雙調四十八字，仄韻。又有同名慢詞，雙調九十七字，平韻。另有〈秋蕊香引〉，雙調六十字，仄韻。

〈秋霽〉又名〈春霽〉。雙調一百零五字，仄韻。又一體雙調一百零三字，仄韻，與前體句讀亦稍異。

〈陌上郎〉即〈生查子〉。賀鑄因所作有「揮金陌上郎」句改名。

〈風入松〉唐僧皎然有〈風入松〉歌，故名。又名〈遠山橫〉等。雙調七十四字或七十六字，平韻。

〈風流子〉唐教坊曲名，後用為詞牌。有單調、雙調二體。單調三十四字，仄韻。雙調又名〈內家嬌〉，一百十字，平韻。

【十畫】

〈倦尋芳慢〉或無「慢」字。雙調九十六字或九十七字，仄韻。

〈凌歊〉即〈金人捧露盤〉。賀鑄登凌歊臺作此詞，改此調名。

〈剔銀燈〉雙調七十五字或七十八字，仄韻。

〈唐多令〉又名〈糖多令〉、〈南樓令〉等。雙調六十字，平韻。

〈宮中三臺〉即〈三臺〉。單調六言四句，二十四字，平韻。

〈宴清都〉雙調一百零二字，仄韻。因程垓詞有「那更春好花好酒好人好」之句，又名〈四代好〉。

〈桂枝香〉又名〈疏簾淡月〉。雙調一百零一字，仄韻。王安石〈金陵懷古〉一首，較為有名。

〈桃源憶故人〉又名〈虞美人影〉等。雙調四十八字，仄韻。

〈浣溪沙〉唐教坊曲名，後用為詞牌。一作〈浣溪紗〉，又名〈小庭花〉等。雙調四十二字，平韻。南唐李煜有仄韻之作。又宋周邦彥曾作〈浣溪沙慢〉，雙調九十三字，仄韻。

〔浪淘沙〕唐教坊曲名，後用為詞牌。又名〈浪淘沙令〉、〈賣花聲〉、〈過龍門〉等。原為小曲，單調二十八字，四句三平韻，亦即七言絕句。唐劉禹錫、白居易所作，皆專詠調名本意。禹錫詞九首為正格，居易六首為拗體。南唐李煜始作〈浪淘沙令〉，蓋因舊曲名，另創新聲，雙調五十四字，平韻。宋人也有於前段或前後段起句增減一二字的，也有稍變音節而用仄韻的。另有〈浪淘沙慢〉，一百三十三字，入聲韻。

〔浪淘沙慢〕宋人演〈浪淘沙〉舊曲為慢調，一百三十三字，入聲韻。

〔海棠春〕又名〈海棠花〉、〈海棠春令〉。雙調四十八字，仄韻。

〔烏夜啼〕唐教坊曲名，有燕樂雜曲與雅樂琴曲兩種，後用為詞牌。又名〈聖無憂〉。雙調四十七字，平韻。又有四十八字體，首句較前者多一字，或名〈錦堂春〉。此調與〈相見歡〉之別名〈烏夜啼〉者不同。

〔留春令〕雙調五十字，仄韻。另有五十二字、五十四字體，句法略異。

〔破陣子〕唐教坊曲名，本為大曲〈破陣樂〉中的一遍，後用為詞牌。又名〈十拍子〉。雙調六十二字，平韻。

〔祝英臺近〕又名〈寶釵分〉等。雙調七十七字，有仄韻、平韻兩體。

〔秦樓月〕即〈憶秦娥〉。

〔粉蝶兒〕因北宋毛滂詞中有「粉蝶兒，這回共花同活」句，故名。雙調七十二字，仄韻。另有〈粉蝶兒慢〉，雙調九十八字，仄韻。

〔茶瓶兒〕始自北宋李元膺。雙調五十六字，仄韻。又有五十四字體，與李詞句格頗近，只若干句字數有多寡。

〔迷仙引〕雙調八十三字，仄韻。又一體雙調一百二十二字，仄韻。兩者不同。

〔迷神引〕雙調九十七字或九十八字，仄韻。《詞律》謂此調多三字句，最為淒咽。

〔酒泉子〕唐教坊曲名，後用為詞牌。以平韻為主，間入仄韻。有二體：一見於敦煌曲子詞，雙調四十九字。北宋潘閬有憶西湖風景之作，故又名〈憶餘杭〉。一多見於《花間集》，自四十字至四十五字，句法用韻大同小異。

〔高陽臺〕又名〈慶春澤〉。雙調一百字，平韻。

〔鬲溪梅令〕「鬲」通「隔」。雙調四十八字，平韻。

【十一畫】

〔側犯〕詞的「犯調」中，凡以宮犯羽的，稱為「側犯」。創自北宋周邦彥。雙調七十七字，仄韻。

〔剪牡丹〕《宋史．樂志》十七，教坊有女弟子舞隊，第四曰佳人剪牡丹隊。調名本此。雙調一百零一字，仄韻。

〔國門東〕即〈好女兒〉六十二字體。賀鑄因所作有「會國門東」句改名。

〔婆羅門令〕唐大曲有〈婆羅門〉，西涼節度使楊敬述所進。教坊記有〈望月婆羅門〉曲名，蓋摘大曲中之一遍。敦煌曲子詞有

〈婆羅門〉詠月四首，單調三十四字，平韻。宋詞〈婆羅門令〉，雙調八十六字，仄韻；又有〈婆羅門引〉，上或加「望月」二字，雙調七十六字，平韻。三者體製不同。

【將進酒】即〈梅花引〉一百十四字體〈小梅花〉。賀鑄以樂府篇名改易。

【尉遲杯】雙調，有平韻、仄韻兩體。仄韻詞一百零五字，見宋柳永《樂章集》；平韻詞一百零六字，見宋晁補之《琴趣外篇》。

【御街行】又名〈孤雁兒〉。以七十六字及七十八字者較常見，雙調，仄韻。

【惜分飛】又名〈惜芳菲〉、〈惜雙雙〉等，雙調五十字，仄韻。始見於北宋毛滂《東堂詞》。

【惜奴嬌】雙調七十一字，仄韻。按《高麗史·樂志》，宋賜大晟樂內有《惜奴嬌曲破》，所附詞即其中之一遍，有與宋詞格律相同者。知此調名亦本自大曲。

【惜紅衣】姜夔自度曲。詞賦荷花，有「紅衣半狼籍」句，以此得名。雙調八十八字，仄韻。

【惜黃花慢】此調慢詞有平韻仄韻兩體，均雙調一百零八字，句法大致相同。另有七十字體〈惜黃花〉，為另一調。

【惜餘春】即〈踏莎行〉。賀鑄因所作有「年年遊子惜餘春」句改名。與慢詞之〈惜餘春〉無關。

【惜雙雙】即〈惜分飛〉。

【惜瓊花】雙調六十字，仄韻。

【戚氏】二百一十二字，分為三疊，平韻。

【掃花遊】又名〈掃地花〉、〈掃地遊〉，以周邦彥詞有「任占地持杯，掃花尋路」句，故名。雙調九十五字，仄韻。

【採蓮子】唐教坊曲名，後用為詞牌。原為七言四句帶有和聲的聲詩，唐皇甫松曾撰此調。其一三兩句句尾加和聲「舉棹」，二四兩句句尾加和聲「年少」，猶竹枝詞中之「竹枝」、「女兒」。但竹枝詞以「竹枝」二字和於句中，「女兒」二字和於句尾，此則一句一和聲。

【探春令】雙調五十一字或五十二字，仄韻。

【探春慢】又名〈探春〉，雙調一百零三字，仄韻。與〈探春令〉格律不同。吳文英一首九十四字，較前體詞句有所減省，句法亦有變化，《詞譜》謂是又一體。

【晝夜樂】雙調九十八字，仄韻。

【望江東】黃庭堅詞有「望不見江東路」一句，以為調名。雙調五十二字、仄韻。

【望江南】唐教坊曲名，後用為詞牌。《樂府雜錄》謂此調本名〈謝秋娘〉，係唐李德裕為亡姬謝秋娘作，後改此名。但玄宗時教坊已有此曲。白居易依其調作〈憶江南詞〉，始名〈憶江南〉。又名〈夢江南〉、〈江南好〉等。分單調、雙調兩體。單調二十七字，雙調五十四字，皆平韻。南唐馮延巳所作，雙調五十九字，平仄換叶，為變體。

【望江怨】單調三十五字，仄韻。

【望江梅】即〈憶江南〉。

〈望書歸〉即〈擣練子〉。賀鑄因所作有「過年惟望得書歸」句改名。

〈望海潮〉調見宋柳永《樂章集》。楊湜《古今詞話》載，柳永與孫何為布衣交，後何官杭州，門禁森嚴，永不得見。遂於中秋夜使歌妓楚楚唱此詞於何前，何遂迎永入內。雙調一百零七字，平韻。

〈望遠行〉唐教坊曲名，後用為詞牌。有令詞、慢詞之別。令詞五十五字或六十字，慢詞一百零六字，皆雙調仄韻。

〈梅花引〉即〈江城梅花引〉，又名〈江梅引〉。蔣捷詞用此名。又名〈小梅花〉、〈貧也樂〉。有兩體：一為雙調五十七字，平仄韻間叶；一為一百十四字，即合前體之兩段為一，復加一疊，仄韻平韻異部相間換叶，賀鑄詞又易名〈將進酒〉、〈行路難〉。

〈梧桐影〉取詞末三字為名。因首句，又名〈明月斜〉。單調二十字，仄韻。

〈淒涼犯〉一作〈淒涼調〉，又名〈瑞鶴仙影〉。姜夔自製曲。自序謂居合肥時，秋風夕起，時聞馬嘶，出城四顧，荒煙野草，不勝淒黯，因琴曲有〈淒涼調〉，乃借以為名。《花菴詞選》注：「仙呂調犯商調。」雙調九十三字，仄韻。

〈淡黃柳〉宋姜夔自製曲。其自序謂客居合肥南城，見巷陌淒涼，柳色夾道，依依可憐，因製此曲。雙調六十五字，仄韻。

〈清平樂（音同悅）〉唐教坊曲名，後用為詞牌。又名〈憶蘿月〉、〈醉東風〉等。雙調四十六字。上闋押仄韻，下闋換平韻。亦有全押仄韻者。

〈清商怨〉又名〈關河令〉等。《詞譜》：「古樂府有〈清商曲〉辭，其音多哀怨，故取以為名。」雙調四十三字，仄韻。又〈擷芳詞〉（即〈釵頭鳳〉本名）亦別名〈清商怨〉，與此不同。

〈疏影〉南宋姜夔自度曲。又名〈綠意〉、〈解珮環〉等。雙調一百十字，仄韻。參見〈暗香〉。

〈眼兒媚〉又名〈秋波媚〉、〈小闌干〉等。雙調四十八字，平韻。

〈章臺柳〉又名〈憶章臺〉。孟棨《本事詩》載唐韓翃〈寄柳氏〉詞：「章臺柳，章臺柳，昔日青青今在否？縱使長條似舊垂，也應攀折他人手。」後人即名此調為〈章臺柳〉。單調二十七字，仄韻。一疊韻。

〈荷葉杯〉唐教坊曲名。後用為詞牌。分單調、雙調兩體。單調二十三字或二十六字，雙調五十字，皆平韻仄韻互用。

〈釵頭鳳〉相傳本名〈擷芳詞〉，因此宋宮中有擷芳園，故名。南宋陸游因無名氏詞有「可憐孤似釵頭鳳」句，改名〈釵頭鳳〉。又名〈折紅英〉、〈惜分釵〉、〈玉瓏璁〉等。雙調六十字，前後闋的末句各用三疊字。仄韻，亦有用平韻者。

〈魚遊春水〉此調先有石刻古詞，後由大晟府撰腔。因詞中上片末句為「魚遊春水」故名。雙調八十九字，仄韻。

【十二畫】

〈喜遷鶯〉有小令和長調兩體。小令起於唐，又名〈鶴衝天〉、〈春光好〉、〈萬年枝〉等。雙調四十七字，上闋四平韻，下闋兩仄韻兩平韻。長調雙調一百零三字，仄韻。

【**壺中天**】即〈念奴嬌〉。

【**揚州慢**】南宋姜夔自製曲。夔路過揚州，有感於被金兵劫掠後的城邑蕭條，因製此曲。雙調九十八字，平韻。

【**最高樓**】又名〈最高春〉。雙調八十一字，亦有七十八字至八十五字各體。平韻間叶仄韻，但亦有全用平韻或全用仄韻者。

【**朝中措**】始見於北宋歐陽脩詞。又名〈照江梅〉、〈芙蓉曲〉等。雙調四十八字，平韻。

【**減字木蘭花**】簡稱〈減蘭〉。雙調四十四字，即就宋詞〈木蘭花〉的一、三、五、七句各減三字。上下闋各二句仄韻轉二句平韻。又有〈偷聲木蘭花〉，即就宋詞〈木蘭花〉的第三、第七句各減三字，平仄轉韻和〈減字木蘭花〉同。

【**減字浣溪沙**】即〈浣溪沙〉。

【**渡江雲**】又名〈三犯渡江雲〉。雙調，一百字，前段四平韻，後段四平韻協一仄韻。亦有全押平韻或仄韻者。

【**湘月**】姜夔自度曲，即〈念奴嬌〉鬲指聲。格律與〈念奴嬌〉相同。時泛舟湘江，煙月交映，故取此調名。

【**湘江靜**】雙調一百零三字，仄韻。

【**湘春夜月**】黃孝邁自度曲，並依所賦內容取名。雙調一百零二字，平韻。

【**琴調相思引**】唐琴曲有〈相思怨〉，宋琴曲有〈相思引〉。此調當即摘琴曲一段而成。有體。一為雙調四十六字，平韻，始見於周邦彥詞，宋人作此調者多從此體。一為雙調七十三字，入聲韻，見賀鑄詞，與前體大異。當是各據琴曲一段製詞。趙彥端四十六字體名〈定風波令〉，《詞律》謂是誤題。趙鼎有〈琴調相思令〉，即〈長相思〉。

【**琵琶仙**】姜夔自度曲。雙調一百字，仄韻。

【**畫眉郎**】即〈好女兒〉六十二字體。賀鑄因所作有「真畫眉郎」句改名。

【**畫堂春**】雙調，平韻，有四十六字至四十九字四體。

【**絳都春**】此調宋人多作仄韻體，雙調一百字。陳允平改押平聲韻，雙調九十八字，乃於上下片七字句各減一字，其基本句格仍照仄韻體。

【**菩薩蠻**】唐教坊曲名，後用為詞牌。亦作〈菩薩鬘〉。《杜陽雜編》稱唐宣宗時，女蠻國來聘，見其高髻金冠，纓絡被體，號為菩薩蠻隊，當時優人遂製此曲。此說不可信。據《教坊記》載，開元年間已有〈菩薩蠻〉曲名。今人或以為「驃苴蠻」之異譯，其調乃緬甸古樂。又名〈重疊金〉、〈子夜歌〉等。雙調四十四字，前後闋均兩仄韻轉兩平韻。

【**訴衷情**】唐教坊曲名，後用為詞牌。分單調、雙調兩體。單調三十三字，平韻、仄韻互用。雙調有四十一字（又名〈桃花水〉）、四十四字、四十五字三體，平韻。另有〈訴衷情近〉，雙調七十五字，仄韻。

【**訴衷情近**】雙調七十五字，仄韻。

【**賀新郎**】又名〈金縷曲〉、〈賀新涼〉、〈乳燕飛〉等。雙調一百十六字，仄韻，用入聲韻者音節尤高亢。

【**賀聖朝**】雙調四十九字，仄韻。

【**陽羨歌**】即〈踏莎行〉。賀鑄「山秀芙蓉」一首遊宜興作。宜興古名陽羨，故改此調名。

〔陽關曲〕調名本於王維〈送元二使安西〉詩「西出陽關無故人」句。王詩後譜入樂府，名〈渭城曲〉，又稱〈陽關曲〉，蘇軾此作，平仄四聲與王維詩大體相合。

〔集賢賓〕即〈接賢賓〉。雙調五十九字，平韻。又一體一百十七字，平韻，基本上是前一體的雙疊。

〔黃金縷〕即〈蝶戀花〉。

【十三畫】

〔傳言玉女〕調名本於《漢武內傳》所述。漢武帝閒居承華殿，忽見一女子曰：我墉宮玉女王子登也，至七月七日，王母暫來，言訖，不知所在。世所謂傳言玉女也。雙調七十四字，仄韻。

〔傾杯〕即〈傾杯樂〉。

〔傾杯樂〕唐教坊曲名，本為隋舊曲，後用為詞牌。亦名〈傾杯〉、〈古傾杯〉。唐玄宗時曾配合於馬舞。唐宣宗又另製〈新傾杯樂〉，則已非舊曲。敦煌寫本《雲謠集雜曲子》收此調二首，一百零九字與一百十字，仄韻。宋柳永《樂章集》載八首，雙調，有七種不同句法，五種不同宮調，自一百零四字至一百十六字，仄韻。

〔愁風月〕即〈生查子〉。賀鑄因所作有「處處愁風月」句改名。

〔愁倚闌〕又名〈愁倚闌令〉。即〈春光好〉。

〔感皇恩〕唐教坊曲名，後用為詞牌。有二體：敦煌曲子詞及宋張先所作，雙調六十字，平韻，字句格律與〈小重山〉相似；另一體雙調六十七字，仄韻，與前體絕異，宋詞多依此。

〔新雁過妝樓〕又名〈瑤臺聚八仙〉、〈八寶妝〉。雙調九十九字，平韻。

〔暗香〕南宋姜夔自製曲。紹熙二年（一一九一），夔填詠梅花詞二首贈范成大，成大使歌女唱之，併名為〈暗香〉、〈疏影〉。雙調九十七字，仄韻。張炎以此二調詠荷花、荷葉，更名〈紅情〉、〈綠意〉。

〔楊柳枝〕唐教坊曲名。樂府橫吹曲有〈折楊柳〉，此借舊曲名另創新聲。唐五代詞皆詠柳枝本意。單調二十八字，平韻，同於七言絕句。另有韓翃妾柳氏一首，二十七字，仄韻，實即〈章臺柳〉，因其首句為「楊柳枝」，故亦標此名。

〔瑞龍吟〕此調創自周邦彥。分三段，前兩段為雙曳頭，一百三十三字，仄韻。

〔瑞鶴仙〕始見於宋周邦彥詞。又名〈一捻紅〉。雙調一百零二字，仄韻。

〔瑞鷓鴣〕又名〈舞春風〉、〈鷓鴣詞〉、〈天下樂〉等。雙調五十六字，平韻。按〈瑞鷓鴣〉本七言律詩，因唐人譜為歌詞，便成詞調。至宋柳永乃增添為雙調六十四字、八十六字及八十八字三體。

〔萬年歡〕唐教坊曲名。又名〈萬年歡慢〉。雙調，一百字，仄韻。又有一百零一字、一百零二字體，平韻。

〔虞美人〕唐教坊曲名，原為古琴曲名，後用為詞牌。取名於項羽寵姬虞美人。又名〈一江春水〉、〈玉壺冰〉等。雙調五十六字或五十八字，上下闋均兩仄韻轉兩平韻。又有〈虞美人影〉，為〈桃源憶故人〉之別名。

〈解佩令〉調名取義於鄭交甫遇漢臯神女解佩事。雙調六十六字，仄韻。

〈解連環〉本名〈望梅〉，因周邦彥詞有「信妙手能解連環」句，故名。又名〈杏梁燕〉等。雙調一百零六字，仄韻。

〈解語花〉王仁裕《開元天寶遺事》載：明皇秋八月，太液池有千葉白蓮數枝盛開，帝與貴戚宴賞。左右皆嘆羨久之。帝指貴妃示於左右曰：「爭如我解語花？」調名本此。雙調一百字，仄韻。又有九十八字、一百零一字體。

〈過秦樓〉又名〈惜餘春慢〉、〈蘇武慢〉等。雙調，有平韻、仄韻二體。平韻體一百零九字；仄韻體字數句法頗多歧異，以一百十一字與一百十三字者為常見。

〈隔浦蓮近拍〉又名〈隔浦蓮〉、〈隔浦蓮近〉。白居易有隔浦蓮曲，調名本此。雙調七十三字，仄韻。

【十四畫】

〈壽樓春〉史達祖自度曲。雙調一百零一字，平韻。此詞多句連用三至五個平聲字，極拗，為詞中僅有之調。

〈夢江南〉即〈太平時〉。賀鑄因所作有「苦筍鮰魚鄉味美，夢江南」句改名。與又名〈夢江南〉之〈憶江南〉調無關。

〈夢相親〉即〈木蘭花〉。賀鑄因所作有「此歡只許夢相親」句改名。

〈摸魚子〉即〈摸魚兒〉。

〈摸魚兒〉唐教坊曲名，後用為詞牌。本名〈摸魚子〉，又名〈買陂塘〉、〈陂塘柳〉、〈山鬼謠〉等。雙調一百十六字，仄韻。

〈滴滴金〉又名〈縷縷金〉。雙調五十字或五十一字，仄韻。

〈滿江紅〉雙調九十三字，仄韻，一般用入聲韻。相傳為岳飛所作的「怒髮衝冠」一首，最為有名。南宋姜夔始作平韻體，但用者不多。

〈滿庭芳〉又名〈鎖陽臺〉、〈滿庭霜〉等。雙調九十五字或九十六字，有平韻、仄韻兩體。

〈漁父〉單調二十七字，平韻。與〈漁歌子〉不同。

〈漁家傲〉又名〈荊溪詠〉等。雙調六十二字，仄韻。亦有上下闋各用二平韻三仄韻之作。

〈漁歌子〉唐教坊曲名，後用為詞牌，調見敦煌曲子詞及《花間集》。或作〈魚歌子〉。雙調五十字，仄韻。《詞律》等書曾與唐張志和的〈漁父〉混為一調，實誤。

〈漢宮春〉又名〈慶千秋〉等。雙調九十六字，有平韻、仄韻兩體。

〈瑣窗寒〉一作〈鎖窗寒〉。又有題〈鎖寒窗〉者，《詞律》謂是刊本誤倒。雙調九十九字，仄韻。

〈瑤花慢〉一名〈瑤華〉。雙調一百零二字，仄韻。

〈綠頭鴨〉即〈多麗〉。

〔綺羅香〕雙調一百零四字或一百零三字，仄韻。

〔翠樓吟〕姜夔自度曲。詞為武昌安遠樓落成而賦，有「層樓高峙，看檻曲縈紅，簷牙飛翠」句，故名。雙調一百零一字，仄韻。

〔聞鵲喜〕調名見周密《蘋洲漁笛譜》。實即〈謁金門〉，因馮延巳「風乍起」一首之末句「舉頭聞鵲喜」而改名。參見〈謁金門〉。

〔臺城路〕即〈齊天樂〉。

〔臺城遊〕即〈水調歌頭〉。

〔蒼梧謠〕又名〈十六字令〉、〈歸字謠〉。單調十六字，平韻。

〔酷相思〕雙調六十六字，仄韻。

〔酹江月〕即〈念奴嬌〉。

〔鳳凰臺上憶吹簫〕取傳說中蕭史與弄玉吹簫引鳳故事為名。又名〈憶吹簫〉。雙調九十七字，平韻。

〔鳳棲梧〕即〈蝶戀花〉。

〔鳳歸雲〕唐教坊曲名。《樂府詩集．近代曲辭》載唐滕潛詩，七言四句二十八字，中有「曾將弄玉歸雲去」句，詠調名本意。後演為長調。敦煌寫本《雲謠集雜曲子》收長調四道，雙調，七十八字至八十三字不等，平韻。諸家所校，於文字、斷句說法不一。但此四首自屬同一體。宋詞有柳永二首，列在仙呂調者一百零一字，平韻；林鐘商者一百十八字，仄韻。兩者格律迥異，與敦煌詞亦不同。

〔鳳簫吟〕又名〈芳草〉、〈鳳樓吟〉。雙調一百字或一百零一字，平韻。

〔齊天樂〕又名〈臺城路〉、〈如此江山〉等。雙調一百零二字，仄韻。

【十五畫】

〔劍器近〕〈劍器舞〉為唐宋教坊舞蹈，執劍而舞，伴有舞曲。南宋史浩所作大曲〈劍舞〉中有「樂部唱〈劍器曲破〉，作舞一段了」的說明。〈劍器近〉當即此舞曲中一段。此調宋詞只袁去華一首，九十六字，仄韻。舊分兩片，今人認為應分三片，為「雙曳頭」體。

〔廣謫仙怨〕即〈謫仙怨〉。

〔慶春宮〕雙調一百零二字，有平韻、仄韻兩體。仄韻體姜夔詞名〈慶宮春〉。《詞律》謂此是誤題。

〔慶清朝〕一作〈慶清朝慢〉。雙調九十七字，平韻。

〔蝴蝶兒〕以本詞首句「蝴蝶兒」為調名。雙調四十字，平韻。

〔蝶戀花〕因梁簡文帝詩有「翻階蛺蝶戀花情」句，故名。初名〈鵲踏枝〉，又名〈鳳棲梧〉、〈一籮金〉、〈黃金縷〉、〈捲珠簾〉等。雙調六十字，仄韻。

〔調笑令〕出於唐人酒筵小曲。又名〈宮中調笑〉、〈轉應曲〉等。單調。分兩體：一體為三十二字，平仄韻換叶。起句二字重疊，如韋應物「胡馬，胡馬」一首；又一體仄韻三十八字，詞之前用七言古詩八句，並以詩的末句二字，為詞的首句二字，用於北宋「轉踏」中。

〔賣花聲〕即〈浪淘沙〉。

〔踏莎行〕又名〈柳長春〉、〈喜朝天〉等。雙調五十八字，仄韻。又有〈轉調踏莎行〉，雙調六十四字或六十六字，仄韻。

〔醉公子〕唐教坊曲名，後用為詞牌。雙調五言八句，四十字。用韻方式：有上片用仄韻，下片用平韻，同部通叶者，如唐無名氏詞；有上、下片同韻部兩仄兩平換叶者，如顧敻詞；有上、下片平仄韻各異部間叶者，如薛昭蘊詞及顧敻另一首；有上、下片仄與仄、平與平同韻部而平仄韻之間不同部者，如尹鶚詞。另有宋人慢詞，雙調一百零六字，仄韻。

〔醉太平〕又名〈凌波曲〉、〈四字令〉等。雙調三十八字，平韻。另有四十五字仄韻及四十六字平仄韻互協二體。

〔醉妝詞〕前蜀後主王衍宮中使人多衣道服，簪蓮花冠，施胭脂夾臉，號「醉妝」。因作〈醉妝詞〉。單調二十二字，仄韻。

〔醉花陰〕雙調五十二字，仄韻。李清照「簾捲西風，人比黃花瘦」一首，即用此調。

〔醉花間〕唐教坊曲名，後用為詞牌。雙調四十一字，仄韻。

〔醉垂鞭〕雙調四十二字，平仄韻異部間叶，以平韻為主。

〔醉桃源〕即〈阮郎歸〉。

〔醉翁操〕蘇軾詞序略云：「琅琊幽谷，山水奇麗，泉鳴空澗，若中音會。醉翁（歐陽脩）喜之，把酒臨聽，輒欣然忘歸。既去十餘年，而好奇之士沈遵聞之往遊，以琴寫其聲，曰〈醉翁操〉，然有其聲而無其辭。後三十餘年，有廬山玉澗道人崔閒，特妙於琴，恨此曲之無詞，乃譜其聲，而請於東坡居士以補之。」詞為蘇軾依琴曲首創，雙調九十一字，平韻。「空有朝吟夜怨」句「怨」字，《詞律》以為亦叶平聲。辛棄疾此調作「封」字。

〔醉蓬萊〕據《澠水燕談錄》載，宋仁宗時，教坊進新曲〈醉蓬萊〉，柳永應製作此詞。雙調九十七字，仄韻。

〔醉落魄〕即〈一斛珠〉。

〔駐馬聽〕雙調九十四字，平韻。

【十六畫】

〔憶少年〕又名〈十二時〉、〈桃花曲〉等。雙調四十六或四十七字，仄韻。

〔憶王孫〕又名〈豆葉黃〉、〈憶君王〉等。單調三十一字，平韻。另一體又名〈怨王孫〉，雙調五十四字，仄韻。

〔憶仙姿〕即〈如夢令〉。

〈**憶江南**〉即〈望江南〉。

〈**憶君王**〉即〈憶王孫〉。

〈**憶帝京**〉雙調。有七十二字、七十六字兩體。仄韻。

〈**憶故人**〉詞本王詵因憶故人而作，故名。單調五十字，平韻。後宋徽宗命大晟府別撰腔，周邦彥為增出一疊，以王詞首句而名為〈燭影搖紅〉。

〈**憶秦娥**〉世傳李白首製此詞，中有「秦娥夢斷秦樓月」句，故名。又名〈秦樓月〉、〈碧雲深〉等。雙調四十六字，分仄韻、平韻兩體，仄韻詞多用入聲韻，上下片各一疊韻。

〈**憶舊遊**〉雙調一百零二字，平韻。

〈**撼庭秋**〉唐教坊曲名〈感庭秋〉。後用為詞牌。雙調四十八字，仄韻。

〈**澡蘭香**〉吳文英自度曲。詞中多述端午風俗，中有「午鏡澡蘭簾幕」句，故名。雙調一百零三字，仄韻。

〈**燕山亭**〉雙調九十九字，仄韻。以宋徽宗詞為最有名。或作「宴山亭」，非。

〈**燕歸梁**〉以晏殊詞有「雙燕歸飛繞畫堂，似留戀虹梁」句得名。雙調，自四十九字至五十二字，平韻。

〈**蕃女怨**〉單調三十一字，仄韻轉平韻。

〈**謁金門**〉唐教坊曲名，後用為詞牌。又名〈空相憶〉、〈花自落〉等。雙調四十五字，仄韻。

〈**錦堂春**〉有小令、慢詞二體。小令雙調四十八字，平韻，又名〈烏夜啼〉。慢詞又名〈錦堂春慢〉，雙調九十九字至一百零一字，平韻。

〈**錦纏道**〉雙調六十六字，仄韻。

〈**霓裳中序第一**〉〈霓裳〉為〈霓裳羽衣曲〉之簡稱。全曲三大段，「中序第一」為第二段中第一遍。南宋姜夔於長沙得〈霓裳曲〉十八遍，皆虛譜無詞，乃作「中序」一遍。雙調一百零一字，仄韻。

〈**龍吟曲**〉即〈水龍吟〉。

【十七畫】

〈**應天長**〉有小令、慢詞之別。小令為雙調五十字，仄韻。慢詞有九十四字、九十八字兩體，皆雙調仄韻。

〈**擣練子**〉以詠擣練而得名。又名〈杵聲齊〉、〈深院月〉等。單調二十七字，雙調三十八字，皆平韻。

〈**檐前鐵**〉調見宋楊湜《古今詞話》。因詞中有「檐前鐵馬戛叮噹」句，故名。雙調七十一字，仄韻。

〈**燭影搖紅**〉或謂北宋王詵〈憶故人〉詞中有「燭影搖紅」句，周邦彥將詵詞略改字句，又前加一疊，另成一曲，即以名之。雙調九十六字，仄韻。

【**聲聲慢**】又名〈勝勝慢〉等。雙調九十六字至九十九字，有平韻、仄韻兩體，仄韻例用入聲。

【**臨江仙**】唐教坊曲名，後用為詞牌。原曲多用以詠遊仙故事，故名。敦煌詞或作〈臨江山〉，又名〈謝新恩〉、〈庭院深深〉等。雙調五十八字或六十字，平韻。宋柳永演為慢詞，雙調九十三字，平韻。

【**薄命女**】即〈長命女〉。

【**薄倖**】雙調一百零八字，仄韻。

【**薄媚**】唐宋大曲之一，稱〈道宮薄媚〉。大曲一套通常包括十遍至數十遍。董穎摘取十遍作〈西子詞〉，詠吳、越興亡故事，以西施為重心，收錄於曾慥《樂府雅詞》卷上。全套一韻，同韻部平仄通叶。〈排遍第九〉為其中一遍，不單獨填用。

【**謝池春**】又名〈風中柳〉、〈風中柳令〉。雙調六十六字，仄韻。亦有同名慢詞。

【**謝池春慢**】張先有〈玉仙觀道中逢謝媚卿作〉，為慢詞。與六十六字令詞〈謝池春〉不同。雙調九十字，仄韻。

【**謝新恩**】即〈臨江仙〉。

【**還京樂**】唐教坊曲名。《新唐書．禮樂志》：「民間以帝（玄宗）自潞州還京師，舉兵，夜半誅韋皇后，製〈夜半樂〉、〈還京樂〉二曲。」是此曲為民間所作，後入教坊。敦煌曲子詞有《還京洛》，疑即〈還京樂〉。宋詞借舊曲名另翻新聲，雙調一百零三字，仄韻。

【**點絳脣**】因南朝江淹詩有「明珠點絳脣」句，故名。又名〈南浦月〉、〈點櫻桃〉等。雙調四十一字，仄韻。

【**霜天曉角**】又名〈月當窗〉等。雙調四十三字或四十四字，有仄韻、平韻兩體。

【**醜奴兒近**】又名〈醜奴兒慢〉、〈采桑子慢〉、〈愁春未醒〉。雙調九十字。叶韻方式頗有不同。有仄韻間叶一平韻者，如辛棄疾詞；有通首平仄同部互叶者，如蔡伸詞；有平韻間叶一仄韻者，如潘汾及吳文英詞；有全首押平聲韻者，如吳禮之詞。

【**醜奴兒**】又名〈醜奴兒令〉，即〈采桑子〉。

【十八畫】

【**歸田樂**】又名〈歸田樂引〉。有五十字及七十一字二體，皆雙調仄韻。二者句律不同。黃庭堅又一首增二襯字，不必作另一體。

【**歸自謠**】雙調三十四字，仄韻。《詞律》列為〈歸國謠〉之一體，注「國一作自，謠一作遙」，但兩者實非一調。參見〈歸國遙〉。

【**歸國遙**】唐教坊曲名，後用為調牌。調見《花間集》。雙調四十二字或四十三字，仄韻。與〈歸自謠〉不同。《詞律》誤為一調，《詞譜》已分列。

【**歸朝歡**】又名〈菖蒲綠〉。雙調一百零四字，仄韻。

【**謫仙怨**】本唐玄宗於入蜀途中所製笛曲，有譜無詞。劉長卿始依調作詞，六言律體八句，四十八字，平韻。後竇弘餘、康駢繼作，詠玄宗與楊貴妃事，名〈廣謫仙怨〉。

【轉調二郎神】參見〈二郎神〉。

【雙頭蓮】小令名〈雙頭蓮令〉，雙調四十八字，平韻。慢詞有兩體。陸游詞雙調一百字，仄韻。周邦彥詞一百零三字，仄韻。鄭文焯謂周詞中脫一字，當為一百零四字，分作三段，一、二段形式整齊，為雙曳頭曲。周、陸兩體句法多異，當各是一格。

【雙雙燕】南宋史達祖自製詞「過春社了」一首，詠雙燕，即以為名。雙調九十八字，仄韻。

【離亭宴】此調始於北宋張先，因詞中有「隨處是離亭別宴」句而得名。又名〈離亭燕〉。張詞雙調七十七字，仄韻。另有七十二字體，宋人多依之。

【十九畫】

【瀟湘神】又名〈瀟湘曲〉。此調始於唐劉禹錫詠湘妃詞，故名。單調二十七字，平韻。首三字例用疊句。

【鵲踏枝】唐教坊曲名，後用為詞牌。一作〈雀踏枝〉。北宋時改名〈蝶戀花〉。

【鵲橋仙】又名〈金風玉露相逢曲〉、〈廣寒秋〉等。雙調五十六字，仄韻。又一體雙調八十八字，仄韻。

【二十畫】

【寶鼎現】又名〈三段子〉等。分三段，一百五十七字或一百五十八字，仄韻。

【獻仙音】即〈法曲獻仙音〉。

【獻衷心】唐教坊曲有〈獻忠心〉。敦煌曲子詞有唐人所作〈獻忠心〉詞三首，其傳寫較完整者，雙調六十九字，平韻。五代詞名〈獻衷心〉，雙調六十四字或六十九字，平韻，其格律與敦煌詞大同小異。

【蘇武慢】即〈過秦樓〉。

【蘇幕遮】唐教坊曲名，原為大曲，後摘遍流行，用為詞牌。「幕」亦作「莫」、「摩」等。〈蘇幕遮〉為少數民族樂曲。唐張說〈蘇摩遮〉詩：「摩遮本出海西胡。」唐慧琳《一切經音義》謂出自龜茲。《唐會要》以為沙陀調。宋王明清《揮麈錄》：「婦人戴油帽，謂之蘇莫遮。」蓋歌舞者有此服飾，因而得名。又因周邦彥詞有「鬢雲松」句，故亦名〈鬢雲松令〉。雙調六十二字，仄韻。

【二十一畫】

〔蘭陵王〕唐教坊曲名，後用為詞牌。三段一百三十字或一百三十一字，仄韻。周邦彥填此調詠「柳」，較為有名。

〔鶯啼序〕又名〈豐樂樓〉。是字數最多的詞調。分四段，二百四十字，仄韻。

〔鶴衝天〕雙調八十四字，或八十六字、八十八字，仄韻。此調與〈喜遷鶯〉、〈春光好〉之別名〈鶴衝天〉者不同。

【二十二畫】

〔攤破浣溪沙〕即〈山花子〉。

〔攤聲浣溪沙〕即〈攤破浣溪沙〉。

〔鷓鴣天〕又名〈思越人〉、〈思佳客〉等。雙調五十五字，平韻。

（文落編寫）

唐宋詞書目

【說明】

一、本書目收錄有關唐、五代、宋、遼、金詞的總集、合集、別集、詞話及研究資料、詞譜和詞韻，一一注明書名、卷數、編撰者、版本。編撰人如屬清以後人，不再注出時代。關於版本亦作簡略介紹，舉出一種或幾種著錄。

二、本書目僅限收國人編撰並刊行的著作，也酌收部分未經刊行的古籍稿本或鈔本。

三、後人編選的詞總集與合集，往往將唐、宋詞和元、明、清詞合編，一般均予收錄。凡按作者編次的，注明集中唐宋詞的家數卷數或篇數；按詞調編次的，一般不另作說明。

四、詞話及研究資料中亦有涉及宋以後詞人、詞作的，不一一加以說明。

五、書目按類排列，每一類中大致以年代先後為序。有關的注本、選本、續補本之類則附列於本集之後，有關同一詞人的研究資料編排在一起。

六、同一集子的不同題名、卷數和校本，一般不再分別列目，以又一本的形式附列於後。

【總集】

雲謠集雜曲子　殘一卷。十八首。唐佚名編。朱祖謀據董康所抄倫敦博物館藏敦煌石室唐人寫卷子本刻。《彊村叢書》本。

又，殘一卷。十八首。羅振玉抄輯。《敦煌零拾》本。

又，殘一卷。十四首。劉復據巴黎圖書館藏敦煌石室舊藏唐人寫卷子本校刻。《敦煌掇瑣》本。

又，一卷本。三十首。附校記一卷。朱祖謀據二種殘卷合校，去其重複，編為一集。《彊村遺書》本。

又，鄭振鐸編《世界文庫》排印本、冒廣生《新斠雲謠集雜曲子》本、唐圭璋《雲謠集雜曲子校釋》本、任二北《敦煌曲校錄》本、任二北《敦煌歌詞總編》本。

小曲三種　唐佚名撰。羅振玉所藏敦煌石室所藏唐人寫卷子本，收〈魚歌子〉、〈長相思〉等六首。《敦煌零拾．雲謠集》附。

敦煌詞掇　周泳先輯。收敦煌曲子詞二十一首。一九三六年上海商務印書館印行。

敦煌曲子詞集　三卷。王重民輯。以敦煌石室舊藏唐人寫卷子本互相參校，去其重複，凡一百六十一首（內七首殘），厘為三卷：上卷「長短句」，中卷「雲謠集雜曲子」，下卷「詞」。一九五〇年一月上海商務印書館印行。一九五六年十二月修訂第二版。修訂本收詞凡一百六十二首，又十首殘，仍分三卷，下卷實為大曲詞。書末列附錄二種，附錄一為已考訂的敦煌文人詞，附錄二為「引用敦煌卷子一覽表」。

敦煌曲校錄　任二北校輯。全書分三卷，第一卷為「普通雜曲」，收《雲謠集雜曲子》及其他普通雜曲詞凡二百二十七首；第二卷為「定格聯章」，共收十八套作品凡二百九十八首；第三卷為「大曲」，共收五套凡二十首作品。全書共收「敦煌曲」凡五百四十五首。一九五五年上海文藝聯合出版社出版。

敦煌歌辭總編　任二北編。全書分七卷，卷一為「雜曲．雲謠集雜曲子」，卷二為「雜曲．隻曲」，卷三為「雜曲．普通聯章」，卷四為「雜曲．重句聯章」，卷五為「雜曲．定格聯章」，卷六為「雜曲．長篇定格聯章」，卷七為「大曲」。共收作品一千二百二十一首，包含曲子詞、聲詩等各類作品。一九八七年上海古籍出版社出版。

花間集　十卷。後蜀趙崇祚編。收錄唐、五代詞人溫庭筠、皇甫松、韋莊、薛昭蘊、牛嶠、張泌、毛文錫、牛希濟、歐陽炯、和凝、顧敻、孫光憲、魏承班、鹿虔扆、閻選、尹鶚、毛熙震、李珣等十八家詞五〇〇首。宋紹興十八年（一一四八）晁謙之刻本。一九五五年北京文學古籍刊行社據北京圖書館藏原刻本影印刊行。此外，有明正德十六年（一五二一）吳郡陸元大翻刻本、清光緒十四年（一八八八）《邵武徐氏叢書》本、一九六一年中華書局印《景刊宋元明本詞四十種》本。

又，十卷。宋淳熙間鄂州冊子紙本。清影宋鈔本、清光緒十九年（一八九三）王鵬運四印齋覆刻本、民國間石板影印王氏四印齋刻本、中華書局《四部備要》排印本。

又，二卷。宋開禧刻本，有開禧元年（一二〇五）陸游二跋。明正德吳訥《百家詞》本、明毛氏刻《詞苑英華》本、《宋元名家詞》本、《四庫全書》本。

又，十二卷。附補遺二卷。音釋二卷。明溫博補錄李白、張志和、元結、劉禹錫、李涉、王建、白居易、薛能、徐昌圖、劉燕哥、無名氏、李璟、李煜、馮延巳等十四家詞七十一首。明茅一楨音釋。萬曆八年（一五八〇）茅氏凌煙山房刻本。明萬曆三十年（一六〇二）玄覽齋巾箱本據此而無音釋、明天啟四年（一六二四）鍾人傑刊本、《四部叢刊》覆刻本。

又，上、下二卷本。打亂正本與補本重行編排。明末雪豔亭活字本。

湯評花間集　四卷。明湯顯祖評點。明萬曆四十八年（一六二〇）閔刻朱墨套印本、明朱之蕃編《詞壇合璧》本。

花間集注　華連圃（華鍾彥）注。一九三五年上海商務印書館印本、一九八三年三月中州書社修訂重印本。

花間集評注　李冰若評注。書中引《栩莊漫記》評語凡一百九十六條，實為評注者自撰，尤為精彩。一九三五年上海開明書店印行。人民文學出版社一九九三年影印本。

花間集校　李一氓校。根據宋、明各本，斟酌較量，整理而成。一九五八年北京人民文學出版社出版。一九八一年人民文學出版社再版。

花間詞選　清曹貞吉選。清康熙間稿本。

尊前集　一卷。闕名編。輯錄自唐玄宗至徐昌圖等唐、五代三十六家詞二百八十九首。明吳訥《百家詞》本。

又，一卷。明鈔本。

又，一卷。附校記一卷。朱祖謀據明梅禹金鈔本校刻。《彊村叢書》本。

又，一卷增校本。蔣哲倫據《彊村叢書》本增校。一九八四年七月江西人民出版社《百花洲文庫》本。

又，二卷。明顧梧芳編。明毛氏汲古閣《詞苑英華》本、《四庫全書》本、《世界文庫》第五輯鄭振鐸校點本。

金奩集　一卷。題唐溫庭筠撰。依調編次，收溫庭筠、韋莊、歐陽炯、張泌及佚名詞一百四十七首（內五首有目無詞）。朱祖謀據鮑廷博知不足齋鈔本刻《彊村叢書》本。

又，一卷。蔣哲倫據《彊村叢書》本校點，附於《尊前集》後。一九八四年七月江西人民出版社《百花洲文庫》本。

又，一卷。補一卷。清翁之潤校，翁同書跋。清抄本。

又，一卷。清何元錫家抄《十家詞鈔》本，有丁丙跋，何氏校勘。

又，一卷。清齊召南校跋。清抄本。

又，一卷。清勞權抄本。

蘭畹集　宋孔方平原輯。選輯唐、五代、宋杜牧、韋莊、牛希濟、李珣、寇準、晏殊、歐陽脩、張先、晏幾道諸家詞。原書已佚。今有周泳先《唐宋金元詞鉤沉》輯佚本。

梅苑　十卷。宋黃大輿輯。選錄自唐至南宋建炎初年詠梅詞四百餘首。有汲古閣景宋抄本，清康熙五十一年（一七一二）曹寅《楝亭藏書十二種》本，所收下及南宋末的王沂孫詞，已非原書之舊。《四庫全書》本。

又，十卷，附校勘記一卷。清李祖年校記。據吳縣曹氏校何小山、戈順卿本逐錄校訂。清宣統元年（一九〇九）武進李氏聖譯樓刊《宋人選宋詞十種》本。

又，一卷。趙萬里據《永樂大典》、《花草粹編》輯出，補正李氏聖譯樓本，凡十八首。《校輯宋金元人詞》本。

樂府雅詞　三卷，拾遺二卷。宋曾慥輯。收錄宋歐陽脩、王安石等三十四家六百餘首詞，分上、中、下三卷。拾遺十六家百餘闋。首卷冠以調笑轉踏、大曲。清秦氏石研齋抄本、清顧肇聲家抄本、《四庫全書》本、《四部叢刊》據涵芬樓藏舊鈔本影印本。

又，六卷本，拾遺二卷。清嘉慶十五年（一八一〇）江都秦氏享帚精舍刊《詞學叢書》本、《粵雅堂叢書》本、商務印書館《叢書集成》排印本。

草堂詩餘（增修箋注妙選群英草堂詩餘）　原編二卷，輯者不詳。大致為南宋時期書坊編集。今傳前集二卷，後集二卷。題何士信（南宋人）編選。前集分春、夏、秋、冬四景，後集分節序、天文、地理、人物、人事、飲饌器用、花禽七類。每類下又分子目，共六十六目。以宋人詞為主，間有唐、五代作品。下注出典，後附詞話。元至正三年（一三四三）新刊廬陵泰宇書堂本、至正十一年（一三五一）陳氏刻本、明洪武二十五年（一三九二）遵正書堂本據刻。又有《景刊宋元明本詞》影印本、《四部叢刊》影明嘉靖安肅荊聚春山居士校刻本。

精選名賢詞話草堂詩餘（重刊草堂詩餘）　二卷。上卷時令，下卷分節序、懷古、人物、人事、雜詠五類。編次與洪武本異，注亦不同。明嘉靖十七年（一五三八）陳鍾秀校刻本。清王鵬運四印齋據天一閣傳鈔本刻印。

類編草堂詩餘　四卷。明武陵逸史編次。「武陵逸史」即明顧從敬之號。書前有明何良俊序，謂是編為顧氏家藏宋刻本，比世所通行本多七十餘調云云，實為假託欺世之言。是編大致以宋本為依據，然體例上略有變化，即改按題材分類編排為按詞調分類編排，按小令、中調、長調分編，間採詞話，較舊本多七十餘首。明嘉靖二十九年（一五五〇）顧從敬刻本，《四庫全書》本。

又，四卷。明武陵逸史編，明隱湖小隱訂。明毛氏汲古閣《詞苑英華》本，上海中華書局《四部備要》本據印。

又，四卷本。闕名編。一九五八年北京中華書局據雙照樓《景刊宋元明本詞》翻刻明洪武本斷句排印，刪去詞話。

又，四卷本，卷首一卷，續編二卷。明顧從敬輯，續編題長湖外史原輯，天羽居士參閱。依小令、中調、長調為次。清康熙二十三年（一六八四）金昌大祿閣刊本。

古香岑批點草堂詩餘四集　十七卷。其中正集六卷，續集二卷，別集四卷，附錄五卷。明顧從敬類選，明沈際飛評正。明萬曆四十二年（一六一四）刻本。

又，十七卷本。正集六卷，明顧從敬編。續集二卷，明長湖外史編。別集四卷，明沈際飛編。新集五卷，明錢允治原本，沈際飛重編。明翁少麓刊本。

類選箋釋草堂詩餘 正集六卷，續集二卷。正集明顧從敬類選，明陳繼儒重校，明陳仁錫參訂。續集明錢允治箋釋，明陳仁錫校閱。明萬曆四十二年（一六一四）刊本。

重刻類編草堂詩餘評林 六卷。明唐順之解注，明田一雋精選。明李廷機批評。明萬曆十六年（一五八八）勉齋詹聖學重刻本。曹丹雲黑筆點校。

草堂詩餘雋 四卷。明吳從先編，明袁宏道增訂，明李於鱗評注。明萬曆師儉堂蕭少衢編刻本。

評注便讀草堂詩餘 七卷。明董其昌評。明萬曆三十年（一六〇二）喬山書舍刻本。

評點草堂詩餘 五卷。明楊慎評點。明萬曆吳興閔映璧朱墨套印本、明朱之蕃輯《詞壇合璧》本、清光緒十三年（一八八七）山陰宋澤元輯刊《懺花庵叢書》覆刻本。

石渠閣重訂草堂詩餘 四卷。清張汝霖輯。清刊本。

草堂詩餘合集 明潘游龍編。清康熙刻本。

花菴詞選 二十卷。宋黃昇編。前十卷《唐宋諸賢絕妙詞選》，始於唐李白，終於北宋王昴，附方外、閨秀各一卷。共一百三十四家，五百一十四首詞；後十卷《中興以來絕妙詞選》，始於康進之，終於洪瑹，黃昇自作三十八首附於末，共八十九家，七百七十首詞。《四部叢刊》影印明萬曆桐源舒氏刻本。一九五八年八月中華書局據以排印。遼寧教育出版社一九九七年版《新世紀萬有文庫》本。

唐宋諸賢絕妙詞選 十卷。明萬曆四年（一五七六）舒伯明刻本。明萬曆四十二年（一六一四）秦嵋刻本。《四部叢刊》影印明刻本。中華書局一九五八年版《花菴詞選》校點本。明毛晉輯《詞苑英華》本。《四庫全書》本。清抄《花菴詞選》本。

又，三卷本。凡六十八家，詞一百七十二首。一九二〇年蟫隱廬據羅莊影抄宋本影印。

中興以來絕妙詞選 十卷。宋淳祐九年（一二四九）劉誠甫刻本。陶湘《續景刊宋金元明本詞》本。明萬曆二年（一五七四）舒伯明刻本。明萬曆四十二年（一六一四）秦嵋刻本。《四部叢刊》影印明萬曆舒氏刻本。中華書局一九五八年版《花菴詞選》校點本。明毛晉輯《詞苑英華》本。清抄《花菴詞選》本。

又，十卷，附續抄二卷。清余集、徐楙續編。清乾隆十五年（一七五〇）徐楙刻本。

又，十卷本。黃叔明據徐刻本校。一九五六年北京文學古籍刊行社排印本。

陽春白雪 八卷，外集一卷。宋趙聞禮編集。依調編次。收錄《草堂詩餘》所遺及編者同時人之作，凡二百餘家。清嘉慶十五年（一八一〇）江都秦氏享帚精舍《詞學叢書》覆刻元鈔本。清鮑氏知不足齋抄本。《粵雅堂叢書》本。《宛委別藏》本。清黃丕烈校跋清抄本。清道光十九年（一八三九）邊浴禮抄本。《叢書集成初編》本。

又，八卷，外集一卷，考異一卷。清瞿世英考異。清道光十年（一八三〇）瞿氏清吟閣刻本。

絕妙好詞 七卷。宋周密編。選錄南宋初張孝祥至宋末元初仇遠詞共一百三十二家三百餘首。清康熙二十四年（一六八五）柯崇樸小幔亭據錢遵王祕藏抄本刻印。康熙三十七年（一六九八）高士奇清吟堂重刻批校本。清康熙小瓶廬印本。清雍正三年（一七二五）項絪群玉書堂刻本。清道光八年（一八二八）杭州愛日軒刻本。

絕妙好詞箋 七卷。清查為仁、厲鶚合箋。清乾隆十五年（一七五〇）查氏淡宜書屋刻本。《四庫全書》本。

又，七卷。黃叔明校。一九五六年八月北京文學古籍刊行社印行。

又，七卷。附續抄一卷，續抄補錄一卷。清余集續抄，清徐楙補錄。清道光八年（一八二八）錢塘徐楙重刻本。清翻刻道光徐楙刻本。清翻刻乾隆查氏淡宜書屋刻本。《四部備要》排印本。一九五七年北京中華書局用《四部備要》紙型重印本。一九八四年上海古籍出版社影印本。

絕妙好詞校錄 一卷。清冷紅詞客（鄭文焯）撰。清光緒刊本、《大鶴山房全書》本。

中州樂府 一卷。金元好問編。收錄金吳激、蔡松年、蔡珪、高士談等三十六家詞一百二十四首。與《中州集》合為一編。清影抄元至大三年（一三一〇）平水進德齋本。《景刊宋金元明本詞》本。

又，一卷。明弘治九年（一四九六）李瀚刻《中州集》本。明嘉靖十五年（一五三六）嘉定九峰書院刊本，《彊村叢書》本據刻。明汲古閣刊《中州集》本。《四部叢刊》據日本五山翻刻《中州集》本，用傅增湘所藏元刊本校補影印本、《涵芬室叢書》本。《四庫全書》本。清光緒七年（一八八一）讀書山房刻《中州集》本。

全芳備祖樂府 六卷。宋陳景沂輯。《全芳備祖》原書分前後集。前集二十七卷，為花部；後集三十一卷，為果、卉、草、木、農桑、蔬、藥部。仿照《藝文類聚》體例，每物分事實祖、賦詠祖二類。主要供尋章摘句、選擇詞彙之用。賦詠部分多採錄宋代詩詞作品。《全芳備祖樂府》即輯錄《全芳備祖》所附宋代詞作而成。清朱和羲增訂，清宋志沂、戈載校並跋。清萬竹樓抄本。

又，趙萬里據臨清徐氏舊藏本輯出。《校輯宋金元人詞》本。

樂府補題 一卷。元陳恕可輯。錄宋王沂孫、周密、王易簡、馮應瑞等十四人詞三十七首，分詠龍涎香、白蓮、蓴、蟬、蟹等五物。明吳訥輯《百家詞》本。清毛氏汲古閣抄本。《四庫全書》本。清鮑廷博輯《知不足齋叢書》本。民國朱祖謀輯《彊村叢書》本。《叢書集成初編》本。

鳴鶴餘音 九卷。元彭致中輯。《道藏·太玄》本（明正統刻本，民國以來有商務印書館等多種影印本）。明傳抄明正統道藏本。清傳抄明正統道藏本。

又，一卷。重刊《道藏輯要·觜集》本。

天機餘錦 四卷。題明程敏政編。據今人考證，應為明嘉靖年間書商所編，託名程敏政。舊傳疑為元初人所輯，亦誤。原書長期隱沒，近人趙萬里自《花草粹編》輯出張先、柳永、沈會宗、元好問、周晴川及無名氏詞凡十六首，《校輯宋金元人詞》本。二十世紀末，始發現原書珍藏於臺北中央圖書館，為明藍格抄本。王兆鵬、黃文吉等據此本校點，二〇〇〇年遼寧教育出版社版《新世紀萬有文庫》本。

新編事文類聚翰墨大全 一百二十七卷。元劉應季輯。中錄宋元人詞千餘首，大半皆建安人作。吳氏拜經樓舊藏元刻初印本。

又，前集六十卷。後集五十卷。續集二十八卷。別存十三卷。新集三十六卷。外集十五卷。宋祝穆、元富大用等輯。明嘉靖四十年（一五六一）內府刻本。

精選名儒草堂詩餘（元草堂詩餘） 三卷。元鳳林書院輯。收錄元至元、大德間南宋遺民劉秉忠、許衡等六十三家詞二百零三首。元刻本。《景刊宋金元明本詞·正編》本（民國吳昌綬雙照樓影刻元刻本）。影元抄本。明崇禎十二年（一六三九）葉氏樸學齋鈔本。清《讀畫齋叢書》覆元本。《詞學叢書》厲鶚校補本。《宛委別藏》本。《粵雅堂叢書》本。《叢書集成初編》本。

天下同文 詞三卷。原書為元周南瑞輯。原書甲集五十卷，卷一至卷四十七為詩，卷四十八至卷五十為詞。此從原書甲集後三卷輯錄宋元間詞七家二十九首。《景刊宋金元明本詞》本。

又，一卷本，附補遺一卷，校記一卷。清吳伯宛補遺，朱祖謀校記。《彊村叢書》本。

歷代名賢詞府全集 九卷，首一卷。明鱅溪逸史編，一得山人校點。收錄六朝、唐、五代、宋、遼、金詞二百二十家一千餘首。明嘉靖三十六年（一五五七）刻本。

詞林萬選 四卷。明楊慎輯。雜錄唐、五代、宋、金、元、明人詞七十餘家二百三十餘首。明汲古閣刊《詞苑英華》本。

百琲明珠 五卷。明楊慎輯。明杜祝進訂補。依調編次，收錄六朝、唐、宋、金、元詞一百家一百五十八首，間有評語。明萬曆四十一年（一六一三）刊本。

花草粹編 十二卷。明陳耀文輯。依調編次，錄唐、五代、宋、元人詞三千二百八十餘首。明萬曆十一年（一五八三）陳氏自刻本。一九三三年國學圖書館影印明巾箱本。

又，二十四卷本。《四庫全書》本。清咸豐七年（一八五七）錢塘金繩武評花仙館活字本。

花草新編 五卷。明吳承恩輯。依調編次。明抄本，殘，存二、三、四、五卷。

唐詞紀 十六卷。明董逢元輯。共收唐五代詞凡九百四十八首。明萬曆刻本。

詞的 四卷。明茅暎輯並評。以唐宋人詞為主，間及元明，止於馬浩瀾。明萬曆朱之蕃編《詞壇合璧》本。明刻朱墨套印本。明刻墨刷本。

詞菁　二卷。明陸雲龍輯。明崇禎四年（一六三一）刊《翠娛閣行笈必攜》本（《翠娛閣評選全集》八種之一）。

詩餘類集　四卷。明楊明盛輯。明萬曆三十一年（一六〇三）楊氏刻本。

古今詞選　七卷。明沈謙、清毛先舒輯。附清沈豐恒撰《蘭思詞鈔》。清吳山草堂刊本。

花鏡雋聲　十六卷。附韻語一卷。明馬嘉松輯。收輯自漢至明歷代愛情詩詞。其中第七、八卷收唐宋詞三十四家四十七首。明天啟四年（一六二四）刻本。

詩餘廣選　十六卷。附雜說一卷。明卓人月匯選，明徐士俊參評。明刊本。

古今詞統　十六卷。明卓人月輯。明崇禎二年（一六二九）刻本。

古今詩餘醉　十五卷。卷首一卷。明潘游龍選輯。明崇禎十年（一六三七）胡氏十竹齋刊本。

詞壇豔逸品　四卷。明楊肇祉輯。明刻本。附圖。

情籟　四卷。題騎蝶軒輯。明末刻本。

唐宋元明酒詞　二卷。明周履靖輯。收輯唐、宋、元、明人詠酒詞六十首，明周履靖和韻，陳繼儒校正。金陵荊山書堂梓行。明萬曆刻周履靖輯《夷門廣牘》本。《叢書集成初編》據《夷門廣牘》影印本。

全唐詞選　四卷。明胡文煥選。《格致叢書》本。

古今詞選　三卷。清陸次雲選，清章昞輯。清康熙十四年（一六七五）見山亭刻本。

古今詞彙　初編十二卷，二編四卷，三編八卷。明卓人月、清王士禎等輯。清康熙十八年（一六七九）刻本。

記紅集　四卷。清吳綺、程洪合選。卷一單調小令四十七首，卷二中調一百一十四首，卷三長調一百三十六首，卷四詞韻簡。各卷所繫多為宋人詞，間採明、清。清康熙二十五年（一六八六）刻本。

詞綜　三十卷，補遺六卷。清朱彝尊輯。清汪森增定。選錄唐、宋、元詞六百五十九家，二千二百五十六首。清康熙三十年（一六九一）裘杼樓刊本。一九七八年十二月上海古籍出版社、一九七五年中華書局斷句排印本據此。

又，三十八卷本（補遺六卷，續補二卷）。清朱彝尊輯，清汪森增定，清王昶續補。清嘉慶七年（一八〇二）王氏三泖漁莊補刻本。中華書局據裘杼樓本附補王昶續補二卷排印本。

詞綜補遺　二十卷。清陶樑輯。清道光十四年（一八三四）紅豆樹館刻本。

詞綜拾遺　八卷。清徐本立輯。清同治十二年（一八七三）吳下刊本。

歷代詩餘　一百二十卷。清沈辰垣等輯。依調繫詞，凡一千五百四十調，九百五十七家詞九千零九首，一百卷。附詞人姓氏十卷，詞話十卷。清康熙四十六年（一七〇七）內府刻本。一九八五年十月上海書店影印本據此。《四庫全書》本。民國初年上海蟫隱廬影印本。

詞潔　六卷。清先著、程洪輯。依調繫詞，分小令、中調、長調。間有評批。清康熙刻本。

古今詞選　十二卷。清沈時棟選。清尤侗、朱彝尊定。依調繫詞，雜取唐至清人詞（其中唐宋詞人一百四十四家），凡一百九十九調，九百七十四首。清康熙五十四年（一七一五）瘦吟樓精刻本。一九三〇年上海掃葉山房石印本。

清綺軒詞選　十三卷。清夏秉衡選。依調編次，分小令、中調、長調，廣採唐宋人詞。清乾隆十六年（一七五一）清綺軒刻巾箱本。

歷朝詞選　十三卷。一名《歷朝名人詞選》，即《清綺軒詞選》。清光緒十年（一八八四）戴君植重刻清綺軒巾箱本。

自怡軒詞選　八卷。清許寶善評選。清嘉慶元年（一七九六）刊本。

詞選　二卷。清張惠言輯。選錄唐五代宋人詞四十四家一百十六首。清嘉慶二年（一七九七）刊。

又，二卷，續詞選二卷。附錄一卷。清董毅續選唐五代宋詞一百二十二首，清鄭善長輯當時人詞十二家六十三首為附錄。清道光十年（一八三〇）刊本。一九五七年北京中華書局據道光本影印發行。清同治十一年（一八七二）會稽章氏刻本。清光緒湖北官書處刻本。清光緒二十二年（一八九六）長沙張百祺刻本。

詞選評注　二卷。范午纂。一九三一年成都繼新印刷局排印本。

詞選箋注　二卷，附錄一卷。姜亮夫箋注。一九三三年上海北新書局印行。

續詞選箋注　二卷。清董毅選錄。姜亮夫箋注。一九三四年上海北新書局排印本。

續詞選評注　曹致光（振勛）注。一九三七年北京君中書社排印本。

詞選續詞選校讀　李次九校讀。一九三六年中國科學公司排印本。

茗柯詞選　許白鳳校點。據清光緒二十二年（一八九六）長沙張百祺刻本斷句排印。一九八四年江西人民出版社《百花洲文庫》本。

歷代詞腴　二卷。清黃承勛輯。李棟衡校。按調編次，共九十六調。清道光十四年（一八三四）求心館刻本。清光緒十一年（一八八五）廣陵郡齋重刻本。

宋七家詞選　七卷。清戈載輯。選錄宋周邦彥、史達祖、姜夔、吳文英、周密、王沂孫、張炎七家詞。清道光十七年（一八三七）刻本。

又，七卷。杜文瀾校注。清光緒十一年（一八八五）杜文瀾輯《曼陀羅華閣叢書》重刻本。

天籟軒詞選　六卷。清葉申薌選。皆宋人詞，多據毛刻《宋六十名家詞》。清道光十九年（一八三九）刻本。

心日齋十六家詞錄　二卷。清周之琦輯。選錄溫庭筠、李煜、韋莊、李珣、孫光憲、晏幾道、秦觀、賀鑄、周邦彥、姜夔、史達祖、吳文英、王沂孫、蔣捷、張炎、張翥十六家詞。清道光二十三年（一八四三）刻本。

宋四家詞選　四卷。卷首目錄敘論一卷。清周濟選。選錄宋周邦彥、辛棄疾、王沂孫、吳文英四家詞，並於四家後分別係錄宋三十五人詞，間有評批。清同治十二年（一八七三）滂喜齋刊本，一九五八年上海古典文學出版社排印本據此。清光緒湖南思賢書局刻本。清光緒三十四年（一九〇八）金紹城排印朱祖謀校本。商務印書館《叢書集成》本。一九八八年齊魯書社出版《清人選評詞集三種》校點本。

（譚評）詞辨　二卷。附介存齋論詞雜著一卷。清周濟選詞，清譚獻評批。清光緒四年（一八七八）重刻本。一九八八年齊魯書社出版《清人選評詞集三種》校點本。

歷朝詞林摘錦　清椒園主（張文虎）編。摘錄歷朝名詞佳句。清光緒九年（一八八三）守研山房刻本。

宋六十一家詞選　十二卷。清馮煦選。自明毛晉《宋六十名家詞》選錄。清光緒十三年（一八八七）冶城山館刻《蒙香室叢書》本。

唐五代詞選　三卷。清成肇麐選。共選錄唐五代詞五十家三百四十七首。清光緒十三年（一八八七）江寧冶城書舍刻《蒙香室叢書》本。《詞學小叢書》本。《學生國學基本叢書》本。一九一八年上海涵芬樓排印本。一九八七年上海書店影印本。

唐五代十國詞選　一卷。外三種：北宋引令選一卷、南宋引令選一卷、金元引令選一卷。清陳倬輯本。

微雲榭詞選　五卷，校勘補注一卷。清樊增祥選。選錄唐宋元人詞凡一百四十三家四百三十二首。清光緒三十四年（一九〇八）望江涌清閣排印本。

二十四家詞選　清陳禋永編。種德堂本，藏首都圖書館。

詞則　二十四卷。清陳廷焯編選。分大雅、放歌、閒情、別調四集，計收唐五代至清人詞二千三百六十首。有眉批旁圈。一九八四年五月上海古籍出版社《稿本叢刊》影印陳氏手稿本。

雲韶集　二十六卷。清陳廷焯選。自漢至唐歌詞三千四百二十四首，其中唐五代宋詞一千一百七十二首。前有詞話。清抄本，藏南京圖書館。南通王氏晴藹廬鈔本（藏北京圖書館）。

蓼園詞評　不分卷。清黃蓼園選。依調編次，共一百零七調，二百一十四首詞。惜陰堂刊本。民國九年（一九二〇）上海聚珍仿宋印書局排印本。一九八八年齊魯書社出版《清人選評詞集三種》本。

詞選　不分卷。清徐榮輯。清徐氏懷古山舍鈔本。

唐五代兩宋詞選釋　俞陛雲選釋。分唐詞選釋、五代詞選釋、宋詞選釋三部分，共收詞人一百二十家，詞九百零九首。一九八五年九月上海古籍出版社出版。

藝蘅館詞選　四卷，附錄一卷，補遺一卷。梁令嫻編選。輯自唐至近代人詞六百七十六首。間有清張惠言、梁啟超評語，附錄李清照《詞論》等六種。一九三五年上海中華書局排印本。一九八一年十二月廣東人民出版社劉逸生校點本。

詞選　吳梅選。東南大學鉛印本。

全唐詞選　一卷。不署作者姓名。選錄唐五代詞六十一家七百七十五首。清風書舍黑格鈔本。一九一二年上海掃葉山房石印本。按此選與《全唐詩》附詞之目次基本相同。

宋詞鈔　十二卷。王官壽輯。依調繫詞，分小令、中調、長調，錄宋徽宗、宋高宗、徐昌圖、寇準、王禹偁等宋人詞三百餘家。一九二二年鉛字排印本。

宋詞三百首　清況周頤選。手抄本。

宋詞三百首　朱祖謀選編。收宋詞八十家二百五十餘首。一九二四年初刻本。

宋詞三百首箋注　朱祖謀選，唐圭璋箋注並集評。一九四七年上海神州國光社初版，一九五八年八月中華書局（滬）排印版，一九七九年十二月上海古籍出版社出版。

宋詞三百首注析　朱祖謀編，汪中注。一九八七年嶽麓書社出版。

詞選　六編。胡適編選。選錄唐五代宋詞三十九家三百五十一首。附錄《詞的起源》一文。一九二七年七月上海商務印書館初版。

歷代詞選集評　徐珂選輯。一九二八年上海商務印書館出版。

詞絜　三篇。劉麟生編。選錄唐五代宋人詞三百四十九首。附《簡明詞學書目》。一九三〇年一月上海世界書局初版。

宋詞十九首（宋詞賞心錄）端木埰（子疇）選。選錄宋蘇軾等人詞十九首，附元睢景臣詞。一九三三年上海開明書店石印本。

詞品甲　歐陽漸編。依調編次，凡四十調一〇〇闋。一九三三年內學院刊本。

詞品乙　歐陽漸編。依調編次。一九四二年內學院刊本。

中華詞選　孫俍工、孫怒潮編。一九三三年上海中華書局印行。

宋詞選注　吳遁生注。一九三五年上海商務印書館印行。

中華詞選　徐珂選。選錄宋詞四百八十五首。一九三六年上海商務印書館印行。

詞範　二卷。楊易霖選。依調編次，雜選唐宋人詞。一九三六年上海開明書店仿宋印本。

詞選　胡雲翼編選。一九三六年上海中國文化服務社印行。

注釋白話詞選　張友鶴、闞廉銘編。一九三六年上海中華書局印行。

詞選·續詞選　李軍注釋。一九九九年華夏出版社出版。

唐五代詞選　謝秋萍編。一九三七年中國文化服務社印《詞學小叢書》本、一九四六年上海文力書局重版本。

宋名家詞選　胡雲翼選。一九三七年中國文化服務社《詞學小叢書》本、一九四六年上海文力書局重版本。

唐五代宋詞　上、下冊。龍沐勛選注。一九三七年上海商務印書館《中學國文補充讀物》本。

唐詩宋詞選　葉楚傖、徐聲越編注。一九三六年十月上海正中書局出版《國文精選叢書》本。

唐宋詞選集評　余謇編選。一九四五年福建青年圖書出版社出版。

唐宋詞選　孫人和輯。一九四六年北京輔仁大學鉛印本。

宋詞舉　陳匪石著。舉引宋代詞人十二家五十二首詞。一九四七年上海正中書局鉛印本，一九八三年十一月江蘇金陵書畫社重印。附《聲執》二卷。

詞心箋評　邵祖平箋評。一九四八年重慶郁明社排印本。

唐宋詞百首淺釋　譚蔚注釋。一九五八年湖南人民出版社出版。

唐宋詞選　夏承燾、盛弢青（靜霞）選注。一九五九年十二月中國青年出版社初版，一九八一年六月三版。

唐宋詞一百首　胡雲翼選注。一九六一年十二月中華書局上海編輯所編《中國古典文學作品選讀》本。一九七八年七月上海古籍出版社修訂重版。

宋詞選　胡雲翼選注。一九六二年二月中華書局上海編輯所印行，一九七八年上海古籍出版社修訂重版。

唐宋詞選釋　俞平伯選釋。一九七九年十月人民文學出版社出版。

唐宋詩詞淺釋　林方直、陳羽雲編撰。一九七九年十一月內蒙古人民出版社《文學知識叢書》本。

唐宋詞選譯　徐榮街、朱宏恢選譯。一九八〇年七月江蘇人民出版社出版。

唐宋詞選　中國社會科學院文學研究所編。一九八一年一月人民文學出版社出版。

唐宋詞選講　陸永品等編選。一九八一年一月中國少年兒童出版社出版。

唐五代兩宋詞簡析　劉永濟選釋。一九八一年二月上海古籍出版社出版。

唐宋詞簡釋　唐圭璋選釋。一九八一年十月上海古籍出版社出版。

唐宋詞解析　姜超編。一九八二年二月內蒙古教育出版社出版。

唐宋詞百首詳解　靳極蒼注解。一九八二年三月山西人民出版社出版。

唐宋詞選注　唐圭璋、潘君昭等選注。一九八二年四月北京出版社《中國古典文學普及讀物》本。

唐宋詞百首淺析　張健雄、易揚編。一九八二年七月湖南教育出版社《中學生課外讀物》本。

金元明清詞選　夏承燾、張璋編選，吳無聞等注釋。一九八三年一月人民文學出版社出版。

古代詞曲名篇選讀　劉福元編。一九八三年三月河北人民出版社出版。

歷代詞萃　張璋選編，黃畬箋注。一九八三年四月河南人民出版社出版。

宋百家詞選　周篤文選注。一九八三年九月廣東人民出版社出版。

古典詩詞曲選析　萬雲駿主編。一九八三年一二月廣西人民出版社出版。

唐五代詞鈔小箋　劉瑞潞編撰。一九八三年一二月嶽麓書社初版。

隋唐五代燕樂雜言歌辭集　任二北、王昆吾編。一九九〇年巴蜀書社出版。

兩宋詩詞選　匡扶選注。一九八四年一月新疆人民出版社出版。

宋詞百首譯釋　陶爾夫譯釋。一九八四年三月黑龍江人民出版社。

幼學詞曲百首　夏承燾主編、厲方選譯。一九八四年十一月山西人民出版社出版。

宋詞　楊光治選析。一九八五年三月花城出版社《花城袖珍叢書》本。

唐宋詞九十首　王延齡選注。一九八五年五月新蕾出版社《詩文背誦小叢書》本。

唐宋詞選析　張燕瑾、楊鍾賢選。一九八五年七月天津人民出版社出版。

全宋詞選釋　李長路等選釋。一九九二年北京出版社出版。

全宋詞簡編　唐圭璋選編。一九九三年上海古籍出版社出版。

林下詞選　十三卷。補遺一卷。清周銘編選。一至四卷錄宋代女詞人詞，餘為元明清女詞人詞。清康熙九年（一六七〇）刻本。民國四年（一九一五）上海中華圖書館石印本（題名《女子絕妙詞選》）。

古今名媛百花詩餘　清歸淑芬等輯。清康熙二十四年（一六八五）刻本。

歷朝名媛香珠集　不分卷。清抄本。

歷代名媛詞選十六卷　吳灝輯。一九一三年上海吳氏木石居石印本。

中國歷代女子詞選　雲屏編校。據《歷代名媛詞選》節編小令部分。一九三五年上海大光書局出版。

閨秀百家詞選　十卷。吳灝輯。一九一五年上海掃葉山房石印本。

歷代閨秀詞選集釋　徐珂選輯。一九二六年上海商務印書館印行。

歷代女子白話詞選　張友鶴編。一九二六年上海文明書局印行。

女性詞選　胡雲翼選。一九二八年上海亞細亞書局出版。

女作家詞選　孫佩苣選編。一九三二年女作家小叢書社印行。

中國歷代女子詞選　李白英選。一九三三年上海光華書局《欣賞叢書》本。

歷代女子詞選　李輝群選。一九三五年中華書局印行。

中國歷代女子詩詞選　周道榮、許之栩、黃奇珍編選。一九八三年八月新華出版社出版。

歷代婦女詩詞選　曹兆蘭選釋。一九八三年十月湖北人民出版社刊行。

歷代婦女詩詞選注　陳新、周維德、俞浣萍編。一九八五年二月中國婦女出版社出版。

歷代名媛詩詞選　鮮於煌選。一九八五年十月重慶人民出版社出版。

古今別腸詞選　四卷。清趙式輯。清陳維崧、彭孫遹、王士禛、尤侗評點。清康熙四十八年（一七〇九）遺經堂刻本。

離別詞選　王君綱編。一九二八年上海良友圖書印刷公司出版。

抒情詞選　胡雲翼編。一九二八年上海亞細亞書局印行。

情詞　四卷。周瘦鵑選。上海大東書局出版。

民族詞選　趙景深選注。一九四一年上海商務印書館《學生國學叢書》本。

古人勸勉詩詞選　范永信等選注。一九八一年九月寧夏人民出版社出版。

歷代抒情詩詞選　王強模等選釋。一九八四年六月貴州人民出版社出版。

歷代豪放詞選　王雙啟等選注。一九八四年十月貴州人民出版社出版。

愛國詞選讀　楊發恩、吳德輝編注。一九八四年七月雲南人民出版社出版。

愛國詩詞選講　尹賢編著。一九八四年十月甘肅人民出版社《古詩文選讀》本。

松竹梅詩詞選　徐振維、吳春榮選注。一九八五年三月上海教育出版社出版。

歷代歌詠昭君詩詞選注　魯歌等編注。一九八二年一月長江文藝出版社出版。

皖詞紀勝　徐乃昌纂集。以皖地各府為序，選取詠皖紀勝詞。光緒三十年（一九〇四）南陵徐氏小檈欒室刊本。

西湖詩詞選　王榮初選注。一九七九年十月浙江人民出版社《西湖文藝叢書》本。

岳陽樓詩詞選　方祖雄、方授楚等選注。一九八一年一月湖南人民出版社出版。

西湖詩詞　呂小薇、孫小昭選注。一九八二年十二月上海古籍出版社《中國名勝古跡詩詞叢書》本。

武夷詩詞選　丘幼宣等選注。一九八二年十二月福建人民出版社出版。

蘇州詩詞　蘇文連選注。一九八五年八月上海古籍出版社《中國名勝古跡詩詞叢書》本。

黃鶴樓詩詞選　曾昭文、涂道煥選注。一九八五年二月湖北人民出版社出版。

揚州詩詞　章石承、夏雲璧選注。一九八五年十月上海古籍出版社《中國名勝古跡詩詞叢書》本。

瓊島詩詞選　朱逸輝編注。一九八五年十二月廣東旅遊社出版。

歷代蜀詞全輯　李誼輯校。一九九二年重慶出版社出版。

【合集】

百家詞（唐宋名賢百家詞集、宋元百家詞、四朝名賢詞）　一百三十一卷。明吳訥輯。明正統六年（一四四一）編錄。原鈔本總目共百種，其中《東坡詞補遺》當附《東坡詞》後，《笑笑詞》先後重出，有目無書者十種，殘脱太甚者一種，實八十七種。計總集三種，南唐詞二種，宋詞別集七十種，金詞別集、元詞別集八種，明詞別集一種。有天一閣舊藏明紅格抄本，今存天津圖書館。林大椿據明抄本校本，一九四〇年商務印書館印行。又有梁啟超傳抄本，今藏北京圖書館。一九八九年天津古籍出版社影印明抄本。

宋六十名家詞（宋名家詞六十一種）　八十九卷。明毛晉輯。輯錄宋晏殊《珠玉詞》至盧炳《烘堂詞》共六十一家。明崇禎毛氏汲古閣刻本。清光緒十四年（一八八八）錢塘汪氏振綺堂重刊本。民國十年（一九二一）上海博古齋據明毛氏汲古閣刻本影印巾箱本。一九三六年上海中華書局《四部備要》排印本。民國間商務印書館輯《國學基本叢書》及《萬有文庫第一集》據明毛氏汲古閣刻本縮印本。一九三六年上海雜誌公司《中國文學珍本叢書》本。一九八九年上海古籍出版社據民國間上海博古齋影印明毛氏汲古閣刻本剪貼縮印本。

宋六十家詞勘誤　朱居易撰。一九三四年中華書局印行。

宋元名家詞七十種　九十七卷。明汲古閣抄本。清毛扆（斧季）校。收輯蘇軾《東坡詞》、柳永《樂章集》、陸游《渭南詞》等宋詞別集六十一種、金詞別集二種、詞總集一種、元明人詞六種。藏北京圖書館。

汲古閣未刻詞二十六種　二十七卷。清彭元瑞編。收輯南唐馮延巳《陽春集》，宋賀鑄《東山寓聲樂府》、葛郯《信齋詞》、向滈《樂齋詞》、朱敦儒《樵歌拾遺》等五代及宋詞別集二十種，元詞別集六種。清光緒抄本。

宋元人詞三十四種　四十五卷。清劉喜海輯。收輯宋李綱《忠定公詞》、范成大《石湖詞》、陳三聘《和石湖詞》等宋詞別集三十一種，元詞別集三種。稿本。藏上海圖書館。

四印齋所刻詞二十四種　六十二卷。清王鵬運輯。選輯南唐詞一家，宋詞十六家，金詞一家，元詞一家，又《詞林正韻》一種，詞選三種，詞話一種。清光緒十四～十九年（一八八八～一八九三）臨桂王氏家塾刊本。有傅增湘、朱祖謀校本。民國間上海中國書店據王氏四印齋匯印本影印本。一九八九年上海古籍出版社影印本。

雙照樓景刊宋金元明本詞十七種　五十九卷。清吳昌綬輯。收輯宋歐陽脩《歐陽文忠公近體樂府》、《醉翁琴趣外篇》，晁元禮《閒齋琴趣外篇》，晁補之《晁氏琴趣外篇》，向子諲《酒邊集》，張元幹《蘆川詞》，張孝祥《于湖居士樂府》，陸游《渭南詞》，魏了翁《鶴山先生長短句》，李曾伯《可齋詞》，戴復古《石屏長短句》，許棐《梅屋詩餘》，姬翼《雲山集》等別集十三種及《花間集》、《草堂詩餘》、《中州樂府》、元《草堂詩餘》等總集四種，凡十七種。一九一一～一九一七年仁和吳氏雙照樓影印本。

武進陶氏涉園續景刊宋金元明本詞二十三種　七十二卷。陶湘輯。收輯《東山詞》（上）、《山谷琴趣外篇》、《片玉集》、《稼軒詞》甲乙丙集、《稼軒長短句》、《于湖先生長短句》、《虛齋樂府》、《竹山詞》、《後村居士詩餘》、《秋崖先生樂府》、《磻溪詞》、《遁庵樂府》、《菊軒樂府》、《遺山樂府》等宋、金人別集十四種，《中興以來絕妙詞選》、《天下同文》總集二種，餘為元詞別集七種。一九一七～一九二三年武進陶氏涉園刊本。

景刊宋金元明本詞四十種 一百三十一卷。吳昌綬輯，陶湘續輯。包括仁和吳氏雙照樓《景刊宋金元明本詞》十七種，凡五十九卷，武進陶氏涉園《續景刊宋金元明本詞》二十三種，凡七十二卷。一九六一年七月中華書局合印本，一九六五年一月重印本。

景刊宋金元明本詞補編三種 十卷。陶湘輯。一九六四年中華書局影印陶氏涉園本。

景刊宋金元明本詞四十三種 合吳氏雙照樓十七種、陶氏涉園二十三種、補編三種，共四十三種。一九八九年上海古籍出版社影印本，附索引。

景刊宋金元明本詞五十種 合吳氏雙照樓十七種、陶氏涉園二十三種補編三種、景汲古閣鈔宋金詞七種，共五十種。一九八一年中國書店據原版重印。

彊村叢書 二百六十卷。朱祖謀輯。彙刻唐宋金元詞總集五種、唐詞《金奩集》一種、宋詞別集一百一十二家、金詞別集五家、元詞別集五十家，共一百七十三種。多附有朱氏校記。一九二二年歸安朱氏三校刊本。一九八〇年三月廣陵古籍刊印社據原本重印。一九八九年上海書店及江蘇廣陵古籍刻印社據近年重印本縮印。一九八九年上海古籍出版社影印夏敬觀批點本，附索引。

彊村遺書 二十種。朱祖謀原輯，龍沐勛校輯。補錄《彊村叢書》所遺，有《雲謠集雜曲子》、《詞莂》等二十種，附錄二卷。一九三二年刊本。

唐五代宋遼金元名家詞集六十種輯 劉毓盤輯校。收錄唐詞二種三家、五代詞四種五家、宋詞十四種六十四家、遼金詞四種十家、元詞五種五家、高麗詞一種一家，凡六十種九十家。一九二五年北京大學排印本。

校輯宋金元人詞 七十三卷。趙萬里輯。收輯宋詞別集五十六種、金詞別集二種、元詞別集七種、宋元詞總集二種、宋人詞話三種、補遺一卷。一九三一年前中央研究院歷史語言研究所印行。

唐五代二十一家詞輯 二十卷。王國維輯。收《南唐二主詞》、《金荃詞》、《檀欒子詞》、《香奩詞》、《紅葉稿》、《浣花詞》、《薛侍郎詞》、《牛給事詞》等二十種二十一家。一九三二年上海有正書局鉛印本。一九二七年海寧王氏輯印《海寧王忠慤公遺書》本。

唐宋金元詞鉤沉 周泳先輯。搜輯《彊村叢書》、《四印齋所刻詞》及《校輯宋金元人詞》所遺，凡宋人詞二十七家、金人詞四家、宋元詞總集四種、詞話一種、補遺一種。一九三七年商務印書館印行。

唐五代詞 林大椿輯。輯錄唐五代人詞八十一家一千一百四十八首，附有校記。一九三三年商務印書館印行。一九五六年北京文學古籍刊印社據以校訂斷句出版。

全唐五代詞 張璋、黃畬編。輯錄唐及五代詞二千五百餘首，作者可考者一百七十餘家。包括唐人詞、五代時人詞、敦煌詞、無名氏及仙鬼詞。一九八六年上海古籍出版社出版。

全宋詞 三百卷，附錄二卷，索引一卷。唐圭璋輯。收錄宋人詞一千三百三十餘家，一萬九千九百餘闋，殘篇五百三十餘。一九四〇年長沙商務印書館印行。一九六五年中華書局增訂排印本，不分卷，分五冊。

全宋詞補輯 孔凡禮輯。自明抄《詩淵》中輯出宋詞四百三十餘首，分屬一百四十餘人所作。一九八一年八月中華書局出版。

全宋詞評注 周篤文、馬興榮主編。二〇一一年學苑出版社出版。

全金元詞 唐圭璋編。共收金元兩代詞人二百八十二家，七千二百九十三首詞。附作者索引。一九七九年中華書局出版。

遼金元詞 三卷。陳長春輯。《嘉業堂叢書》本。

宋元明三十三家詞 五十三卷。抄錄宋周邦彥、向子諲、姜夔、王之道、陳經國、周紫芝、京鏜、夏元鼎、張繼先、石孝友、秦觀、張元幹、楊無咎、李昴英、趙師俠、趙彥端、郭應祥、李之儀、張炎、王沂孫、劉一止、侯寘、張埜、吳潛、嚴羽、李處全等人詞二十六種，金段成式詞二種，餘元明詞五種。明石村書屋抄本。

宋元三十一家詞 三十一卷。清王鵬運輯。收輯宋潘閬、李彌遜、鄧肅、朱敦儒、朱雍、倪偁、高登、丘崈、曹冠、姜特立、趙磻老、袁去華、李處全、管鑑、王炎、陳亮、陳人傑、許棐、方岳、李好古、何夢桂、趙必瑑、歐良及闕名《章華詞》凡二十四家，餘為元人詞。清光緒十九年（一八九三）臨桂王氏家塾四印齋刻本。

宋二十家詞 二十六卷。抄錄晏殊、柳永、秦觀、晏幾道、姜夔、程垓、張元幹、王安中、李之儀、蔡伸、楊無咎、呂聖求、杜壽域、陳師道、黃庭堅、毛滂、謝逸、韓玉、盧炳等人詞集二十種。明鈔本。

宋金元明人詞十七種 二十八卷。清繆荃孫輯。抄錄宋賀鑄、劉克莊、陳深、向滈等人詞集四種，金李俊民詞集一種，餘為元明人詞。清光緒三十四年（一九〇八）繆氏藝風堂抄本。

宋元名人詞十六種 十六卷。收張綱、高登、朱雍、朱熹、吳儆、許棐、歐良、文天祥、趙聞禮、朱淑貞、歐陽徹十一家宋詞別集，餘為元人詞。清抄本。

宋明十六家詞 十六卷。抄錄宋劉辰翁、沈瀛、王以寧、陳著、吳潛、廖行之、汪元量、張掄、謝薖、張輯、陳深、陳德武十二家宋詞別集，餘明詞別集四種。清丁氏校。嘉惠堂抄本。

宋金元明十六家詞 十七卷。清勞權校並跋。抄錄宋潘閬、倪偁、向滈、呂勝己、廖行之、歐良、姚述堯、陳人傑、管鑑、丘崈、馮取洽、王炎等十二家別集，金元好問詞集一種，餘為元明人詞別集。清抄本。

宋元名家詞十五種 十七卷。清江標輯，清傅增湘校並跋。收輯宋葛郯、向滈、朱熹、吳儆、趙以夫、楊澤民、林正大、文天祥、姚勉、黃裳十家詞別集，餘五種為元詞別集。清光緒二十一年（一八九五）湖南思賢書局刊本。

南詞 原題明李東陽輯。原目共收詞集六十四種，內有宋詞五十五種、金詞一種、元詞八種。有清彭氏知聖道齋舊藏清抄本，清末此本為董康誦芬室所藏。

南詞十三種 十六卷。吳昌綬、朱祖謀校。從《南詞》中選抄南唐二主詞和宋葛郯、廖行之、向滈、沈瀛、京鏜、吳儆、陳德武、沈禧等人詞別集，餘為元明人詞，共十三種。清董氏誦芬室抄本。

宋十二家詞 十二卷。清王桐初輯。錄周邦彥、辛棄疾、姜夔、盧祖皋、高觀國、史達祖、吳文英、蔣捷、陳允平、周密、王沂孫、張炎等十二家詞。清鈔本。

十名家詞十種 十卷。清侯文燦輯。輯錄南唐二主、馮延巳，宋賀鑄、張先、葛郯、吳儆、趙以夫等唐宋人詞別集，餘元詞三種。清康熙二十八年（一六八九）侯氏亦園刻本。清阮元輯《宛委別藏》本。清光緒十三年（一八八七）金武祥刻《粟香室叢書》本。

宋元十家詞（又次齋十種詞編） 十二卷。清汪曰楨編校。吳昌綬校。收輯宋王炎、趙鼎、胡銓、汪元量、趙聞禮等宋人詞別集五種，餘元明詞五種。清又次齋稿本。

十家詞鈔 十卷。清何元錫校，丁丙跋。收錄《金奩集》和宋潘閬、周必大、范成大、陳三聘、陳深、張掄等人詞別集，餘為元明人詞集。清何元錫家抄本。

典雅詞十種 十卷。清勞權校並跋。收宋李綱、歐良、張輯、馮取洽、袁去華、程大昌、曹冠、趙磻老、李好古等人詞別集。清抄本。

又，十四種，十四卷。收輯陳允平、王炎、曹冠、袁宣卿、趙磻老、程大昌、李好古、胡銓、阮閱、劉子寰、黃公度、劉過、侯寘和無名氏等十四家詞集。清抄本。

宋金明人九家詞 十卷。收錄宋王安中、韓玉、黃公度、高觀國、呂勝己、陳三聘、洪瑹詞別集七種，金段成式詞集一種，明人詞集一種。清抄本。

宋明九家詞 九卷。附北樂府。清丁丙跋。收潘閬、王安石、文同、謝薖、張繼先、張輯、毛幵、嚴羽等宋詞別集八種，明詞一種。明抄本。

宋九家詞 九卷。清許光清跋。收歐良、王沂孫、袁去華、李好古、京鏜、陳允平、王炎、程大昌及闕名《章華詞》共九種宋詞別集。清道光蔣氏別下齋抄本。

唐宋八家詞 十卷。清吳昌綬跋。收《金奩集》及宋潘閬、范成大、陳三聘、陳經國、向滈、王之道、倪偁七家詞別集。清鮑氏知不足齋抄本。

宋元明八家詞 九卷。丁丙跋。收錄王安石、張繼先、沈端節、沈瀛、陳德武等宋五人詞別集，餘為元明人詞集。清何元錫家抄本。

宋八家詞 八卷。抄錄曹冠、李綱、歐良、王炎、程大昌、趙磻老、張輯、袁去華等八家宋詞別集。清抄本。

宋元八家詞 八卷。收李綱、黃裳、朱雍、姚勉、許棐、丘崈等宋詞別集六種，餘為元人詞。清抄本。

唐宋詞 八卷。華綱編。鈔錄《金奩集》及潘閬、范成大、陳三聘、陳人傑、向滈、王之道、倪偁等唐宋人詞八種。

宋名賢七家詞 七卷。清鮑廷博、丁丙校。抄錄宋潘閬、葛郯、向滈、沈瀛、陳與義、吳儆、闕名七家詞。明抄本。

景汲古閣鈔宋金詞七種 七卷。明毛晉編。清陶湘重校。收錄陳三聘、韓玉、呂勝己、王安中、洪瑹、黃公度等人宋詞別集六種，金段成己詞集一種。一九六一年七月中華書局據陶氏涉園刊本影印出版。

宋六家詞 六卷。收錄宋李好古、馮取洽、趙磻老、曹冠、袁去華及闕名六家詞集。清抄本。

宋元明六家詞 六卷。清勞權校並跋。抄錄宋張掄、朱雍、許棐三家詞，餘三種為元明詞。清勞權抄本。

宋五家詞 五卷。抄錄李好古、趙磻老、曹冠、袁去華、陳人傑五宋人詞別集。清萬卷樓舊鈔本。

宋五家詞 五卷。抄錄陳亮、楊炎正、毛幵、劉過、戴復古五人詞集。明抄本。

宋元四家詞 四卷。清梁同書、丁丙跋。抄錄陳深、王以寧、周必大宋三家詞，元吳澄詞一種。清抄本。

四種詞 清胡延輯。收宋姜夔、陳允平、周密和王沂孫等人詞集四種。清光緒四川官印刷局刻本。

南宋四名臣詞集 四卷。宋趙鼎、李光、李綱、胡銓詞集四種。清光緒十四年（一八八八）四印齋刊印。

宋詞三種 清金望華輯。收宋陳亮、黃機、曹冠三家詞。清道光二十一年（一八四一）《續金華叢書》本。

北宋三家詞 易大廠編校。收宋舒亶、曹組、蘇庠三家詞。一九三三年上海民智書局出版。

三李詞 清楊文斌編錄。收唐李白、南唐李煜、宋李清照三家詞。清光緒十六年（一八九〇）東甌刊本。

南唐二主詞 一卷。原本為宋人所輯。合刻南唐李璟和李煜詞。明吳訥輯《唐宋名賢百家詞》本。明萬曆四十八年（一六二〇）譚爾進刻本。明萬曆四十八年（一六二〇）呂遠刻本。一九三四年北京來薰閣影印明萬曆墨華齋刻本。

又，一卷。明毛晉汲古閣舊抄本。

又，一卷。清朱景行輯。清光緒十五年（一八八九）詠花館刊本。

又，一卷。清侯文燦輯。清康熙二十八年（一六八九）侯氏亦園《十名家詞》本。清光緒金武祥《粟香室叢書》重刻侯本。

又，一卷。清蕭江聲抄本。清康熙五十四年（一七一五）與《陽春集》、《簡齋詞》合抄本。

又，一卷。董氏誦芬室抄《南詞》本。吳昌綬、朱祖謀校。

又，一卷。清宣統沈宗畸《晨風閣叢書》刻知聖道齋舊抄《南詞》本。

又，一卷。清光緒朱景行自《永樂大典》錄出《全唐詩》本。

又，一卷。劉毓盤補正《大典》本。

又，一卷。王國維輯。《唐五代二十一家詞輯》本。

南唐二主詞箋 清劉繼增校輯箋補呂遠本。清光緒二十年（一八九四）刊。一九一六年無錫圖書館排印本。

南唐二主詞匯箋 唐圭璋編。附二主年表。一九三六年正中書局印行。

南唐二主詞校訂 王仲聞校訂。一九五七年六月人民文學出版社出版。

李璟李煜詞 二卷。附補遺一卷。詹安泰編注。一九五八年三月人民文學出版社出版。

李璟李煜詞校注 詹安泰校注。二〇一五年上海古籍出版社出版。

南唐二主詩詞 賀揚靈編輯。一九三六年上海中央書店印行。

二晏詞鈔 宋晏殊、晏幾道撰。清光緒十一年（一八八五）揚州重刻本。

大小晏詞 四卷。清抱經齋抄本。

二晏詞 夏敬觀選注。一九三三年上海商務印書館印行。

二晏詞 一九三四年上海新文化書社印行。

二晏詞選 柏寒選注。一九八五年一月齊魯書社印行。

秦張二先生詩餘合璧 二卷。宋秦觀、明張綖撰。明崇禎年間毛鳳苞校、王象晉刻《詩餘圖譜》本附錄。

蘇黃詞鈔 宋蘇軾、黃庭堅撰。明黃嘉惠刻《蘇黃小品》本。

又，劉辰翁輯。明黃輝、楊慎、陳霆、王世貞評點。中華圖書公司石印本。

二孔集 宋孔夷、孔處度撰。劉毓盤輯。《唐五代宋遼金元名家詞集》本。

雙白詞 宋姜夔、張炎撰。清王鵬運輯。《四印齋所刻詞》本。

龜溪二隱詞 宋李萊老、李彭老撰。朱祖謀輯。《彊村叢書》本。

周曹二應制詞 宋周端臣、曹邍撰。劉毓盤輯。《唐五代宋遼金元名家詞集》本。

汪氏二家詞 四卷。宋汪夢斗、汪元量撰。清抄本。

李氏花蕚集 一卷。宋李洪、李漳等撰。趙萬里輯。《校輯宋金元人詞》本。

金諸主詞　金源歷代君主撰。劉毓盤輯。《唐五代宋遼金元名家詞集》本。

古今名家詞合刻　二十八卷。清許增輯。收輯宋張炎、姜夔二人詞集、張炎《詞源》，餘為清人詞。清光緒八年至十年（一八八二～一八八四）《娛園叢書》本。

詞苑英華　六種，四十五卷。明毛晉輯。輯錄《花間集》、《尊前集》、《草堂詩餘》、《花菴詞選》（《唐宋諸賢絕妙詞選》、《中興以來絕妙詞選》）、《詞林萬選》、《詩餘圖譜》等總集及詞譜，凡六種。明汲古閣刻本。清乾隆十七年（一七五二）曲溪洪振珂重刻本、清吳門寒松堂刻本等。

又，七種本。以上六種外，附《秦張兩先生詩餘合璧》二卷。明王象晉輯。

詩詞雜俎　明毛晉編。其中李清照、朱淑貞二家宋人詞，餘為詩集。明汲古閣刊本、上海醫學書局印本。

詞壇合璧四種　十五卷。明朱之蕃編。收錄明湯顯祖評《花間集》、明楊慎評《草堂詩餘》、明茅映輯評《詞的》、明楊慎評《四家宮詞》凡四種。明吳興閔映璧朱墨套刻本。

詞學叢書　六種二十三卷。清秦恩復輯。輯錄宋曾慥《樂府雅詞》三卷拾遺二卷、宋趙聞禮《陽春白雪》八卷外集一卷、張炎《詞源》二卷、陳允平《日湖漁唱》一卷補遺一卷續補遺一卷、元鳳林書院《草堂詩餘》三卷、宋菉斐軒《詞林韻釋》一卷。清嘉慶十五年（一八一〇）江都秦氏享帚精舍刊本。清光緒六年（一八八〇）邗江承啟堂修板印本。

曼陀羅華閣叢書　七種三十七卷。清杜文瀾輯本。收輯《夢窗詞》四卷補遺一卷、《草窗詩》二卷補遺二卷、《詞律校勘記》二十卷。餘為清人詞。清咸豐十一年（一八六一）杜氏曼陀羅華閣刊本。

天籟軒五種　二十二卷。清葉申薌撰。凡《天籟軒詞選》六卷、《天籟軒詞譜》五卷詞韻一卷、《閩詞鈔》四卷、《本事詞》二卷、《小庚詞存》四卷。清道光中閩人葉氏天籟軒刊本。

會稽章氏詞選五種　有《絕妙好詞箋》七卷、《絕妙好詞續鈔》二卷、張惠言選《詞選》二卷、附錄一卷、《續詞選》二卷。清同治十一年（一八七二）會稽章氏刻本。

蒙香室叢書　四種二十三卷。清馮煦輯。輯錄清成肇麐《唐五代詞選》二卷、清戈載《宋七家詞選》七卷、馮煦《宋六十一家詞選》十二卷、馮煦《蒙香室賦錄》二卷。清光緒十三年（一八八七）冶城山館刊本。

詞選　七種十三卷。不著編者姓名。輯錄張惠言《詞選》二卷、董毅《續詞選》二卷、附錄一卷、成肇麐《唐五代詞選》三卷、周濟《宋四家詞選》一卷、宋沈義父《樂府指迷》一卷、張炎《詞源》二卷、陸輔之《詞旨》一卷。清光緒十三年（一八八七）長沙刻本。

詞學小叢書　九種附一種。胡雲翼編。包括《唐五代詞選》、《宋名家詞選》、《清代詞選》、《女性詞選》、《李後主詞》、《李清照詞》、《辛棄疾詞》、《納蘭性德詞》、《吳藻詞》。附《詞學研究六種》。一九三七年上海中國文化服務社初版，一九四六年上海教育出版社袖珍本，一九四六年十一月～一九四七年七月上海文力出版社重版。

詞林集珍三十種　收輯唐宋元人詞別集三十種，包括《溫韋詞》、《南唐二主詞》、《陽春集》、《珠玉詞》、《小山詞》、《六一詞》、《張子野詞》、《樂章集》、《東坡樂府》、《東山詞》、《淮海居士長短句》、《山谷詞》、《片玉詞》、《蘆川詞》、《于湖詞》、《稼軒長短句》、《龍洲詞》、《龍川詞》、《漱玉詞》、《放翁詞》、《白石詞》、《梅溪詞》、《夢窗詞》、《山中白雲詞》、《須溪詞》、《蘋洲漁笛譜》、《後村長短句》、《竹山詞》、《花外集》、《無弦琴譜》。方智範、高建中等校點。一九八八年上海古籍出版社出版。

四明近體樂府　十四卷。附錄一卷。清袁鈞輯。卷一至卷六共輯錄唐宋時四明詞人（包括寓居者）三十五家詞，卷七以下為元明清人詞。清嘉慶二十三年（一八一八）慈水臧密廬刊本。

閩詞鈔　四卷。清葉申薌輯。共抄錄閩詞人徐昌圖、楊億、蔡襄、柳永等宋代閩人詞六十一家一千一百三十一首。清道光十四年（一八三四）三山葉氏刊本。

高郵耆舊詩餘　清王敬之、周敘、夏昆林輯。清道光十六年（一八三六）刻本。

西泠詞萃　九卷。清丁丙輯。收詞集六種，其中周邦彥《片玉詞》二卷補遺一卷、姚述堯《簫臺公餘詞》一卷、朱淑貞《斷腸詞》一卷、仇遠《無弦琴譜》二卷為宋人詞集，餘為元明人詞。清光緒十二年

（一八八六）丁氏校刻本。

石蓮庵彙刻山左人詞 十七種。清吳重熹輯。其中柳永《樂章集》、李之儀《姑溪詞》、晁補之《晁氏琴趣外篇》、王千秋《審齋詞》、侯寘《嬾窟詞》、趙磻老《拙庵詞》、辛棄疾《稼軒詞》、周密《草窗詞》、李清照《漱玉詞》九種為宋人詞，餘為清人詞。清光緒二十七年（一九〇一）金陵刻本。

蜀十五家詞 十七卷。清吳虞輯。輯錄歷代蜀人詞：李太白詞、東坡樂府、李德潤詞、毛祕書詞、無住詞、澹齋詞、方舟詩餘、鶴林詞、頤堂詞、陵陽詞、歐陽舍人詞、尹參卿詞、蒲江詞、閬處士詞、道園樂府等十五家。清宣統二年（一九一〇）成都吳氏鉛印本。

湖州詞徵 二十四卷。朱祖謀輯。輯錄宋代湖州詞人詞：張先、葉夢得、劉一止、沈瀛、沈端節等十三種別集，又，葉清臣、朱服等二十人詞，餘為元明清湖州人詞。清宣統三年（一九一一）章震福刻本。

笠澤詞徵 三十卷。清陳去病輯。輯錄歷代笠澤詞人詞，其中卷一至卷三宋笠澤詞人，卷二十四、二十五為唐宋時寓居笠澤之詞人詞。一九一五年上海國光書局印行。

長興詞存 六卷，詞話一卷。溫匋彝輯。卷一、卷二輯錄劉燾、陳璧、釋淨端和朱晞顏四家宋長興人詞，餘為元明清人詞。一九二六年鉛印本。

閩詞徵 六卷。林葆恆輯。卷一至卷三輯錄宋代閩人詞七十五家，餘為元明清人詞。一九二九年刻藍印本。

【別集】

·唐代·

李太白詞 一卷。唐李白撰。《蜀十五家詞》本。

李翰林集 一卷。《唐五代宋遼金元名家詞集》本。

船子和尚撥棹歌 一卷。唐釋德誠（船子和尚）撰。元法忍寺釋坦刻《機緣集》本，一九八七年上海華東師範大學出版社據此影印，題名《船子和尚撥棹歌》。又，清嘉慶九年（一八〇四）法忍寺釋漪雲刻《機緣集》本。

金荃詞 一卷。唐溫庭筠撰。《唐五代二十一家詞輯》本。又，一卷。《唐五代宋遼金元名家詞集》本。又，一九八八年上海古籍出版社出版曾昭岷校訂集評《溫韋馮詞新校》本。

檀欒子詞 一卷。唐皇甫松撰。《唐五代二十一家詞輯》本。

香奩詞 一卷。唐韓偓撰。《唐五代二十一家詞輯》本。

·五代·

牛給事詞 一卷。前蜀牛嶠撰。《唐五代二十一家詞輯》本。

薛侍郎詞 一卷。前蜀薛昭蘊撰。《唐五代二十一家詞輯》本。

浣花詞 一卷。前蜀韋莊撰。《唐五代二十一家詞輯》本。又，一卷。《唐五代宋遼金元名家詞集》本。又，一九八八年上海古籍出版社出版曾昭岷校訂《溫韋馮詞新校》本。

韋莊詞注 前蜀韋莊撰。胡鳴盛注。一九二三年蓮豐草堂石印本。

浣花詞集 唐韋莊著。向迪琮校訂。與《浣花集》、《浣花集補遺》合一集。一九五八年北京人民文學出版社《韋莊集》本。

韋莊詞校注 前蜀韋莊撰。劉金城校注。夏承燾審訂。附有傳記及年譜。一九八一年四月中國社會科學出版社出版。

韋莊集校注 唐韋莊著，李誼校注，附詞。一九八六年四川省社會科學院出版社出版。

牛中丞詞 一卷。前蜀牛希濟撰。《唐五代二十一家詞輯》本。

毛司徒詞 一卷。前蜀毛文錫撰。《唐五代二十一家詞輯》本。

魏太尉詞 一卷。前蜀魏承班撰。《唐五代二十一家詞輯》本。

尹參卿詞 一卷。前蜀尹鶚撰。《唐五代二十一家詞輯》本。《蜀十五家詞》本。

李德潤詞 一卷。前蜀李珣撰。《蜀十五家詞》本。

瓊瑤集 一卷。前蜀李珣撰。《唐五代二十一家詞輯》本。

顧太尉詞 一卷。後蜀顧敻撰。《唐五代二十一家詞輯》本。

鹿太保詞 一卷。後蜀鹿虔扆撰。《唐五代二十一家詞輯》本。

歐陽舍人詞 一卷。後蜀歐陽炯撰。《蜀十五家詞》本。

歐陽平章詞 一卷。後蜀歐陽炯撰。《唐五代二十一家詞輯》本。

毛祕書詞 一卷。後蜀毛熙震撰。《唐五代二十一家詞輯》本。《蜀十五家詞》本。

閻處士詞 一卷。後蜀閻選撰。《唐五代二十一家詞輯》本。《蜀十五家詞》本。

陽春集 一卷。南唐馮延巳撰。《百家詞》本。

又，一卷。清侯文燦輯《十名家詞》本。

又，一卷。清康熙五十四年（一七一五）蕭江聲抄本，與《南唐二主詞》、《簡齋詞》合一冊。

又，一卷。補遺一卷。《四印齋所刻詞》本。

又，一卷。清抄《汲古閣未刻詞》本。

又，一卷。清趙氏星鳳閣抄校本，今藏臺灣中央圖書館。

又，一卷。清抄《宋元名家詞鈔二十二種》本，今藏上海。

又，一九八八年上海古籍出版社出版曾昭岷校訂《溫韋馮詞新校》本。

陽春集箋 陳秋帆箋。一九三三年上海南京書店《詞學叢刊》本。

陽春集校證 孫人和校證。民國間中國大學講義排印本。

陽春集校注 黃畬校注。一九九三年天津古籍出版社出版。

李後主詞 一卷。南唐李煜撰。《詞學小叢書》本。

李後主詞 一卷。戴景素選注。一九二七年上海商務印書館《學生國學叢書》本。

張舍人詞 一卷。南唐張泌撰。《唐五代二十一家詞輯》本。

紅葉稿 一卷。後晉和凝撰。《唐五代二十一家詞輯》本。《唐五代宋遼金元名家詞集》本。

孫中丞詞 一卷。宋孫光憲撰。《唐五代二十一家詞輯》本。

荊臺傭稿 一卷。《唐五代宋遼金元名家詞集》本。

又，一卷。清鮑氏知不足齋抄《唐宋八家詞》本。

范文正公詩餘 一卷。宋范仲淹撰。《彊村叢書》本。

樂章集 一卷。宋柳永撰。《宋六十名家詞》本。

又，一卷。《四庫全書》本。

又，一卷。清張文虎校訂。清同治十一年（一八七二）唐仁壽家鈔本。

又，一卷。逸詞一卷。校勘記一卷。校勘記補一卷。清繆荃孫、曹元忠補校。清光緒二十七年（一九〇一）吳重熹石蓮庵彙刻《山左人詞》本。

又，二卷。明抄本。趙琦美校並跋，周叔弢校。北京圖書館藏。

又，三卷。《宋元名家詞》七十種本，毛斧季校。北京圖書館藏。

又，三卷。續添曲子一卷。清勞巽卿抄校本。北京圖書館藏。

又，三卷。續添曲子一卷。附校勘記一卷。朱祖謀校。《彊村叢書》本。

柳屯田樂章集 三卷。《百家詞》本。

又，三卷。明抄《宋二十家詞》本。南京圖書館藏。

又，三卷。明東壁樓抄本，今藏南京。

又，三卷。清宣統元年（一九〇九）吳氏雙照樓抄本，王國維校跋，今藏北京。

柳屯田樂府 三卷。羅矩亭臨校梅禹金藏明抄本。北京圖書館藏。

樂章集選 葉翰輯。《晚學廬叢書》本。

樂章集校注 薛瑞生校注。一九九四年中華書局出版。

柳永詞 薛瑞生選注。二〇一三年中華書局出版。

安陸集 一卷。宋張先撰。清葛鳴陽輯。清乾隆四十五年（一七八〇）刻本。有北京琉璃廠刻《覆古編》本。四川省圖書館藏。

又，一卷，附錄一卷。清嘉慶七年（一八〇二）刊本。

子野詞 一卷。《百家詞》本。有粟香室翻刻本。

又，一卷。清侯文燦輯《十名家詞》本。

又，二卷。分宮調，共一百零六首。菉斐軒藏抄本。

又，二卷，補遺二卷。清鮑廷博補遺。據菉斐軒抄本補刻。鮑氏《知不足齋叢書》本，有黃子鴻校本。

張子野詞 二卷，補遺二卷，校記一卷。朱祖謀校。《彊村叢書》本。《四部備要》據此排印。

張先詞 二卷。朱祖謀輯《湖州詞徵》本。

張先集編年校注 吳熊和、沈松勤校注。一九九六年浙江古籍出版社出版。

珠玉詞 一卷。宋晏殊撰。《宋六十名家詞》本。

又，一卷。明抄《宋二十家詞》本，今藏南京。

又，不分卷。《百家詞》本。林大椿校。

又，一卷。清何焯校。附《小山詞》一卷。明抄本。

又，一卷。《四庫全書》本。

珠玉詞鈔　一卷，附補抄一卷。清晏端書輯。清咸豐二年（一八五二）刊本。有光緒十一年（一八八五）揚州重刻本。

晏殊詞新釋輯評　劉揚忠注評。二〇〇三年中國書店出版。

宋景文公長短句　一卷。宋宋祁撰。《校輯宋金元人詞》本。

宋景文公詞　一卷。《唐五代宋遼金元名家詞集》本。

六一詞　一卷。宋歐陽脩撰。《宋六十名家詞》本。

又，一卷。明抄《宋二十家詞》本。

又，一卷。附補抄及校勘記。一九五五年北京文學古籍刊行社印行。

又，四卷。《百家詞》本。

歐陽文忠公近體樂府　三卷。《景刊宋金元明本詞》本。

又，三卷，校勘記一卷。林大椿校。一九三一年上海商務印書館景宋吉州本。

歐陽文忠公詞　三卷。《四部備要》排印本、《四部叢刊》本。

醉翁琴趣外篇　六卷。存卷四至卷六。宋刻本，今藏臺灣中央圖書館。

又，六卷。清初影宋抄本，今藏北京。

又，六卷。《景刊宋金元明本詞》本。

金批歐陽永叔詞　一卷。清金人瑞評批。唱經堂匯稿本。

歐陽脩詞選譯　黃公渚譯注。一九五八年北京作家出版社出版。

歐陽脩詞箋注　黃畬箋注。一九八六年中華書局出版。

歐陽脩詞新釋輯評　邱少華評注。二〇〇三年中國書店出版。

歐陽脩詞評注　郁玉英編著。二〇一二年江西人民出版社出版。

沈吏部詞　一卷。宋沈唐撰。《唐五代宋遼金元名家詞集》本。

沈公述詞　一卷。宋沈唐撰。清周泳先輯《唐宋金元詞鉤沉》本。

壽域詞　一卷。宋杜安世撰。《宋六十名家詞》本。

杜壽域詞　不分卷。《百家詞》本。

又，一卷，明抄《宋二十家詞》本。

紫陽真人詞　一卷。宋張伯端撰。《彊村叢書》本。

南陽詞　一卷。宋韓維撰。《彊村叢書》本。

臨川先生歌曲　一卷。補遺一卷。附校記一卷。宋王安石撰。朱祖謀校記。《彊村叢書》據宋紹興刊《臨川集》本刻印。

半山詞　一卷。明抄《宋明九家詞》本、清抄《宋元明八家詞》本。

忠宣公詩餘　一卷。宋范純仁撰。《彊村叢書·范文正公詩餘》附。

韋先生詞　一卷。宋韋驤撰。《彊村叢書》本。

小山詞　不分卷。宋晏幾道撰。《百家詞》本。有一九三〇年商務印書館印林大椿校本。

又，一卷。《宋六十名家詞》本。

又，一卷。清何焯校明抄本，今藏浙江大學。

又，一卷。《四庫全書》本。

又，一卷。清四寶齋抄本，今藏上海。

又，一卷。清鄭文焯校正。賀揚靈校。一九二九年上海光華書局《欣賞叢書》本。

又，一卷。附校記一卷。朱祖謀校記。《彊村叢書》用趙氏星鳳閣藏明抄本刻印。

又，二卷。明抄《宋二十家詞》本。

小山詞鈔　一卷。補抄一卷。清晏端書輯。清咸豐二年（一八五二）刻本、光緒十一年（一八八五）揚州重刻本。

小山詞箋　一卷。王煥猷箋。一九四七年上海商務印書館印行。

冠柳集　一卷。宋王觀撰。《校輯宋金元人詞》本。

又，一卷。《唐五代宋遼金元名家詞集》本。

又，一卷。冒廣生輯。如皋《冒氏叢書》本。

畫墁詞　一卷。宋張舜民撰。《彊村叢書》據《永樂大典·畫墁集》輯出。

王晉卿詞　一卷。宋王詵撰。《校輯宋金元人詞》本。

王榮安公詞　一卷。《唐五代宋遼金元名家詞集》本。

東坡樂府　二卷。宋蘇軾撰。元延祐七年（一三二〇）葉曾雲間南阜草堂刻本、清王鵬運光緒十四年（一八八八）四印齋校刻本、一九五七年八月北京文學古籍刊行社影印本、一九七九年上海古籍出版社陳允吉校點本。

又，不分卷。鄭叔問批校本。嘉業堂藏書。

又，三卷。補遺一卷。朱祖謀編校。清宣統石印本。

又，二卷，補遺二卷，附校記一卷。朱祖謀校記。《彊村叢書》編年本。

又，二卷，補遺二卷。林大椿校輯。一九二六年中華書局排印本。

又，三卷。《蜀十五家詞》本。

東坡樂府箋　三卷。朱祖謀編年圈點，龍榆生校箋。一九三六年上海商務印書館排印本、一九五八年重印本。

東坡詞 二卷。拾遺一卷。明吳訥據宋曾慥紹興二十一年（一一五一）輯本鈔《百家詞》本、《宋元名家詞》毛季斧校本。
又，一卷。明萬曆三十四年（一六〇六）吳興茅維刻《東坡集》本。
又，一卷。《宋六十名家詞》本。
東坡先生詩餘 二卷。明焦竑輯。明萬曆四十六年（一六一八）《蘇長公二妙集》本。
東坡小詞 二卷。明黃嘉惠刻《蘇黃小品》本。
蘇文忠公樂府 二卷。端木埰覆校本。四印齋刻本。
注坡詞 十二卷。宋傅幹注。抄本，今藏北京。
傅干注坡詞 劉尚榮校證。一九九三年巴蜀書社出版。
蘇詞箋略 正編二卷。類編二卷。清柳兆薰輯。稿本。
蘇軾詞選 陳邇冬選注。一九五六年北京人民文學出版社出版。
蘇東坡詞選釋 曾凡禮編著。一九八一年十二月內蒙古人民出版社出版。
蘇東坡詞選 于培傑、孫言誠注釋。一九八四年十二月花山文藝出版社出版。
蘇東坡詩詞選 陳邇冬選注。一九六〇年二月人民文學出版社《文學小叢書》本。一九七九年五月重版本。
蘇軾選集 劉乃昌選注。其中選詞一百九十五首。一九八〇年五月齊魯書社出版。
蘇軾選集 王水照選注。其中選詞五十多首。一九八四年二月上海古籍出版社《中國古典文學名著選集》本。
東坡樂府編年箋注 石聲淮、唐玲玲箋注。一九九〇年華中師範大學出版社出版；一九九三年臺北華正書局出版。
東坡詞編年箋證 薛瑞生箋證。一九九八年三秦出版社出版。
蘇東坡詩詞文譯釋 鄭孟彤、王春煜、李儒炯譯釋。一九八四年十月黑龍江人民出版社出版。
蘇軾詩詞選注 王水照、王宜瑗選注。一九九〇年上海古籍出版社出版。
蘇軾詩詞選 徐培均選注。一九九九年山東大學出版社出版。
增訂注釋蘇軾詞 唐玲玲注釋。一九九九年文化藝術出版社出版。
蘇辛詞 宋蘇軾、辛棄疾撰。葉聖陶選注。一九二七年上海商務印書館《學生國學叢書》本、一九二九年《萬有文庫》本。

東坡赤壁詩詞選 丁永淮、吳聞章選注。一九八四年十月湖北人民出版社《歷代詩人詠湖北叢書》本。
姑溪詞 一卷。宋李之儀撰。《宋六十名家詞》本、《四部備要》排印本、《粵雅堂叢書》本。
又，一卷。明抄《宋二十家詞》本。
又，一卷。明石村書屋抄《宋元明三十三家詞》本，藏北京圖書館。
又，一卷。《宋元名家詞》毛斧季校本。
又，三卷。清吳氏石蓮庵彙刻《山左人詞》本。
舒學士詞 一卷。宋舒亶撰。《校輯宋金元人詞》本。
信道詞 一卷，附校記一卷。易大廠校記。《北宋三家詞》本。
演山詞 一卷。宋黃裳撰。《宋元名家詞》毛斧季校本。
又，一卷。江標輯《宋元名家詞》十五種本。傅增湘校。
又，一卷。清抄《宋元八家詞》本。
演山先生詞 二卷。清勞權校。與《相山居士詞》合一冊。清抄本。
山谷詞 一卷。宋黃庭堅撰。《宋六十名家詞》本。
又，一卷。明抄《宋二十家詞》本。
又，不分卷。《百家詞》本。
黃先生詞 一卷。明刊寧州祠堂本。有勞巽卿校本。
山谷琴趣外篇 三卷。《景刊宋金元明本詞》本。
又，三卷。南宋閩刻本。
又，三卷。沈曾植校。抄本。上海圖書館藏。
又，三卷。張元濟校勘。《四部叢刊三編》本。
又，三卷，附校勘記一卷。朱祖謀校。《彊村叢書》本。
山谷小詞 二卷。明黃嘉惠刻《蘇黃小品》本。
豫章黃先生詞 一卷。明喬遷訂。明嘉靖婺源葉氏刻本。上海圖書館藏。
又，一卷。龍榆生校點。一九五七年中華書局《蘇門四學士詞》本。
山谷詞 不分卷。馬興榮、祝振玉校注。《宋詞別集叢刊》本，二〇〇一年上海古籍出版社出版。
閒齋琴趣外篇 六卷。宋晁元（端）禮撰。《景刊宋金元明本詞》本。
又，六卷。趙輯寧校抄本，黃蕘圃舊藏，今存北京圖書館。
李元膺詞 一卷。宋李元膺撰。《校輯宋金元人詞》本。
龍雲先生樂府 一卷。宋劉弇撰。《彊村叢書》本。

龍雲詞　一卷。知聖道齋藏《宋元人小詞》本。

淮海居士長短句　三卷。宋秦觀撰。宋乾道間《淮海全集》本，無錫秦氏原藏，今存故宮博物院。另有滂喜齋藏宋乾道單刻本，與《全集》本同出一源。

又，三卷。宋乾道高郵軍學刊本。日本內閣文庫藏《淮海居士長短句》同此。

又，三卷。黃蕘圃校抄兩種宋本，今藏南京圖書館。

又，三卷。一九三一年葉遐庵影印兩種宋本合刊本。附葉氏《淮海詞校》等六種。

又，三卷。附校記一卷。朱祖謀校。《彊村叢書》本。

又，三卷。明孟春暉編。明正德十六年（一五二一）刻本。天一閣藏。

又，一卷。明錢曾、何煌、張元亮校並跋。明戲鴻館刻本。

又，三卷。龍榆生校點。一九五七年中華書局《蘇門四學士詞》本。

又，三卷。徐培均校注。一九八五年上海古籍出版社出版。

淮海長短句　三卷。明嘉靖十八年（一五三九）張綖鄂州《全集》本，《四庫全書》本據此，《四部叢刊》本同。

淮海詞　三卷。明吳訥輯。《百家詞》本。

又，三卷。明嘉靖二十四年（一五四五）胡民表刻本。

又，三卷。明抄《宋二十家詞》本。

又，三卷。明抄《宋元明三十三家詞》本。

又，一卷。《宋六十名家詞》本、《四庫全書》本《淮海詞》同此。

又，一卷。清道光王敬之刊本，依張綖本而不分卷。附《補遺》多偽作。

淮海後集長短句　三卷。明萬曆四十六年（一六一八）仁和李之藻刻高郵《全集》本，薈萃明刊諸本。明段斐君武林本出於此，清康熙二十八年（一六八九）余恭高郵《全集》本亦用李本而去其附卷，乾隆三十二年（一七六七）何廷模覆刻康熙余本。同治秦元慶刊本與段本同。

少游詩餘　一卷。明崇禎年間毛鳳苞、王象晉合刻《秦張兩先生詩餘合璧》本。

淮海詩餘補遺　一卷。明鄧章漢輯。西諦藏書，今存北京圖書館。日本內閣文庫藏《淮海後集》三卷即鄧編本。

淮海詞箋注　王輝曾箋注。一九三四年北平文化學社印行。一九八五年六月北京中國書店據一九三四年版影印。

又，楊世明箋。一九八四年九月四川人民出版社出版。

秦黃詞　巴龍編。與《山谷詞》合一冊。一九三四年啟智書局印行。

又，何凝標點。與《山谷詞》合一冊。一九三四年新文化書社印行。

秦觀詞　張璋、黃畬校注評箋。一九八八年中州古籍出版社出版。

寶晉長短句　一卷。宋米芾撰。星鳳閣抄《寶晉英光集》本。

又，一卷，附校勘記一卷。朱祖謀校記。《彊村叢書》本。

李景元詞　一卷。宋李甲撰。《校輯宋金元人詞》本。

聊復集　一卷。宋趙令時撰。《校輯宋金元人詞》本。

東山詞　一卷。宋賀鑄撰。清侯文燦輯《十名家詞》本，有粟香室覆刻本。

又，一卷。《宋元名家詞》毛斧季校本。

又，殘一卷（卷上）。《景刊宋金元明本詞》本。

又，殘一卷（卷上），附校勘記一卷。朱祖謀校記。《彊村叢書》本。

又，二卷。趙輯寧抄校本。北京圖書館藏。

東山樂府　一卷。林大椿校。一九二八年上海商務印書館排印本。

東山寓聲樂府　一卷，補抄一卷。《四印齋所刻詞》本。

又，三卷，補遺一卷。清道光間王惠庵匯輯本。

又，三卷，補遺一卷。繆荃蓀校。繆氏藝風堂抄《宋金元明人詞》十七種本。

賀方回詞　二卷，附校記一卷。朱祖謀校記。《彊村叢書》本。

東山詞補　一卷。附校記一卷。朱祖謀校。《彊村叢書》本。

東山詞　鍾振振校注。《宋詞別集叢刊》本，一九八九年上海古籍出版社出版。

寶月集　宋僧揮（仲殊）撰。《校輯宋金元人詞》本。《唐五代宋遼金元名家詞集》本。

琴趣外篇　六卷。宋晁補之撰。《宋六十名家詞》本、吳氏石蓮庵《山左人詞》本。

晁無咎詞　六卷。《四庫全書》本。

晁氏琴趣外篇　六卷。《景刊宋金元明本詞》本。

又，六卷。林大椿輯。一九三〇年上海商務印書館景宋本。

又，龍榆生校點。與張耒《柯山詞》合一冊。一九五七年八月中華書局

《蘇門四學士詞》本。

又，劉乃昌、楊慶存校注。與《晁叔用詞》合為一冊。《宋詞別集叢刊》本，一九九一年上海古籍出版社出版。

晁補之詞編年箋注 喬力校注。一九九二年齊魯書社出版。

柯山詩餘 一卷。宋張耒撰。《校輯宋金元人詞》本。

柯山詞 一卷。龍榆生校點。與《晁氏琴趣外篇》合一冊。一九五八年八月中華書局《蘇門四學士詞》本。

又，二卷。《唐五代宋遼金名家詞集》本。

後山詞 一卷。宋陳師道撰。《宋六十名家詞》本。

又，一卷。明抄《宋二十家詞》本。

後山居士詞 一卷。《百家詞》本。

片玉詞 十卷。補鈔一卷。宋周邦彥撰。《百家詞》本。

又，二卷。補遺一卷。《宋六十名家詞》本。

又，二卷。補遺一卷。許增校。光緒十二年（一八八六）《西泠詞萃》本。

又，二卷。戈順卿校本。《宋七家詞選》本。

片玉集 十卷。《宋元名家詞》毛斧季校本。

又，十卷。拾遺一卷。清咸豐六年（一八五六）勞巽卿抄校本。

詳注周美成詞片玉集 十卷。宋陳元龍注。《景刊宋金元明本詞》本。

陳元龍集注片玉詞 十卷。朱祖謀校。《彊村叢書》本、《四部備要》本據此排印。

又，一卷。明抄《宋元明三十三家詞》本。

喬大壯手批周邦彥片玉集 喬大壯手批。一九八五年五月齊魯書社印行。

清真集 二卷。附集外詞一卷。清王鵬運據明隆慶盟鷗園主人抄元巾箱本仿刻。四印齋刻本。

又，二卷。補遺一卷。清鄭文焯校。一九〇〇年上海商務印書館排印本。

又，二卷。補遺一卷。校記一卷。林大椿校記。一九二八年上海商務印書館鉛印本。

又，二卷。補遺一卷。附參考資料。吳則虞校點。一九八一年四月中華書局《中國古典文學基本叢書》本。

清真詞 二卷。補遺一卷。附錄清真佚詩佚文及參考資料。蔣哲倫《周邦彥集》用鄭文焯校本編校。一九八三年三月江西人民出版社《百花洲文庫》本。

周邦彥詞錄 周之琦選。《心日齋十六家詞錄》本。

清真詞選箋釋 楊鐵夫箋釋。一九三二年楊氏排印本。

周美成詞選 饒谷亦編。一九三四年上海樂華圖書公司印行。

清真詞釋 俞平伯釋。一九八四年上海開明書店印行。

周邦彥詞選 劉斯奮選注。一九八四年二月廣東人民出版社據三聯書店香港分店版重印《中國歷代詩人選集》本。

清真詞選釋 汪紀澤選注。一九八四年十一月福建人民出版社出版。

周邦彥清真集箋 羅忼烈箋注。一九八五年香港三聯書店出版。

周邦彥選集 蔣哲倫選注。一九九九年河南大學出版社出版。

清真集校注 孫虹校注、薛瑞生訂補。二〇〇二年中華書局出版。

周姜詞 葉聖陶選注。與姜夔詞選合一冊。一九二九年上海商務印書館《學生國學叢書》本、一九三〇年《萬有文庫》本。

了齋詞 一卷。宋陳瓘撰。《校輯宋金元人詞》本。

月岩集 一卷。宋李廌撰。《唐五代宋遼金元名家詞集》本。

阮戶部詞 一卷。宋阮閱撰。《彊村叢書》本。

溪堂詞 一卷。宋謝逸撰。《宋六十名家詞》本。

又，一卷。明抄《宋二十家詞》本。

又，一卷。《宋元名家詞》毛斧季校本。

又，不分卷。《百家詞》本。

晁叔用詞 一卷。宋晁沖之撰。《校輯宋金元人詞》本。

又，一卷。劉乃昌、楊慶存校注。與《晁氏琴趣外篇》合為一冊。《宋詞別集叢刊》本，一九九一年上海古籍出版社出版。

後湖詞 一卷。宋蘇庠撰。《北宋三家詞》本。

東堂詞 一卷。宋毛滂撰。《百家詞》本、天一閣藏抄本。

又，一卷。《宋六十名家詞》本。明抄《宋二十家詞》本。

又，一卷。附校記一卷。朱祖謀校。《彊村叢書》本。

毛澤民詞 一卷。《校輯宋金元人詞》本。

竹友詞 一卷。宋謝薖撰。《彊村叢書》本。

又，一卷。《宋元名家詞》毛斧季校本。

又，一卷。清丁氏嘉惠堂抄《宋明十六家詞》本。

石門長短句 一卷。宋惠洪撰。周泳先輯本。

陽春集 一卷。宋米友仁撰。《叢書集成初編》本、《彊村叢書》本。

丹陽詞 一卷。宋葛勝仲撰。《宋六十名家詞》本、《宋元名家詞》毛斧季校本、《百家詞》本。

北湖詩餘 一卷。宋吳則禮撰。《彊村叢書》本。

趙子發詞 一卷。宋趙君舉撰。《校輯宋金元人詞》本。

初寮詞 一卷。宋王安中撰。《宋六十名家詞》本。

又，一卷。《景刊宋金元明本詞》本。

又，一卷。明抄《宋二十家詞》本。

又，一卷。《宋元名家詞》毛斧季校本。

又，一卷。清抄《宋金明人九家詞》本。

又，不分卷。《百家詞》本。

虛靖真君詞 一卷。宋張繼先撰。《彊村叢書》本。

又，一卷。明抄《宋元明三十三家詞》本。

又，一卷。清何元錫家抄《宋元明八家詞》本。

虛靖詞 一卷。《宋元名家詞》毛斧季校本。

石林詞 一卷。宋葉夢得撰。《宋六十名家詞》本。

又，一卷。《宋元名家詞》毛斧季校本。

又，不分卷。《百家詞》本。

又，二卷。清道光葉光復刻承恩堂本。

又，一卷，補遺一卷。清葉廷琯、戈順卿、潘功甫補校。道光十八年（一八三八）懋花盦重刻本。

又，一卷。光緒十四年（一八八八）汪氏刻《宋名家詞》本，朱祖謀校。

又，一卷。補遺一卷。清宣統葉德輝刊《石林遺書》本。

葉夢得詞 二卷。《湖州詞徵》本。

李莊簡詞 一卷。宋李光撰。《南宋四名臣詞集》本。

苕溪樂章 一卷。宋劉一止撰。《彊村叢書》據善本書室藏《苕溪集》刻印本、天一閣藏抄本。

苕溪詞 不分卷。《百家詞》本、《宋元名家詞》本、明抄《宋元明三十三家詞》本。

劉一止詞 一卷。《湖州詞徵》本。

浮溪詞 一卷。宋汪藻撰。《彊村叢書》本。

曹元寵詞 一卷。附校記一卷。宋曹組撰詞。易大廠校記。《北宋三家詞》本。

箕潁詞 一卷。《校輯宋金元人詞》本。

大聲集 一卷。宋万俟詠撰。《校輯宋金元人詞》本。

沈文伯詞 一卷。宋沈會宗撰。《校輯宋金元人詞》本。

芊嘔集 一卷。宋田為撰。《校輯宋金元人詞》本。

盧溪詞 一卷。宋王庭珪撰。《百家詞》本、《宋元名家詞》毛斧季校本。

赤城詞 一卷。宋陳克撰。《彊村叢書》據林無垢校補抄本刻印本。

又，一卷。一九一五年太平金氏刊《赤城遺書》本。

又，一卷。《校輯宋金元人詞》本。

樵歌 三卷。宋朱敦儒撰。《百家詞》本。

又，三卷。附校記一卷。朱祖謀據范白舫藏舊抄本校刻。《彊村叢書》本。

樵歌拾遺 一卷。清王鵬運據知聖道齋藏舊鈔本刻《宋元三十一家詞》本。

樵歌 三卷。章衣萍校點。一九二七年北新書店印行。

又，三卷。龍元亮校。一九五八年北京古籍刊行社印行。

又，三卷。附補遺、續補。鄧子勉校注。《宋詞別集叢刊》本，一九九八年上海古籍出版社出版。

樵歌注 沙靈娜注釋，陳振寰審訂。一九八五年貴州人民出版社出版。

竹坡詞 三卷。宋周紫芝撰。《宋六十名家詞》本、《宋元名家詞》毛斧季校本。

又，不分卷。《百家詞》本。

竹坡老人詞 三卷。天一閣藏本、明抄《宋元明三十三家詞》本。

宋徽宗詞 一卷。宋趙佶撰。《彊村叢書》本。

李忠定梁溪詞 一卷。宋李綱撰。《南宋四名臣詞集》四印齋刻本。

丞相李忠定公長短句 一卷。勞巽卿抄校《典雅詞》本、明抄《宋八家詞》本。

梁溪詞 一卷。清抄《宋元八家詞》本。清抄《汲古閣未刻詞·附鈔》本。

李祁詞 宋李祁撰。《全宋詞》據《樂府雅詞》輯。

華陽長短句 一卷。宋張綱撰。《彊村叢書》本。

又，一卷。朱祖謀校。清光緒十四年（一八八八）汪氏刻《宋名家詞》本。

華陽詞 一卷。清抄《宋元名人詞十六家》本。

漱玉詞　一卷。宋李清照撰。《宋六十名家詞》本、汲古閣刻《詩詞雜俎》本、《四庫全書》本、《叢書集成初編》本。

又，一卷。清吳重熹輯。清光緒二十七年（一九〇一）吳氏石蓮庵《山左人詞》本。

又，一卷。勞巽卿校本。

又，一卷。臨桂況氏石印本，與《斷腸詞》合刻。

又，一卷。楊文斌編《三李詞》本。八千卷樓藏書。

又，一卷，補遺一卷，附錄一卷。清俞正燮輯。清光緒十五年（一八八九）四印齋刊本。

又，一卷。《校輯宋金元人詞》本。

又，一卷。與朱淑貞《斷腸詞》合刊。廣益書局印行。

漱玉詞匯鈔　清道光間錢塘女子汪汾匯抄本。

漱玉集　五卷。李文裿輯。詩詞文合集。一九二七年《冷雪庵叢書》本，北京平明出版社印行。

李清照詞　陳禋永輯《宋二十四家詞選》本。

又，《詞學小叢書》本。

清照詞　張壽林編。一九三一年上海新月書局印行。

漱玉詞箋　一卷。補遺一卷。附錄一卷。況周頤箋注。一九一五年上海中華圖書館石印本。

漱玉集注　王延梯注。一九六三年四月山東人民出版社出版。一九八四年山東文藝出版社修訂本。

李清照集　王延梯、丁錫根等輯。合輯詩詞文及參考資料。一九六二年九月中華書局出版。

李清照集校注　王學初校注。一九七九年十月人民文學出版社出版。

重輯李清照集　黃墨谷編。一九八一年十一月齊魯書社出版。

李清照詩文選注　劉憶萱選注。其中詞選三十四首。一九八一年十月上海古籍出版社。

李清照詩詞評釋　藍天等注評。其中詞四十六首。一九八三年七月廣東人民出版社出版。

李清照詞賞析　鄭孟彤著。一九八四年九月黑龍江人民出版社出版。

李清照詩詞評注　侯健、呂智敏注。一九八五年八月山西人民出版社出版。

李清照全集評注　徐北海主編。《濟南名士叢書》本。一九九〇年濟南出版社出版。

李清照全集　劉瑜編。一九九八年山東友誼出版社出版。

李清照集　楊合林編注。一九九九年岳麓書社出版。

李清照全集　王步高、劉林輯校匯評。二〇〇二年珠海出版社出版。

李清照詩詞文選評　陳祖美撰。二〇一一年上海古籍出版社出版。

紫薇詞　一卷。宋呂本中撰。《校輯宋金元人詞》本。

紫薇詩餘　一卷。《唐五代宋遼金元名家詞集》本。

東萊詩詞集　宋呂本中撰。沈暉點校。一九九一年黃山書社出版。

得全居士詞　一卷。宋趙鼎撰。清汪日楨《又次齋詞編》本、《宋元名家詞》毛斧季校本、《叢書集成初編》本。

趙忠簡得全居士詞　一卷。《南宋四名臣詞集》本。

趙忠正公詞　一卷。清道光十一年（一八三一）會稽吳傑校刊《忠正德文集》本。

酒邊詞　二卷。宋向子諲撰。《宋六十名家詞》本、《四庫全書》本。

酒邊集　不分卷。《百家詞》本、明抄《宋元明三十三家詞》本、《宋元名家詞》毛斧季校本。

酒邊集　一卷（分江北舊詞、江南新詞）。《景刊宋金元明本詞》本、《四部備要》本。

又，一卷。陸敕先校本。北京圖書館藏。

龜溪長短句　一卷。宋沈與求撰。《彊村叢書》本。

沈與求詞　一卷。《湖州詞徵》本。

沈忠敏公長短句　一卷。一九一三年吳興劉氏嘉業堂刊《沈忠敏公龜溪集》本。

浩歌集　一卷。宋蔡柟撰。《校輯宋金元人詞》本。

鄱陽詞　一卷。宋洪皓撰。《彊村叢書》本。

又，一卷。吳伯宛校補本。

友古詞　一卷。宋蔡伸撰。《宋六十名家詞》本。

友古居士詞　不分卷。《百家詞》本、明抄《宋二十家詞》本、清毛斧季校清初抄本。

頤堂詞　一卷。宋王灼撰。《彊村叢書》本、《蜀十五家詞》本。

筠溪樂府　一卷。宋李彌遜撰。《四庫全書》本。清抄本，今藏南京圖書館。

筠溪詞 一卷。四印齋刻《宋元三十一家詞》本。

王周士詞 一卷。宋王以寧撰。《彊村叢書》本。

又，一卷。《宋元名家詞》毛斧季校本、明藍格抄本（今藏南京）、清初抄《宋元四家詞》本（今藏南京）、清丁氏嘉惠堂抄《宋明十六家詞》本、清阮元輯《宛委別藏》本、清抄《宋元名家詞鈔二十二種》本（今藏上海）。

無住詞 一卷。宋陳與義撰。《宋六十名家詞》本、《四庫全書》本。

又，一卷。聚珍版《簡齋集》本、《四部叢刊初編》本、《彊村叢書》用鮑淥飲校景宋抄胡仲孺箋《簡齋集》本。

簡齋詞 一卷。《宋元名家詞》毛斧季校本、明抄《宋名賢七家詞》本。

又，一卷。清蕭江聲抄本，與《南唐二主詞》、《陽春集》合一冊。

又，不分卷。《百家詞》本。

蘆川詞 一卷。宋張元幹撰。《宋六十名家詞》本、《四庫全書》本。

又，一卷。《宋元名家詞》毛斧季校本、明抄《宋二十家詞》本、明抄《宋元明三十三家詞》本。

又，不分卷。《百家詞》本。

又，二卷。《景刊宋金元明本詞》本。

又，二卷。一九一二年江陰繆氏覆宋刻本。

又，二卷。明影宋抄本，何焯、繆荃蓀跋、黄丕烈校、跋、題詩並倩人影宋抄補本。

蘆川歸來集蘆川詞 二卷。一九七八年九月上海古籍出版社據清乾隆五十年（一七八五）遠碧樓劉氏寫本排印。

蘆川詞 曹濟平校注。《宋詞別集叢刊》本。一九九一年上海古籍出版社出版。

栟櫚詞 一卷。宋鄧肅撰。四印齋彙刻《宋元三十一家詞》本。

栟櫚樂府 一卷。明正德《栟櫚文集》本、清道光年間文集本、《四庫全書》本。

簫臺公餘詞 一卷。宋姚述堯撰。《西泠詞萃》本。

又，一卷。附校記一卷。朱祖謀校。《彊村叢書》本。

又，一卷。清錢塘吳氏繡谷亭抄本。黄丕烈校，吳焯跋。上海圖書館藏。

又，一卷。清抄《宋金元明十六家詞》本，勞巽卿校，丁丙跋。

又，一卷。清光緒十四年（一八八八）汪氏刻《宋名家詞》本。朱祖謀校。

聖求詞 一卷。宋呂渭老撰。《宋六十名家詞》本、《四庫全書》本。

呂聖求詞 不分卷。《百家詞》本。

又，一卷。明抄《宋二十家詞》本，今藏南京圖書館。

又，一卷。清抄《宋人詞》本，與《竹山詞》合一冊，今藏天津圖書館。

又，一卷。清抄《宋元名家詞抄二十二種》本，今藏上海圖書館。

相山居士詞 一卷。宋王之道撰。《彊村叢書》本。

又，一卷。勞巽卿校抄本，與黄裳《演山詞》合一冊。

又，一卷。明抄《唐宋八家詞》本、《宋元名家詞》毛斧季校本、明抄《宋元明三十三家詞》本。

灊山詩餘 一卷。宋朱翌撰。《彊村叢書》本。

飄然先生詞 一卷。宋歐陽澈撰。《彊村叢書》本。

飄然詞 一卷。清抄《宋元名人詞十六家》本。

逃禪詞 一卷。宋楊無咎撰。《宋六十名家詞》本、《四庫全書》本。

又，一卷。明抄《宋二十家詞》本、《宋元明三十三家詞》本、《宋元名家詞》毛斧季校本。

又，不分卷。《百家詞》本。

松隱詞 三卷，補遺一卷。宋曹勛撰。朱祖謀補遺。《彊村叢書》本。

屏山詞 一卷。宋劉子翬撰。《彊村叢書》本。

澹菴長短句 一卷。宋胡銓撰。清抄《典雅詞十四種》本、清抄《汲古閣未刻詞．附鈔》本、清蔣光煦輯《別下齋叢書》本、《叢書集成初編》本、清抄《又次齋詞編十種》本。

胡忠簡澹菴長短句 一卷。《南宋四名臣詞集》本。

澹菴詞 一卷。明汲古閣抄《宋五家詞》本，丁丙跋。

岳武穆詞 宋岳飛撰。清同治六年（一八六七）友於堂重刊《岳忠武王集》第八冊。

沖虛詞 一卷。宋孫道絢撰。《唐五代宋遼金元名家詞集》本、《校輯宋金元人詞》本。

鄮峰真隱大曲 二卷。詞曲二卷。附校記一卷。宋史浩撰。朱祖謀校記。《彊村叢書》本。

浮山詩餘 一卷。宋仲并撰。《彊村叢書》本。

東溪詞 一卷。宋高登撰。四印齋彙刻《宋元三十一家詞》本。

又，一卷。明汲古閣抄《宋五家詞》本。
又，一卷。清抄《宋元名人詞十六種》本。
方舟詩餘 一卷。宋李石撰。《彊村叢書》本、《蜀十五家詞》本。
順庵樂府 一卷。宋康與之撰。《唐五代宋遼金元名家詞集》本、《校輯宋金元人詞》本。
海野詞 一卷。宋曾覿撰。《宋六十名家詞》本、《四庫全書》本。
知稼翁詞 一卷。宋黃公度撰。《宋六十名家詞》本。
又，一卷。清抄《宋金明人九家詞》本。
又，一卷。《宋元名家詞》毛斧季校本。
又，一卷。《四庫全書》本。
又，一卷。清抄《典雅詞十四種》本。
知稼翁詞集 不分卷。《百家詞》本。
綺川詞 一卷。宋倪偁撰。四印齋彙刻《宋元三十一家詞》本。
又，一卷。清知不足齋抄《唐宋八家詞》本。
又，一卷。清抄《宋金元明十六家詞》本。
倪偁詞 一卷。《湖州詞徵》本。
漢濱詩餘 一卷。補遺一卷。宋王之望撰。《彊村叢書》本。
歸愚詞 一卷。宋葛立方撰。《宋六十名家詞》本。
又，一卷。《常州先哲遺書·歸愚集》本。
又，一卷。《宋元名家詞》毛斧季校本。
又，一卷。《四庫全書》本。
葛立方詞 一卷。《湖州詞徵》本。
梅溪詩餘 宋王十朋撰。《唐宋金元詞鉤沈》本。
雲莊詞 一卷。宋曾協撰。《彊村叢書》本。
樵隱詞 一卷。宋毛幵撰。《宋六十名家詞》本。
樵隱詩餘 不分卷。《百家詞》本。
又，一卷。明抄《宋五家詞》本。
又，一卷。《宋元名家詞》毛斧季校本。
又，一卷。明抄《宋明九家詞》本，今藏南京圖書館。
又，一卷。《四庫全書》本。
毛幵詞 一卷。《唐五代宋遼金元名家詞集》本。
盤洲樂章 三卷。附校記一卷。宋洪适撰詞。朱祖謀校記。《彊村叢書》本。
南澗詩餘 一卷。宋韓元吉撰。《彊村叢書》本。
斷腸詞 一卷。宋朱淑真（一作貞）撰。光緒十五年（一八八九）臨桂況氏石印本，與《漱玉詞》合一冊。
又，一卷。《宋元名家詞》毛斧季校本。
又，一卷。清抄《宋元名人詞十六家》本。
又，一卷。《叢書集成》影印本。
又，一卷。《四庫全書》本。
幽棲居士詞 一卷。四印齋刻本。
斷腸詩詞 三卷。《詩詞雜俎》本、《西泠詞萃》本。
箋注斷腸詩詞 鄭元佐注。清光緒中《武林往哲遺著》本。
斷腸詩詞 朱太忙校。一九三六年廣益書局排印本。
又，長春古籍書店印行。
朱淑真集注斷腸詞 一卷。冀勤輯校，用鄭元佐注本。一九八五年一月浙江古籍出版社出版。
朱淑真集 張璋、黃畬校注。一九八六年上海古籍出版社出版。
蓮社詞 一卷。宋張掄撰。《典雅詞》本。
又，一卷。清何元錫抄校《十家詞鈔》本。
又，一卷。清勞巽卿抄校《宋元明六家詞》本。
又，一卷。清丁氏嘉惠堂抄《宋明十六家詞》本。
又，一卷。清抄《宋詞六種》本，今藏上海圖書館。
又，一卷。補遺一卷。《彊村叢書》本。
嬾窟詞 一卷。宋侯寘撰。《宋六十名家詞》本。
又，一卷。清吳重熹輯石蓮庵《山左人詞》本。
又，一卷。《宋元名家詞》毛斧季校本。
又，一卷。明抄《宋元明三十三家詞》本。
又，一卷。清抄《典雅詞十四種》本。
又，一卷。《四庫全書》本。
介庵詞 一卷。宋趙彥端撰。《宋六十名家詞》本。
又，一卷。明抄《宋元明三十三家詞》本。
介庵趙寶文雅詞 四卷。《百家詞》本。
介庵琴趣外篇 六卷，補一卷。附校記一卷。朱祖謀補遺並校記。《彊村叢書》本。

審齋詞　一卷。宋王千秋撰。《宋六十名家詞》本。
又，一卷。清吳氏石蓮庵《山左人詞》本。
又，一卷。《宋元名家詞》毛斧季校本。
又，一卷。《四庫全書》本。

瀟齋詞　一卷。宋李流謙撰。《彊村叢書》本、《蜀十五家詞》本。

澹軒詞　一卷。宋李呂撰。《彊村叢書》本。

洪邁詞　《全宋詞》本。

袁宣卿詞　一卷。宋袁去華撰。四印齋彙刻《宋元三十一家詞》本。
又，一卷。《典雅詞》本。
又，一卷。清抄《宋六家詞》本。
又，一卷。別下齋抄《宋九家詞》本。
又，一卷。清抄《宋八家詞》本。
又，一卷。清萬卷樓抄《宋五家詞》本。
又，一卷。清光緒十四年（一八八八）汪氏刻《宋名家詞》本。

梅詞　一卷。宋朱雍撰。四印齋彙刻《宋元三十一家詞》本。
又，一卷。清抄《宋元八家詞》本。
又，一卷。《宋元明六家詞》鈔本。
又，一卷。《宋元名人詞十六家》本。
又，一卷。清抄《汲古閣未刻詞》本。

樂齋詞　一卷。宋向滈撰。清江標輯《宋元名家詞十五種》本。
又，一卷。清董氏誦芬室抄《南詞》十三種本。
又，一卷。《典雅詞》本。
又，一卷。清知不足齋抄《唐宋八家詞》本。
又，一卷。《宋元名家詞》毛斧季校本。
又，一卷。清抄《宋金元明十六家詞》本。
又，一卷。清抄《宋元名人詞十六種》本。
又，一卷。華綱編《唐宋詞》本。
又，一卷。明抄《宋名賢七家詞》本。
又，一卷。《百家詞》本。
又，一卷。《彊村叢書》稿本。

文簡公詞　一卷。宋程大昌撰。《彊村叢書》本。
又，一卷。《典雅詞》本。
又，一卷。清別下齋抄《宋九家詞》本。
又，一卷。清《宋八家詞》抄本。
又，一卷。清抄《宋詞六種》本。

燕喜詞　一卷。宋曹冠撰。四印齋彙刻《宋元三十一家詞》本、《續金華叢書》本、《叢書集成初編》本。
又，一卷。《典雅詞》本。
又，一卷。清抄《宋六家詞》本。
又，一卷。清抄《宋八家詞》本。
又，一卷。清萬卷樓抄《宋五家詞》本。

信齋詞　一卷。宋葛郯撰。《常州先哲遺書》本。
又，不分卷。《百家詞》本。
又，一卷。清江標輯《宋元名家詞十五種》本。
又，一卷。《南詞》十三種本。
又，一卷。《宋元名家詞》毛斧季校本。
又，一卷。明抄《宋名賢七家詞》本。
又，一卷。清侯文燦輯《十名家詞》本。

葛郯詞　一卷。《湖州詞徵》本。

養拙堂詞　一卷。宋管鑑撰。清江標輯《宋元名家詞十五種》本。
又，一卷。清勞巽卿抄《宋金元明十六家詞》本。
又，一卷。清抄《宋元名家詞鈔二十二種》本。
又，一卷。四印齋彙刻《宋元三十一家詞》本。
又，不分卷。《百家詞》本。

竹洲詞　一卷。宋吳儆撰。清江標輯《宋元名家詞十五種》本。
又，一卷。清侯文燦輯《十名家詞》本。
又，一卷。《南詞》十三種本。
又，一卷。明抄《宋名賢七家詞》本。
又，一卷。《宋元名家詞》毛斧季校本。
又，一卷。清抄《宋名人詞十六家》本。
又，一卷。清何元錫抄校《十家詞鈔》本。
又，一卷。明刊《吳文肅公文集》本。
又，不分卷。《百家詞》本。

放翁詞　一卷。宋陸游撰。《宋六十名家詞》本、《百家詞》本、《四庫全書》本。
渭南文集詞　二卷。《景刊宋元明本詞四十種》本。
渭南詞　二卷。《宋元名家詞》毛斧季校本。
放翁詞編年箋注　夏承燾、吳熊和箋注。一九八一年十月上海古籍出版社《中國古典文學叢書》本。
陸放翁詩詞選　疾風選注。一九五八年四月浙江人民出版社出版，一九八二年二月重印本。
陸游詩詞選析　蘇州市教師進修學院編。一九八〇年十一月江蘇人民出版社出版。
陸游詞新釋輯評　王雙啟注釋。二〇〇三年中國書店出版。
陸游選集　朱東潤選注。選詞二十餘首。一九六二年十二月上海中華書局印行。
梅山詞　一卷。宋姜特立撰。四印齋彙刻《宋元三十一家詞》本。
近體樂府　一卷。宋周必大撰。《宋六十名家詞》本。
又，一卷。清何元錫抄校《十家詞鈔》本。
平園近體樂府　一卷。《彊村叢書》本。
石湖詞　一卷。補遺一卷。宋范成大撰。清王鵬運校。《知不足齋叢書》本。
又，一卷。補遺一卷。校記二卷（王鵬運一校，朱祖謀二校）。《彊村叢書》本、《四部備要》排印本。
又，不分卷。《景汲古閣抄宋金詞七種》本、《百家詞》本。
又，一卷。清何元錫抄校《十家詞鈔》本。
石湖詞校注　黃畬校注。一九八八年齊魯書社出版。
拙庵詞　一卷。宋趙磻老撰。四印齋彙刻《宋元三十一家詞》本。
又，一卷。清吳氏石蓮庵《山左人詞》本。
又，一卷。《典雅詞》本。
又，一卷。明抄《宋八家詞》本。
又，一卷。明汲古閣抄《宋五家詞》本。
又，一卷。清抄《宋六家詞》本。
又，一卷。清萬卷樓抄《宋五家詞》本。
雪山詞　一卷。宋王質撰。《彊村叢書》本、《叢書集成初編》本。
靜寄居士樂章　一卷。宋謝懋撰。《唐五代宋遼金元名家詞集》本、《校輯宋金元人詞》本。
竹齋詞　一卷。宋沈瀛撰。《彊村叢書》本。
又，一卷。清董氏誦芬室抄《南詞》十三種本。
又，一卷。《宋元名家詞》毛斧季校本。
又，一卷。明抄《宋名賢七家詞》本。
又，一卷。清抄《宋明十六家詞》本。
又，一卷。清抄《宋元明八家詞》本。
又，不分卷。《百家詞》本。
沈瀛詞　一卷。《湖州詞徵》本。
誠齋樂府　一卷。宋楊萬里撰。《彊村叢書》本。
蘉庵詩餘　一卷。宋李洪撰。《彊村叢書》本。
李洪詞　一卷。趙萬里輯《校輯宋金元人詞・李氏花萼集》本。
晦庵詞　一卷。宋朱熹撰。《宋元名家詞十五種》本。
又，一卷。清抄《宋元名人詞十六種》本。
又，一卷。清抄《汲古閣未刻詞》本。
克齋詞　一卷。宋沈端節撰。《宋六十名家詞》本。
又，一卷。《百家詞》本。
又，一卷。《宋元名家詞》毛斧季校本。
又，一卷。清何元錫抄校《宋元明八家詞》本。
沈端節詞　一卷。《湖州詞徵》本。
于湖詞　三卷。宋張孝祥撰。《百家詞》本。
又，三卷。《宋六十名家詞》本。
于湖居士樂府　四卷。《景刊宋元明本詞》本。
于湖先生長短句　五卷。《宋元名家詞》毛斧季校本、《景刊宋金元明本詞》本。
江湖長翁詞　一卷。宋陳造撰。《校輯宋金元人詞》本。
晦庵詞　一卷。宋李處全撰。四印齋彙刻《宋元三十一家詞》本。
又，一卷。明抄《宋元明三十三家詞》本。
又，一卷。《百家詞》本。
又，一卷。明藍格抄本。
文定公詞　一卷。宋丘崈撰。四印齋彙刻《宋元三十三家詞》本。

又，一卷。清抄《宋元八家詞》本。

又，一卷。清抄《宋金元明十六家詞》本。

丘文定公詞 一卷。《彊村叢書》本。

渭川居士詞 一卷。宋呂勝己撰。《景汲古閣鈔宋金詞七種》本。

又，一卷。清周綸渙、王振聲校跋明抄本。

又，一卷。清抄《宋金明人九家詞》本。

又，一卷。清抄《宋金元明十六家詞》本。

又，一卷。附校記一卷。朱祖謀校。《彊村叢書》本。

惜香樂府 十卷。宋趙長卿撰。《宋六十名家詞》本、《四庫全書》本。

省齋詩餘 一卷。宋廖行之撰。《彊村叢書》本。

又，一卷。清董氏誦芬室抄《南詞》十三種本。

又，一卷。《宋元名家詞》毛斧季校本。

又，一卷。清抄《宋元名家詞鈔二十二種》本。

又，一卷。清抄《宋金元明十六家詞》本。

又，一卷。清丁氏嘉惠堂抄《宋明十六家詞》本。

又，不分卷。《百家詞》本。

松坡居士詞 一卷。宋京鏜撰。《百家詞》本。

又，一卷。清別下齋抄《宋九家詞》本。

松坡詞 一卷。附校記一卷。朱祖謀校。《彊村叢書》本。

又，一卷。清董氏誦芬室抄《南詞》十三種本。

又，一卷。明抄《宋元明三十三家詞》本。

又，一卷。清抄《宋詞六種》本。

雙溪詩餘 一卷。宋王炎撰。四印齋彙刻《宋元三十一家詞》本。

雙溪詞 一卷。清抄《宋金元明十六家詞》本。

又，一卷。清汪氏又次齋抄《宋元十家詞》本。

客亭樂府 一卷。宋楊冠卿撰。《彊村叢書》本。

又，一卷。《湖北先哲遺書》本。

稼軒詞 四卷。宋辛棄疾撰。《宋六十名家詞》本、《四庫全書》本。

又，四卷。補遺一卷。清辛啟泰補遺。清嘉慶十六年（一八一一）辛氏編刊《稼軒集》本。

又，甲、乙、丙、丁集各一卷。《百家詞》本、《景刊宋金元明本詞四十種》本、清初毛氏汲古閣影宋抄本。

又，丙集一卷。《宋元名家詞》毛斧季校本。

又，丁集一卷。《校輯宋金元人詞》本。

又，八卷。清厲樊榭手抄本。郎園藏書。

又，十二卷。吳氏石蓮庵《山左人詞》本。

又，十二卷。補遺一卷。續補遺一卷。附校記一卷。辛啟泰補遺。朱祖謀續補並校記。《四部備要．宋別集》本。

又，十二卷。一九七四年上海書畫社出版。

稼軒長短句 十二卷。元大德廣信書院刊本。

又，十二卷。光緒十四年（一八八八）四印齋刻元廣信本。一九七五年上海人民出版社陳允吉校點本、一九七七年訂正重印本據此。

又，十二卷。明李濂批點本。明嘉靖十五年（一五三六）王詔開封刊本。有明萬曆覆刻本。

又，十二卷。明小草齋影寫元廣信本，陶氏涉園《景刊宋元明本詞》本。

稼軒詞疏證 六卷。清梁啟超、梁啟勛疏證。一九二九年曼殊室刊本，一九八〇年北京中國書店影印本。

稼軒詞編年箋注 八卷。鄧廣銘箋注。一九五七年上海古典文學出版社出版，一九六二年十月中華書局新一版，一九七八年一月上海古籍出版社新一版。

辛棄疾詞 一卷。《詞學小叢書》本。

辛棄疾的詞 胡雲翼編。一九三〇年上海亞細亞書局出版。

辛棄疾詞文選注 《辛棄疾詞文選》編寫組編。一九七七年上海人民出版社出版。

辛棄疾詞選 《辛棄疾詞選》編寫組編選。一九七九年五月中華書局出版。

辛棄疾詞選讀 張碧波選。一九七九年十一月黑龍江人民出版社出版。

稼軒詞選注 薛祥生選注。一九八〇年九月齊魯書社出版。

稼軒詞百首譯析 劉揚忠著。一九八三年十一月花山文藝出版社出版。

辛棄疾詞選 劉斯奮選注。一九八四年二月廣東人民出版社據三聯書店香港分店原膠片重印《中國歷代詩人選集》本。

辛棄疾詞選注 馬群選注。一九八四年六月上海古籍出版社《中國古典文學作品選讀》本。

辛棄疾詞選集 吳則虞選注。一九九三年上海古籍出版社出版。

增訂注釋辛棄詞　朱德才主編。一九九九年文化藝術出版社出版。

辛棄疾詞選　王延悌選注。一九九九年山東大學出版社出版。

辛棄疾詞選　朱德才選注。二〇〇二年人民文學出版社出版。

應齋詞　一卷。宋趙善括撰。《彊村叢書》本。

書舟詞　一卷。宋程垓撰。《宋六十名家詞》本。

又，不分卷。《百家詞》本。

又，一卷。明抄《宋二十家詞》本。

又，一卷。《四庫全書》本。

可軒曲林　一卷。宋黃人傑撰。《校輯宋金元人詞》本。

定齋詩餘　一卷。宋蔡戡撰。《彊村叢書》本。

和石湖詞　一卷。宋陳三聘撰。《景汲古閣鈔宋金詞七種》本。

又，一卷。《叢書集成初編》本。

又，一卷。附校記。朱祖謀校。《彊村叢書》本。

又，一卷。《知不足齋叢書》本。

又，一卷。清抄《宋金元明人九家詞》本。

又，一卷。清何元錫抄校《十家詞鈔》本。

又，不分卷。《百家詞》本。

金谷遺音　一卷。宋石孝友撰。《宋六十名家詞》本。

又，一卷。明抄《宋元明三十三家詞》本。

又，一卷。《宋元名家詞》毛斧季校本。

金谷詞　不分卷。《百家詞》本。

東浦詞　一卷。宋韓玉撰。《百家詞》本。

又，一卷。明抄《宋二十家詞》本。

又，一卷。《宋元名家詞》毛斧季校本。

又，一卷。清抄《宋金明人九家詞》本。

又，一卷。《四庫全書》本。

又，一卷。民國陶湘輯《景汲古閣鈔宋金詞七種》本。

默齋詞　一卷。宋游九言撰。《彊村叢書》本。

又，一卷。《默齋遺稿》本，有《四庫全書·默齋遺稿》本、民國李之鼎輯刻《宋人集·默齋遺稿》本。

鶴林詞　一卷。宋劉光祖撰。《唐五代宋遼金元名家詞集》本、《校輯宋金元人詞》本。

古洲詞　一卷。宋馬子嚴撰。《唐五代宋遼金元名家詞集》本、《校輯宋金元人詞》本。

坦庵詞　一卷。宋趙師俠撰。《宋六十名家詞》本、《四庫全書》本。

坦庵長短句　一卷。《宋元名家詞》毛斧季校本。

又，一卷。明抄《宋元明三十三家詞》本。

龍川詞　一卷。補一卷。宋陳亮撰。《宋六十名家詞》本、《續金華叢書》本。

龍川詞　不分卷。《百家詞》本。

又，一卷。明抄《宋五家詞》本。

又，一卷。《宋元名家詞》毛斧季校本。

龍川詞補　一卷。四印齋彙刻《宋元三十一家詞》本。

龍川詞校箋　宋陳亮撰。夏承燾校箋。牟家寬注。一九六一年十一月中華書局出版，一九八二年四月上海古籍出版社修訂版。

陳亮龍川詞箋注　宋陳亮撰。姜書閣箋注。一九八〇年九月人民文學出版社出版。

西樵語業　一卷。宋楊炎正撰。《宋六十名家詞》本、明抄《宋五家詞》本、《宋元名家詞》毛斧季校本、《百家詞》本、《四庫全書》本。

玉照堂詞鈔　一卷。宋張鎡撰。黃蕘圃據鮑氏知不足齋所刻吳氏繡谷亭鈔本校。上海圖書館藏。

又，一卷。清海寧陳氏抄《宋人小集四十二種》本，今藏北京大學。

又，一卷。清抄《宋四十名家小集》本，今藏北京國家圖書館。

南湖詩餘　一卷。校記一卷。朱祖謀校。《彊村叢書》本。

烘堂詞　一卷。宋盧炳撰。《宋六十名家詞》本。《百家詞》本。

又，一卷。《宋元名家詞》毛斧季校本。

又，一卷。明抄《宋二十家詞》本。

又，一卷。清抄《宋元名家詞鈔二十二種》本。

龍洲詞　一卷。宋劉過撰。《宋六十名家詞》本。

又，一卷。明正統年間沈愚刻本。天一閣藏書。

又，一卷。附《懷賢錄》一卷。羅振常校。一九一三年蟫隱廬據沈愚刻本增補。

又，二卷。《百家詞》本。

又，二卷。明抄《宋五家詞》本。

又，二卷。補遺一卷。附校記一卷。朱祖謀補遺並校記。《彊村叢書》本。

龍洲集龍洲詞　一九七八年九月上海古籍出版社出版。

龍洲詞校箋　馬興榮校箋。一九九九年江西人民出版社出版。

白石詞　一卷。宋姜夔撰。《宋六十名家詞》本。

白石先生詞　一卷。明抄《宋二十家詞》本。

又，一卷。明抄《宋元明三十三家詞》本。

白石道人歌曲　三卷。別集一卷。四印齋光緒十四年（一八八八）刻《雙白詞》本、清蔣鳳藻跋清抄本。

又，四卷。別集一卷。清乾隆八年（一七四三）江都陸氏刊《白石道人四種》本、《四部叢刊．白石道人詩集》附、《四部備要》本、《叢書集成初編》本、《知不足齋叢書》本、《榆園叢書》本、《四庫全書》本。

又，六卷。別集一卷。清乾隆十四年（一七四九）華亭張奕樞景刊宋嘉泰雲間本。

又，六卷。別集一卷。朱祖謀校。《彊村叢書》用江炳炎舊抄本校刻。

又，六卷。補遺一卷。清宣統二年（一九一〇）沈遜齋刊《事林廣記》本。

又，六卷。清鄭文焯校。嘉業堂藏書。

白石道人詞　五卷。靈鶼閣舊藏乾隆寫本。

白石道人詞疏證　清陳思撰。《遼海叢書》本。

白石道人詞箋評　八卷。陳柱箋評。一九二九年上海商務印書館印行。

白石詞鈔　一卷。清吳淳還編。清康熙精刊本。

又，一卷。武塘俞蘭刻本。

白石詞選　一卷。題陳元龍編。《宋元名家詞》毛校本。

姜白石詩詞全集　七卷。清乾隆八年（一七四三）隨月讀書樓本。

姜白石詞編年箋校　夏承燾箋校。附輯傳、輯評等多種參考資料。一九五八年中華書局（滬）出版，一九八一年十月上海古籍出版社《中國古典文學叢書》本。

白石詩詞集　夏承燾輯。一九五九年一月人民文學出版社出版。

姜白石詞校注　夏承燾校，吳無聞注釋。一九八三年十一月廣東人民出版社出版。

姜白石詩詞　杜子莊選注。一九八四年一月江西人民出版社出版。

姜夔詩詞選注　劉乃昌選注。一九八三年十二月上海古籍出版社《中國古典文學作品選讀》本。

姜夔詞新釋輯評　劉乃昌編注。二〇〇一年中國書店出版。

姜夔張炎詞選　劉斯奮選注。一九八四年二月廣東人民出版社據三聯書店香港分店原膠片複印出版《中國歷代詩人選集》本。

周姜詞　葉聖陶選注。與周邦彥詞選合一冊。一九二九年上海商務印書館《學生國學叢書》本，一九三〇年《萬有文庫》本。

方壺詩餘　二卷。宋汪莘撰。《彊村叢書》本。

方壺詞　三卷。清抄《汪氏二家詞》本，今藏南京圖書館。

又，三卷。《彊村叢書》稿本，今藏上海圖書館。

方壺存稿　附詞。明汪璨等刻本、清抄本、清雍正九年（一七三一）汪棟刻本、《四庫全書》本。

招山樂章　一卷。宋劉仙倫撰。《校輯宋金元人詞》本。

笑笑詞　一卷。宋郭應祥撰。《彊村叢書》本。

又，一卷。《宋元名家詞》毛斧季校本。

又，一卷。明抄《宋元明三十三家詞》本。

又，不分卷。《百家詞》本。

澗泉詞　一卷。宋韓淲撰。《宋元名家詞》抄本。

澗泉詩餘　一卷。附校記一卷。朱祖謀校。《彊村叢書》本。

又，一卷。清丁申校補明抄本，今藏南京圖書館。

澗泉集　附詞。《四庫全書》本、清乾隆翰林院抄本。

橘山樂府　一卷。宋李廷忠撰。《校輯宋金元人詞》本。

康範詩餘　一卷。宋汪晫撰。《彊村叢書》本。

順受老人詞　一卷。宋吳禮之撰。《校輯宋金元人詞》本。

洺水詞　一卷。宋程珌撰。《宋六十名家詞》本。

又，一卷。明嘉靖三十五年（一五五六）《洺水集》本。

松窗詞　一卷。宋鄭域撰。《校輯宋金元人詞》本。

石屏詞　一卷。宋戴復古撰。《宋六十名家詞》本。

又，一卷。明抄《宋五家詞》本。

又，一卷。《宋元名家詞》毛斧季校本。

又，不分卷。《百家詞》本。

石屏長短句　一卷。《景刊宋金元明本詞》本。

又，一卷。《四部叢刊續編》印弘治本。

徐清正公詞 一卷。宋徐鹿卿撰。《彊村叢書》本。
篔窗詞 一卷。宋陳耆卿撰。《彊村叢書》本。
梅溪詞 一卷。宋史達祖撰。《宋六十名家詞》本。
又，一卷。《宋元名家詞》毛斧季校本。
又，一卷。周叔弢校並跋。清抄本。
又，不分卷。《百家詞》本。
又，一卷。周稚圭、戈順卿校。清光緒十四年（一八八八）四印齋刊本。
又，一卷。《四印齋所刻詞》本。
又，一卷。《四庫全書》本。
又，不分卷。雷履平、羅焕章校點。一九八八年上海古籍出版社出版。
梅溪詞校注 王步高校注。一九九四年天津人民出版社出版。
竹屋痴語 一卷。宋高觀國撰。《宋六十名家詞》本。
又，不分卷。《百家詞》本。
又，一卷。《宋元名家詞》毛斧季校本。
又，一卷。清抄《宋金明人九家詞》本。
又，一卷。《四庫全書》本。
又，一卷。《彊村叢書》本。
鶴山先生長短句 三卷。宋魏了翁撰。《景刊宋金元明本詞》本。
鶴山長短句 一卷。清抄本，勞巽卿校並跋，朱祖謀、吳昌綬補跋。
鶴山詞 不分卷。《宋元名家詞》毛校本。
蠙洲詞 一卷。宋李從周撰。《唐五代宋遼金元名家詞集》本、《校輯宋金元人詞》本。
蒲江詞 一卷。宋盧祖皋撰。《蜀十五家詞》本。
又，一卷。《永嘉詩人祠堂叢刻》本。
又，一卷。《宋六十名家詞》本。
蒲江居士詞 不分卷。《百家詞》本。
蒲江詞稿 一卷。附校記一卷。朱祖謀校記。《彊村叢書》本。
方是閒居士小稿 一卷。宋劉學箕撰。《景刊宋金元明本詞》本。
方是閒居士詞 一卷。《彊村叢書》本。
風雅遺音 一卷。宋林正大撰。《十名家詞》本。
又，二卷。《宋元名家詞十五種》本。
又，二卷。黃蕘圃舊藏明刊本。
又，二卷。清抄《汲古閣未刻詞》本。
又，二卷。翁同書校跋清抄本。
拙軒詞 一卷。宋張侃撰。《校輯宋金元人詞》本。
平齋詞 一卷。宋洪咨夔撰。《宋六十名家詞》本。
又，一卷。《宋元名家詞》毛校本。
又，一卷。《四庫全書》本。
隨如百詠 一卷。宋劉鎮撰。《校輯宋金元人詞》本、《唐五代宋遼金元名家詞集》本。
蕭閒詞 一卷。宋韓疁撰。《校輯宋金元人詞》本。
花翁詞 一卷。宋孫惟信撰。《校輯宋金元人詞》本、《唐五代宋遼金元名家詞集》本。
和清真詞 一卷。宋方千里撰。《宋六十名家詞》本。
又，一卷。一九二八年上海商務印書館排印本（與楊澤民《和清真詞》合一冊）。
又，一卷。清咸豐七年（一八五七）勞權抄並跋本。
又，一卷。《四庫全書》本。
又，一卷。吳昌綬校清光緒十四年（一八八八）汪氏刻《宋名家詞》本。
鶴林詞 一卷。宋吳泳撰。《蜀十五家詞》本。
又，一卷。《彊村叢書》本。
岳珂詞 宋岳珂撰。《全宋詞》本。
臞軒詩餘 一卷。補遺一卷。附校記一卷。宋王邁撰詞。朱祖謀校記。《彊村叢書》本。
竹齋詩餘 一卷。宋黃機撰。《百家詞》本、《宋六十名家詞》本、《續金華叢書》本。
滄浪詞 一卷。宋嚴羽撰。《宋元名家詞》毛校本。
又，一卷。《宋名賢七家詞》本。
又，一卷。明抄《宋明九家詞》本。
又，一卷。明抄《宋元明三十三家詞》本。
又，一卷。清丁氏嘉惠堂抄《宋明十六家詞》本。
清江欸乃集 一卷。宋嚴仁撰。《四部叢刊》景明本《欸乃集·詞》。
東澤綺語債 一卷。宋張輯撰。《南詞十三種》本。
又，一卷。清丁氏嘉惠堂抄《宋明十六家詞》本。

又，一卷。《宋八家詞抄》本。
東澤綺語債 一卷。清江漁譜一卷。《彊村叢書》本、《典雅詞》本。
玉蟾先生詩餘 一卷。續一卷。宋葛長庚撰。《彊村叢書》本。
海瓊白真人詩餘 一卷。宋白玉蟾（葛長庚）撰。明正統間刊《白玉蟾集》卷六。
海瓊子詞 一卷。明抄本。
白玉蟾上清集詞 一卷。元刊本，《道藏》本同。
後村別調 一卷。宋劉克莊撰。《宋六十名家詞》本。
後村別調 一卷。補遺一卷。《晨風閣叢書》本。
後村居士集詩餘 二卷。《景刊宋金元明本詞》本。
後村詩餘 二卷。《百家詞》本。
後村先生長短句 五卷。補遺一卷。清康熙抄本。南京圖書館藏。
後村居士長短句 五卷。附校記一卷。朱祖謀校。《彊村叢書》本。
後村詩餘（二卷）**長短句**（二卷） 繆氏藝風堂抄《宋金元明人詞》十七種本。
後村別調補遺 一卷。王國維補遺。《海寧王忠愨公遺書》本。
後村詞箋注 錢仲聯箋注。一九八〇年七月上海古籍出版社出版。
劉克莊詞新釋輯評 歐陽代發、王兆鵬注釋輯評。二〇〇一年中國書店出版。
葵窗詞稿 一卷。宋周端臣撰。《校輯宋金元明人詞》本。
雙溪詞 一卷。宋馮取洽撰。《典雅詞》本。
又，一卷。別下齋抄《宋九家詞》本。
又，一卷。清抄《宋八家詞》本。
又，一卷。《又次齋十種詞編》本。
又，一卷。清抄《宋六家詞》本。
又，一卷。《彊村叢書》本。
虛齋樂府 一卷。宋趙以夫撰。清侯文燦輯《十名家詞》本。
又，一卷。清抄《宋元名家詞鈔二十二種》本。
又，一卷。清抄《汲古閣未刻詞》本。
又，一卷。清江標輯《宋元名家詞》本。
又，二卷。《景刊宋金元明本詞》本。
又，二卷。《宋元名家詞》毛斧季校本。
又，二卷。《四部叢刊三編》景宋鈔本。
芸窗詞 一卷。宋張榘撰。《宋六十名家詞》本。
漁樵笛譜 一卷。宋宋自遜撰。《校輯宋金元人詞》本。《唐五代宋遼金元名家詞集》本。
退庵詞 一卷，補一卷。宋吳淵撰。《彊村叢書》本。
吳淵詞 一卷。《湖州詞徵》本。
碎錦詞 一卷。宋李好古撰。四印齋彙刻《宋元三十一家詞》本。
又，一卷。《典雅詞》本。
又，一卷。明汲古閣抄《宋五家詞》本。
又，一卷。清抄《宋六家詞》本。
又，一卷。清萬卷樓抄《宋五家詞》本。
又，一卷。別下齋抄《宋九家詞》本。
又，一卷。《彊村叢書》稿本。
又，一卷。清抄《典雅詞十四種》本。
篁嵊詞 一卷。宋劉子寰撰。《校輯宋金元人詞》本。
又，一卷。《唐五代宋遼金元名家詞集》本。
蓬萊鼓吹 一卷。宋夏元鼎撰。《彊村叢書》本、《百家詞》本。
又，一卷。清抄《宋金元明十六家詞》勞巽卿校本，丁丙跋。
又，一卷。明抄《宋元明三十三家詞》本。
履齋先生詩餘 一卷，續集一卷。宋吳潛撰。《百家詞》本。
又，補遺一卷，別集二卷，附校記一卷。朱祖謀校記。《彊村叢書》本。
吳潛詞 三卷。《湖州詞徵》本。
矩山詞 一卷。宋徐經孫撰。《彊村叢書》本。
履齋先生詞 一卷。《南詞十三種》本。
履齋詩餘 不分卷。《宋元名家詞》抄本。
又，二卷。清丁氏嘉惠堂抄《宋元明十六家詞》本。
履齋詩餘續集 二卷。梅禹金編《履齋遺集》本。
又，詩餘一卷，續集一卷。明抄《宋元明三十三家詞》本。
可齋雜稿詞 四卷，續稿詞三卷。宋李曾伯撰。《景刊宋元明本詞》本。
可齋詞 六卷。明汲古閣抄《宋五家詞》本。
白雲小稿 一卷。宋趙崇嶓撰。《彊村叢書》本。
秋崖詞 一卷。宋方岳撰。四印齋彙刻《宋元三十一家詞》本。

秋崖先生小稿詞　四卷。《景刊宋元明本詞》本。

彝齋詩餘　一卷。宋趙孟堅撰。《彊村叢書》本。

梅屋詩餘　一卷。宋許棐撰。《景刊宋金元明本詞》本。

又，一卷。清抄《宋元明六家詞》本。

又，一卷。清抄《宋元名人詞十六種》本。

又，一卷。清初錢曾述古堂抄本，今藏常熟市圖書館。

又，一卷。清抄《汲古閣未刻詞》本，今藏上海圖書館。

又，一卷。清王鵬運《四印齋彙刻宋元三十一家詞》本。

梅屋詞　一卷。清抄《宋元八家詞》本。

文溪詞　一卷。宋李昴英撰。《宋六十名家詞》本。

又，一卷。《宋元名家詞》毛校本。

又，一卷。明抄《宋元明三十三家詞》本。

又，一卷。《百家詞》本。

夢窗甲乙丙丁稿　各一卷，絕筆一卷，補遺一卷。宋吳文英撰。《宋六十名家詞》本。

又，補遺一卷。續補遺一卷。《曼陀羅華閣叢書》本。

又，補遺一卷。清孫衣言校。

又，一卷。《蒙香室叢書》本。

夢窗詞集　一卷。民國二十二年（一九三三）龍沐勛輯《彊村遺書》本（朱祖謀四校本）。

夢窗詞集　一卷，補遺一卷，附小箋一卷。朱祖謀箋。《彊村叢書》本（朱祖謀三校本）、《四部備要·宋別集》本。

又，一卷。明萬曆二十六年（一五九八）張廷璋藏舊抄本。

夢窗甲乙丙丁稿　四卷，補遺一卷，文英新詞稿一卷，夢窗新稿附錄一卷。附夢窗詞校勘記一卷，夢窗詞集小箋一卷，夢窗詞校議二卷，補校夢窗新詞稿一卷。朱祖謀校，鄭文焯校議，張壽鏞補校。《四明叢書》本。

又，四卷，附補遺一卷。札記一卷。王鵬運札記。四印齋光緒二十五年（一八九九）王氏家塾刻本。

夢窗詞選箋釋　四卷。附補箋、事跡考。楊鐵夫箋釋。一九三六年無錫民生印書館印。

夢窗詞全集箋釋　楊鐵夫箋釋。一九三六年抱香室排印本。

夢窗詞萃　不分卷。明萬曆中太原張廷璋藏。一九八〇年江蘇廣陵古籍刊行社印行。

處靜詞　一卷。宋翁元龍撰。《校輯宋金元人詞》本。《唐五代宋遼金元名家詞集》本。

五峰詞　一卷。宋翁孟寅撰。《校輯宋金元人詞》本。

郢莊詞　一卷。宋万俟紹之撰。《校輯宋金元人詞》本。

紫岩詞　一卷。宋潘牥撰。《校輯宋金元人詞》本。《唐五代宋遼金元名家詞集》本。

空同詞　一卷。宋洪瑹撰。《宋六十名家詞》本。

又，一卷。《百家詞》本。

又，一卷。《宋元名家詞》毛校本。

又，一卷。清抄《宋金明人九家詞》本。

又，一卷。清同治十二年（一八七三）洪氏《晦木齋叢書》本。

又，一卷。民國陶湘輯《景汲古閣抄宋金詞七種》本。

章謙亨詞　一卷。宋章謙亨撰。《湖州詞徵》本。

秋聲詩餘　一卷。宋衛宗武撰。《彊村叢書》本。

碧澗詞　一卷。宋利登撰。《校輯宋金元人詞》本。《唐五代宋遼金元名家詞集》本。

散花菴詞　一卷。宋黃昇撰。《宋六十名家詞》本。

又，一卷。明萬曆翻宋刊本、《四部叢刊》影印附於《唐宋諸賢絕妙詞選》及《中興以來絕妙詞選》後。

又，一卷。《四庫全書》本。

玉林詞　不分卷。《百家詞》本。

又，一卷。《宋元名家詞》毛校本。

撫掌詞　一卷。宋歐良撰。《全宋詞》作無名氏撰。四印齋彙刻《宋元三十三家詞》本。

又，一卷。《典雅詞》本。

又，一卷。別下齋抄《宋九家詞》本。

又，一卷。清勞巽卿抄《宋金元明十六家詞》本。

又，一卷。《宋元名人詞十六種》本。

章華詞　一卷。宋闕名撰。四印齋彙刻《宋元三十一家詞》本。

又，一卷。明抄《宋名賢七家詞》本。

又，一卷。清抄《典雅詞十四種》本。
又，一卷。清抄《宋六家詞》本。
又，一卷。別下齋抄《宋九家詞》本。
和清真詞 一卷。宋楊澤民撰。《十名家詞》本。
又，一卷。《宋元名家詞十五種》本。
又，一卷。清趙氏小山堂抄本。藏北京圖書館。
又，一卷。清咸豐七年（一八五七）勞權抄校本。
又，一卷。清抄《汲古閣未刻詞》本。
又，一卷。民國間商務印書館排印林大椿編校本，與方千里《和清真詞》合為一冊。
秋堂詩餘 一卷。宋柴望撰。《彊村叢書》本。
張樞詞 一卷。宋張樞撰。附於《南湖詩餘》後。《彊村叢書》本。
則堂詩餘 一卷。宋家鉉翁撰。《彊村叢書》本。
本堂詞 一卷。宋陳著撰。《彊村叢書》本。
又，一卷。清丁氏嘉惠堂抄《宋明十六家詞》本。
梅淵詞 一卷。宋張矩撰。《校輯宋金元人詞》本。《唐五代宋遼金元名家詞集》本。
龜峰詞 一卷。宋陳經國（人傑）撰。四印齋彙刻《宋元三十一家詞》本。
又，一卷。《百家詞》本。
又，一卷。明抄《宋元明三十三家詞》本。
又，一卷。《宋元名家詞》毛校本。
又，一卷。清鮑氏知不足齋抄《唐宋八家詞》本。
又，一卷。清勞巽卿抄校《宋金元明十六家詞》本。
又，一卷。清萬卷樓抄《宋五家詞》本。
雪坡詞 一卷。宋姚勉撰。《宋元名家詞》十五種本。
又，一卷。清抄《宋元八家詞》本。
西麓詞 四卷。宋陳允平撰。《宋元人小詞》本。
日湖漁唱 一卷，補遺一卷，續補遺一卷。《詞學叢書》本、《叢書集成初編》本、《粵雅堂叢書》本。
又，一卷，附校記一卷。《西麓繼周集》一卷，附校記一卷。朱祖謀校。《彊村叢書》本。
西麓繼周集 一卷。《典雅詞》本。

又，一卷。別下齋抄《宋九家詞》本。
又，一卷。《景刊宋金元明本詞》本。
又，一卷。清咸豐七年（一八五七）勞權抄校本。
又，一卷。清宣統元年（一九〇九）吳氏雙照樓抄本。
又，一卷。林大椿校編。一九二九年上海商務印書館排印本。
陳允平詞 一卷。天一閣藏明抄本。
碧梧玩芳詩餘 一卷。宋馬廷鸞撰。《校輯宋金元人詞》本。
陵陽詞 一卷。宋牟巘撰。《蜀十五家詞》本。
又，一卷。《彊村叢書》本。
牟巘詞 一卷。《湖州詞徵》本。
潛齋詞 一卷。宋何夢桂撰。四印齋彙刻《宋元三十一家詞》本。
秋崖詞 一卷。宋奚淢撰。《校輯宋金元人詞》本。《唐五代宋遼金元名家詞集》本。
釣月詞 一卷。宋趙聞禮撰。《校輯宋金元人詞》本。
又，一卷。清抄《又次齋詞編》本。
又，一卷。《宋元名人詞十六家》本。
又，一卷。《唐五代宋遼金元名家詞集》本。
退齋詞 一卷。宋趙汝茪撰。《校輯宋金元人詞》本。《唐五代宋遼金元名家詞集》本。
在庵詞 一卷。宋譚宣子撰。《校輯宋金元人詞》本。《唐五代宋遼金元名家詞集》本。
須溪詞一卷 補遺一卷，附校記一卷。宋劉辰翁撰。朱祖謀校記。《彊村叢書》本。
又，一卷。《宋明十六家詞》本，清丁氏嘉惠堂抄。
又，三卷。附補遺。吳企明校注。《宋詞別集叢刊》本。一九九八年上海古籍出版社出版。
須溪集 附詞。《四庫全書》本、清乾隆四十六年（一七八一）抄本。
草窗詞 二卷，補遺二卷。宋周密撰。《知不足齋叢書》本、《叢書集成》本、《曼陀羅華閣叢書》本、吳氏石蓮庵《山左人詞》本。
又，四卷。朱祖謀校。光緒二十六年（一九〇〇）刊本。
又，二卷。一九三八年七月上海商務印書館《國學基本叢書》本。
又，二卷。清抄《宋元名家詞鈔二十二種》本。

草窗詞集 二卷，附錄一卷。《百家詞》本。
周密詞 一卷。《湖州詞徵》本。
蘋洲漁笛譜 二卷。《叢書集成初編》本、清阮元輯《宛委別藏》本、《知不足齋叢書》本。
又，二卷，集外詞一卷，附校記一卷。清江昱考證並輯集外詞，朱祖謀校記。《彊村叢書》本、《四部備要·宋別集》本。
又，一卷。《蒙香室叢書·宋七家詞選》本。
弁陽老人詞 一卷。清芷蘭之室抄本，今藏北京國家圖書館。
心泉詩餘 一卷。宋蒲壽宬撰。《彊村叢書》本。
文山樂府 一卷。宋文天祥撰。《宋元名家詞·十五種》本、清抄《宋元名人詞十六家》本。
中齋詞 一卷。宋鄧剡撰。《校輯宋金元人詞》本。
水雲詞 一卷。宋汪元量撰。《彊村叢書》本。
又，一卷。清《又次齋詞編》抄本。
又，一卷。清丁氏嘉惠堂抄《宋明十六家詞》本。
又，一卷，附錄一卷。宋劉辰翁批點。《百家詞》本。
又，一卷。知不足齋《湖山類稿》本、《武林往哲遺箸》本。
增訂湖山類稿 內詞一卷。孔凡禮輯校。一九八四年中華書局出版。
花外集 一卷。宋王沂孫撰。《知不足齋叢書》本、道光十五年（一八三五）復刻本、《叢書集成初編》本。
又，一卷，附錄一卷。《四印齋所刻詞》本、《四部備要·宋別集》本。
又，一卷。附補遺。吳則虞校注。《宋詞別集叢刊》本。一九八八年上海古籍出版社出版。
玉笥詞 不分卷。《百家詞》本。
玉笥山人詞集 一卷。明文端容（淑）女史手鈔本。
又，一卷。《宋元名家詞》，毛校本。
又，一卷。明抄《宋元明三十三家詞》本。
又，一卷。別下齋抄《宋九家詞》本。
在軒詞 一卷。宋黃公紹撰。《彊村叢書》本。
覆瓿詞 一卷。宋趙必𤩽撰。四印齋彙刻《宋元三十一家詞》本。
無弦琴譜 一卷。宋仇遠撰。清道光九年（一八二九）孫爾準校刻本。
又，一卷。清勞巽卿抄校《宋金元明十六家詞》本。
又，二卷，《西泠詞萃》本。
勿軒長短句 一卷。宋熊禾撰。《彊村叢書》本。
竹山詞 一卷。宋蔣捷撰。《宋六十名家詞》本。
又，一卷。《宋人詞》本。與《呂聖求詞》合一冊。清馮登府校並跋。
又，一卷。《景刊宋金元明本詞》本。
又，一卷。附校記一卷。朱祖謀校。《彊村叢書》本。
又，一卷。《宋元名家詞》毛斧季校本。
又，不分卷。《百家詞》本。
白雪遺音 一卷。宋陳德武撰。《彊村叢書》本。
白雪詞 不分卷。《百家詞》本。
又，一卷。《南詞》十三種本。
又，一卷。《宋元名家詞》毛斧季校本。
又，一卷。清何元錫抄校《十家詞鈔》本。
又，一卷。清丁氏嘉惠堂抄《宋明十六家詞》本。
山中白雲詞 八卷，附錄一卷。宋張炎撰。《知不足齋叢書》本。
又，八卷。附錄一卷，逸事一卷。《榆園叢刻》本。
又，八卷，附錄一卷，校勘記一卷。清江昱疏證。朱祖謀校記。《彊村叢書》本。
又，二卷，補錄二卷，續補一卷。四印齋刻《雙白詞》本。
又，八卷，附補遺及傳記、序錄、詞話、玉田詞版本述略。吳則虞校輯。一九八三年中華書局出版。
張玉田詞 二卷。明水竹居抄本。北京圖書館藏。
玉田詞 二卷。《百家詞》本。
又，二卷。明抄《宋元明三十三家詞》本。
靜春詞 一卷。宋袁易撰。《校輯宋金元人詞》本。
寧極齋樂府 一卷。宋陳深撰。《彊村叢書》本。
又，一卷。清繆氏藝風堂抄《宋金元明人詞》十七種本。
又，一卷。清何元錫抄校《十家詞抄》本。
又，一卷。清丁氏嘉惠堂抄《宋明十六家詞》本。
蘭雪詞 一卷。張玉孃撰。《彊村叢書》本。

·遼·

回心院詞　遼蕭觀音撰。《津逮祕書》本、《寶顏堂祕笈》本。

·金·

東山樂府　一卷。金吳激撰。《校輯宋金元人詞》本。

蕭閒老人明秀集注　六卷。金蔡松年撰。《校輯宋金元人詞》本。

明秀集注　六卷，補遺一卷。吳氏石蓮庵彙刻《九金人集》本。

明秀集補遺一卷　孫德謙輯。《金源七家文集拾遺》本。

明秀集三卷，補遺　一卷。金蔡伯堅撰。魏道明注。四印齋刻本。

重陽全真詞　十卷。金王喆撰。《全真集》本。

丹陽詞　四卷。金馬鈺撰。《洞玄金玉集》本。

仙樂集　一卷。金劉處玄撰。《仙樂集》本。

水雲集　二卷。金譚處端撰。《水雲集》本。

又，一卷。《道藏輯要》本。

雲光集　一卷。金王處一撰。《雲光集》本。

拙軒詞　一卷。金王寂撰。《彊村叢書》本。

又，六卷。補遺一卷。吳重熹補。吳氏石蓮庵彙刻《九金人集》本。

棲霞長春子丘神仙磻溪集詞　一卷。金丘處機撰。《景刊宋金元明本詞》本。

磻溪詞　一卷。《彊村叢書》本。

莊靖先生樂府　一卷。金李俊民撰。《彊村叢書》本。

耶律文獻公詞　一卷。金耶律履撰。《校輯宋金元人詞》本。

黃華集　一卷。金王庭筠撰。《遼海叢書．黃華集》本。

遺山樂府　一卷。金元好問撰。《百家詞》本。

遺山先生新樂府　五卷。《殷禮在斯堂叢書》本。

又，五卷，補遺一卷。吳氏石蓮庵彙刻《九金人集》本。

元遺山先生新樂府四卷　光緒靈石刊《元遺山先生全集》本。一九一四年上海掃葉山房石印本。

遺山樂府　三卷。《景刊宋金元明本詞》本。

又，三卷。附校記一卷。朱祖謀校記。《彊村叢書》本。

又，一卷。《百家詞》本。

又，一卷。《宋金元明十六家詞》勞巽卿抄本。

遁庵樂府　一卷。金段克己撰。《景刊宋金元明本詞四十種》本。

菊軒樂府　一卷。金段克己撰。《景刊宋金元明本詞四十種》本。

天籟集　二卷。金白樸撰。吳氏石蓮庵彙刻《九金人集》本。

【詞譜、詞韻】

詞學筌蹄　八卷。明周瑛主撰，明蔣華編錄。凡一百七十七調，繫詞三百五十三首。明弘治九年（一四九六）藍格抄本。

詩餘圖譜　三卷。明張綖撰。凡小令六十四調，中調四十九調，長調三十六調，各圖平仄於前，綴唐宋人詞一首於後。明萬曆刻本。明崇禎八年（一六三五）毛鳳苞訂正、王象晉重刻本。汲古閣刊本。

詩餘圖譜補遺　六卷。明謝元瑞刊本。明萬曆二十七年（一五九七）謝氏刊本。

增正詩餘圖譜　三卷。明游元涇增訂。明萬曆二十九年（一五九九）游氏刊本。

詩餘圖譜補略　一卷。明毛晉撰。明汲古閣刊本。

嘯餘譜　十卷。明程明善撰，分題編類，計有歌行、令字、慢字、近字、犯字、遍字、兒字、子字、天文、地理、時令、人物、人事、宮室、器用、花木、珍寶、聲色、數目、通用、二字、三字、四字、五字、七字共二十五題。明天啟原刻本。明萬曆二十三年（一五九三）刻本。清康熙間張漢重校刻本。

詩餘圖譜　二卷。明萬惟檀撰。明崇禎十年（一六三七）刊。一九三四年《惜陰堂叢書》本。

填詞圖譜　六卷，續集三卷。清賴以邠撰，清查繼超增輯。以長短為序，凡小令二卷、中調二卷、長調二卷，共五百十七體。續集上卷小令，中卷中調，下卷長調，共一百十五體。清康熙十八年（一六七九）《詞學全書》本，一九八四年一月北京中國書店據木石居校本影印本。

記紅集　三卷。附《詞韻簡》一卷。清吳綺、程洪同輯。以長短為序，小令中調長調各一卷。清康熙二十五年（一六八六）刻本。

詞律 二十卷。清萬樹撰。以字數長短為序，凡六百六十調，一千一百八十餘體。清康熙二十六年（一六八七）堆絮園本、清同治十二年（一八七三）刊本、一九三一年中華書局聚珍仿宋版排印本。又，二十卷，拾遺八卷，補遺一卷。清徐本立拾遺，清杜文瀾補遺。凡八百二十五調，一千六百七十餘體。清光緒二年（一八七六）古今圖書館石印本，一九八四年二月上海古籍出版社影印本，又名《詞律全書》。

詞律校勘記 二十卷。清杜文瀾撰。清咸豐十一年（一八六一）曼陀羅華閣刊本。

詞律補案 二十卷。清張履恆纂輯。光緒二十年（一八九四）稿本。

詞家玉律 十六卷。清王一元纂。清康熙二十三年（一六八三）稿本。

詞律補遺 一卷。附《詞畹》二卷。清陳元鼎輯。清抄本。

兩宋詞律集萃 姚康鈴著。二〇一四年巴蜀書社出版。

欽定詞譜 四十卷。清王奕清等編纂。收錄八百二十六調，二千三百零六體。清康熙五十四年（一七一五）內府刻本。一九七九年中國書店據此影印。

三百詞譜 六卷。清鄭元慶選編。清康熙二十八年（一六八九）刊本。

詞鴿初編 十四卷。附《樂府指迷》一卷。清孫致彌輯，清樓儼補訂。清康熙四十四年（一七〇五）刻本。

詩餘譜式 二卷。清郭鞏編纂。清康熙五十一年（一七一二）文水東園刊本。

自怡軒詞譜 六卷。清許寶善編纂。清乾隆三十七年（一七七二）朱墨套印本。

詞學辨體式 二卷。清呂德本輯。清乾隆三十一年（一七六六）刻本。

詞鏡平仄圖譜 不分卷。清賴以邠著，清查繼超輯。凡一百八十調，卷首冠以詞論。清乾隆四十八年（一七八三）林棲梧刊本。

詞系 二十四卷。清秦巘輯。附錄《逸調備考》一卷、《宋樂類編》一卷、《宮譜錄要》一卷、《詞旨叢說》一卷、《調名彙辨》一卷。稿本。

白香詞譜 不分卷。清舒夢蘭編。選錄唐至清初五十九家名作，凡一百調，以長短為序，附注平仄。清乾隆三十一年（一七六六）刊本。

白香詞譜箋 四卷。清謝朝徵箋。有清嘉慶三年（一七九八）刻本、道光二十三年（一八四三）小西山房藏版、光緒十一年（一八八五）張蔭桓校《半厂叢書》刻本等多種印本。今有一九五七年北京文學古籍社排印本，一九八二年十一月中華書局新一版本，一九五七年四川人民出版社就成都老古堂原版重印本。一九八一年廣東人民出版社柳淇汀校訂本等。

白香詞譜 四卷。附晚翠軒詞韻。吳莽漢重箋。一九二一年上海朝記書莊排印本。

白話考正白香詞譜 范光明句讀。一九一五年上海新文化書社印行。

考正白香詞譜 陳栩、陳小蝶考正。一九一八年春草軒石印本，一九八一年五月上海古籍書店據一九一八年振始堂版影印本。

續考正白香詞譜 四卷。強化誠編，陳栩鑑定。一九二九年上海掃葉山房石印本。

增廣考正白香詞譜 四卷。顧憲融增輯。一九二六年上海中原書局印行。

評注白香詞譜 不分卷。葉玉麟評點。一九三四年上海大達圖書供應社排印本。

考正白香詞譜 四卷。謝曼考證。一九三三年上海新村書店排印本。

詩餘填詞 一卷。清范駒撰。清道光六年（一八二六）刊《藿田集》第十三卷附。

天籟軒詞譜 五卷，附詞韻一卷。清葉申薌編撰。前四卷共六百一十七調，錄詞一千零二十八首；第五卷補遺，凡一百五十四調，詞一百六十六首。清道光十一年（一八三一）刊本。一九二五年掃葉山房石印本。

有真意齋詞譜 三卷，詞韻一卷。清錢裕撰。清道光二十一年（一八四一）吳門敦本堂刊本。

碎金詞譜 十四卷。清謝元淮撰。以宮調為次，共錄詞一百八十首，曲十首。清道光二十三年（一八四三）初刻本。又，十四卷，續譜六卷。其續六卷為大曲。共錄詞四百四十九調，五百五十八首；大曲八調，七十七首。清道光二十八年（一八四八）重刻本。

詞譜輯要 二卷。題笑雲居士編。抄本。

式古堂詞譜證異 五卷。清錢國祥撰。稿本。

詞比 三卷。清陳鋭撰。稿本。

詞源約指 不分卷。清任以治撰。黃景瑋跋。稿本。

紅蕚軒詞牌（詩餘牌） 一卷。清孔傳鐸輯。清刻本。

詞學初桄 八卷。吳莽漢撰。卷首冠以詞論。凡二百八十二調，三百四十六體。一九二〇年上海朝記書莊印行。

詞式 十卷。林大椿編。凡八百四十調，九百二十四體。一九三三年上海商務印書館印行。

填詞圖譜 竹田主人原編，孫佩蘭參訂。一九三四年掃葉山房石印本。

唐宋詞格律 龍榆生撰。一九七八年十月上海古籍出版社出版。

詞譜簡編 楊文生編。一九八一年十二月四川人民出版社出版。

詞牌釋例 嚴建文著。一九八四年七月浙江文藝出版社出版。

詞譜範詞注析 姚莫中主編。一九八五年八月山西人民出版社出版。

常用詞牌譜例 袁世忠編撰。一九九三年百花洲文藝出版社出版。

唐宋詞譜校正 謝桃坊編著。二〇一二年江西人民出版社出版。

新增詞林要韻 一卷。宋闕名撰。《宛委別藏》本。

詞林韻釋 一卷。宋菉斐軒輯本。《詞學叢書》本、《粵雅堂叢書》本、《叢書集成初編》本等。

詞韻略 一卷。明沈謙撰，清毛先舒括略。清乾隆刊本。

詞韻 二卷。清仲恆撰。清康熙十八年（一六七九）《詞學全書》本，一九八四年一月北京中國書店據木石居石印本影印出版。

祕書詞韻 二卷。清仲恆撰。以沈謙韻為藍本，重加纂訂。四川重刻本。

笠翁詞韻 四卷。清李漁撰。《笠翁一家言全集》本。

詞韻簡 一卷。清吳綺、程洪合輯。清康熙二十五年（一六八六）大來堂刻本。附於《選聲集》後。

詩餘協律 二卷。清李文林輯。清乾隆刻本。

學宋齋詞韻 一卷。清吳烺、江昉、吳鏜、程名世合輯。清乾隆三十年（一七六五）精刻巾箱本。

詞韻考略 一卷。清許昂霄撰。附於張宗橚《詞林紀事》後，清乾隆四十四年（一七七九）樂昱廬刻本。

榕園詞韻 清吳寧編。清乾隆四十九年（一七八四）冬青山館刊本。

晚翠軒詞韻 清王訥輯。清嘉慶十三年（一八〇八）小西山房藏板木刻本、宣統元年（一九〇九）春草軒石印本。

詞林正韻 三卷。卷首一卷。清戈載輯。依宋《集韻》次序排列，將二百零六韻歸並為十九部。清道光元年（一八二一）翠薇花館刊本、同治十二年（一八七三）刊本、光緒三年（一八七七）《嘯園叢書》本、光緒七年（一八八一）四印齋刻本、光緒十七年（一八九一）湖南思賢精舍刊本、一九八一年十月上海古籍出版社據道光元年本影印本等。

詞韻選雋 一卷。清應澧撰。清道光二十六年（一八四八）《闇然室遺稿》本。

碎金詞韻 四卷。清謝元淮撰。收於《碎金詞譜》中。清道光刊本。

詞韻 胡文煥編。上海會文堂書局印行。

詩詞韻輯 清姚詩雅輯。《景石齋叢書》本。

詞韻中聲 不分卷。洪汝仲輯。一九二五年侯庵館石印本。

詞韻諧聲表 四卷。陳任中編訂。一九三四年雲在山房刊藍印本。

詞林韻準 黃徵編。一九九一年中華書局影印出版。

【詞話及研究資料】

歷代詞話 十卷。清王奕清等編。長沙楊氏《枝巢叢書》聚珍版印本。

歷代詩餘·詞話 清沈辰恆等輯。自唐至明詞人九百七十五人、詞話七百六十三條。清康熙四十六年（一七〇七）殿板內府本。

歷代詞話十二卷，首一卷，蔗農詞話二卷。清石林鳳撰。清同治九年（一八七〇）石介鈔本。

詞話叢鈔十種 十五卷。清況周頤、王文濡輯。輯錄明俞彥《爰園詞話》一卷、明賀裳《皺水軒詞筌》一卷、清鄒祇謨《遠志齋詞衷》一卷、清王士禛《花草蒙拾》一卷、清彭孫遹《金粟詞話》一卷、清劉體仁《七頌堂詞繹》一卷、清沈雄《柳塘詞話》四卷、清宋翔鳳《樂府餘論》一卷、清孫麟趾《詞徑》一卷、清蔣敦複《芬陀利室詞話》三卷。一九二二年上海大東書局石印本。

篋園詞話四種 張丙炎輯。錄明賀裳《皺水軒詞筌》一卷、清王士禛《花草蒙拾》一卷、清彭孫遹《金粟詞話》一卷、清劉體仁《七頌堂詞繹》一卷。張氏刻本。

詞話叢編六十種 一百八十二卷。唐圭璋輯編。輯錄宋王灼《碧雞漫志》、宋吳曾《能改齋漫錄》、宋胡仔《苕溪漁隱叢話·樂府》直至近人潘蘭史《粵詞雅》等凡六十種。一九三四年南京詞話叢編社刊。

詞話叢編 唐圭璋編。在初編本六十種基礎上增補二十五種，共計八十五種。一九八六年中華書局出版。

詩話總龜樂府類（卷三十一至卷三十三） 宋阮閱撰。明嘉靖二十四年（一五四五）月窗道人刊本。

詞學全書 六種十七卷。清查繼超輯編。輯錄清先舒《填詞名解》四卷，清王又華《古今詞論》一卷，清賴以邠、查繼超輯《填詞圖譜》六卷、《填詞圖譜續集》三卷，清王又華補切王嗣瑠訂注仲恒《詞韻》二卷，附清柴紹炳撰清毛先舒括略並注《古韻通略》一卷。清康熙十八年（一六七九）刻本。一九八四年一月北京中國書店據木石居石印本影印。

詞學 八種十五卷。清汪汲編。輯錄《詞名集解》六卷《續編》二卷、《南北詞名宮調彙錄》二卷、《院本名目》一卷、《雜劇待考》一卷、《琴曲萃覽》一卷、《宋樂類編》一卷、《九宮大成分配十二月令宮調總調》一卷。清乾隆五十九年（一七九四）刊本。

時賢本事曲子集 一卷。宋楊繪撰。原書已佚。梁啟超、趙萬里先後輯得十則，合為一卷。《校輯宋金元人詞》本。《詞話叢編》本。

復雅歌詞 一卷。宋鯛陽居士撰。原書已佚。趙萬里輯得陳汝羲、蘇軾、万俟詠、李邴、李清照、無名氏等詞的本事及論七夕故事共十則，合為一卷。《校輯宋金元人詞》本。《詞話叢編》本。

碧雞漫志 五卷。宋王灼撰。清乾隆、嘉慶間鮑廷博刻《知不足齋叢書》本，《詞話叢編》本據此排印。一九五七年上海古典文學出版社《中國文學參考資料小叢書》本（與《樂府雜錄》、《羯鼓錄》合一冊）。又，一卷本。上海商務印書館《說郛》本。

碧雞漫志校正 岳珍校正。二〇〇〇年巴蜀書社出版。

能改齋漫錄 卷十六、十七《樂府》。宋吳曾撰。清武英殿聚珍版叢書本、《臨嘯書屋》本、《守山閣叢書》本（《詞話叢編》本據此排印）、小瑯嬛仙館舊藏明鈔本、一九六〇年十一月中華書局排印本、一九七九年上海古籍出版社重印本。

古今詞話 一卷。宋楊湜撰。採輯五代以來詞林逸事。原書已佚。趙萬里輯得六十七則刻入《校輯宋金元人詞》。《詞話叢編》據趙輯本收入。

苕溪漁隱叢話 前集卷五十九、後集卷三十九「樂府」。宋胡仔撰。《海山仙館叢書》本（《詞話叢編》據此排印）、一九六二年人民文學出版社廖德明校點《中國古典文學理論批評專著選輯》本。

魏慶之詞話 一卷。宋魏慶之撰。明刊《詩人玉屑》卷二十附論「詩餘」（《詞話叢編》本據此覆刻）。

浩然齋雅談 下卷「樂府」。宋周密撰。清武英殿聚珍版叢書本，《詞話叢編》據以排印。

詞源 二卷。附錄《楊守齋作詞五要》。宋張炎撰。清嘉慶十五年（一八一〇）秦氏享帚精舍刊本、光緒八年（一八八二）許增榆園叢刻鄭文焯批注本、一九一八年北京大學出版部刊吳梅校勘本。《詞話叢編》本。

又，二卷，附校記一卷。清范鍇撰記。清道光《范聲山雜考》本。

詞源注 下卷。夏承燾校注。一九六三年九月北京人民文學出版社《中國古典文學理論批評專著選輯》本，與《樂府指迷》合一冊。

詞源校正 一卷。清錢侗撰。稿本。

詞源疏證 二卷。蔡楨撰。一九三〇年金陵大學排印本。一九八五年九月北京中國書店影印本。

詞源斠律 二卷。鄭文焯撰。《大鶴山房全書》本。清《書帶草堂叢書》之五、書帶草堂刊本。

樂府指迷 一卷。題宋張炎撰。《廣百川學海》本、《說郛》本、《學海類編》本等。

又，一卷，附校記一卷。清范鍇校記。清道光范白舫所刊書（《范聲山雜考》）本。

玉田先生樂府指迷 一卷。《蒙香室叢書．宋七家詞選》附錄。

又，二卷本。題宋張炎撰，下卷題元陸行直撰。明萬曆《寶顏堂祕笈．續集》本。

又，一卷本。題沈義父撰。《硯北偶鈔》本、《指海》本、《四印齋所刻詞》本、《詞話叢編》本、《詞學小叢書》本。

樂府指迷箋釋 宋沈義父撰，蔡嵩雲箋釋。一九六三年九月北京人民文學出版社《中國古典文學理論批評專著選輯》本，與《詞源注》合一冊。

吳禮部詞話 元吳師道撰。《詞話叢編》據《知不足齋叢書》本覆印本。

詞旨　一卷。元陸行直撰。《廣百川學海》本、《說郛》本、《硯北偶鈔》本、《詩觸》本、《藝海珠塵》本、《學海類編》本、《四印齋所刻詞》本、《中國文學珍本叢書》本等。

又，二卷本。《詞話叢編》據《百尺樓叢書》本排印。

詞旨暢　元陸行直撰。清胡元儀暢。光緒三十年（一九〇四）刊本。

渚山堂詞話　三卷。明陳霆撰。一九一六年吳興劉氏嘉業堂刊本、《詞話叢編》本。

又，校點本，與《詞品》合一冊。王幼安校點。一九六〇年四月北京人民文學出版社《中國古典文學理論批評專著選輯》本。

詞評　一卷。明王世貞撰。《廣百川學海》本。

弇州山人詞評　一卷。明王世貞撰。《詞話叢編》本。

爰園詞話　一卷。明俞彥撰。《詞話叢鈔》本、《詞話叢編》本。

詞品　六卷。拾遺一卷。明楊慎撰。明嘉靖珥江書屋校刊本、《叢書集成初編》、《函海》本。

又，六卷。拾遺一卷，補遺一卷。《詞話叢編》本。

升庵辭品　一卷。《說郛》本。

詞品　六卷。王幼安校點。一九六〇年四月北京人民文學出版社《中國古典文學理論批評專著選輯》本，與《渚山堂詞話》合一冊。

唐詞紀　十六卷。明董逢元輯。明王嗣奭評點並跋。明萬曆刻本。

草堂詩餘別錄　一卷。明張綖輯。明秋儀抄本。

皺水軒詞筌　一卷。清賀裳撰。《昭代叢書》本、《詞話叢鈔》本、《詞話叢編》本、《美術叢書》本。

窺詞管見　一卷。清李漁撰。《詞話叢編》本。

西河詞話　二卷。清毛奇齡撰。《西河合集》本、《詞話叢編》本。

又，一卷。《賜硯堂叢書》本、《昭代叢書》本。

填詞名解　四卷。清毛先舒撰並注。清刊本、《詞學全書》本。

古今詞論　一卷。清王又華撰。《詞學全書》本、《詞話叢編》本。

西崦山人詞話　清王昶撰。稿本。

初白庵詞評　一卷。清張載華撰。乾隆刊本。

七頌堂詞繹　一卷。清劉體仁撰。《賜硯堂叢書》本、《別下齋叢書》本、《詞話叢編》本、《詞適叢鈔》本。

填詞雜說　一卷。清沈謙撰。《詞話叢編》本。

遠志齋詞衷　一卷。清鄒祇謨撰。《賜硯堂叢書》本、《詞話叢鈔》本、《詞話叢編》本。

詞壇紀事　三卷。清李良年撰。《學海類編》本、《叢書集成初編》本。

詞家辨證　一卷。清李良年撰。《學海類編》本、《叢書集成初編》本。

南洲草堂詞話　三卷。清徐釚撰。《學海類編》本。

又，一卷本。《昭代叢書》本。

詞苑叢談　十二卷。清徐釚撰。清康熙二十七年（一六八八）蛾術齋刊本、《叢書集成初編》本。

又，十二卷。唐圭璋整理。一九八一年四月上海古籍出版社排印本。

詞苑叢談校箋　王百里校箋。一九八八年人民文學出版社出版。

花草蒙拾　一卷。清王士禛撰。《賜硯堂叢書》本、《昭代叢書》本、《詞話叢鈔》本、《詞話叢編》本。

西圃詞說　一卷。清田同之撰。《德州田氏叢書》、吳氏石蓮庵刻《山左人詞》本附錄、《詞話叢編》本。

賈先生古詞論述　一卷。清丁愷曾編。《望奎樓遺稿》本。

詞統源流　一卷。清彭孫遹撰。《學海類編》本、《國朝名人著述叢編》本、《叢書集成初編》本。

詞藻　四卷。清彭孫遹撰。《學海類編》本、《叢書集成初編》本。

金粟詞話　一卷。清彭孫遹撰。《賜硯堂叢書》本、《別下齋叢書》本、《詞話叢鈔》本、《詞話叢編》本。

柳塘詞話　四卷。清沈雄撰。《詞話叢鈔》本。

古今詞話　八卷。清沈雄輯，清江尚質增輯。清康熙二十八年（一六八九）澄輝堂刊本、《詞話叢編》本。

讀書堂詞話偶抄　十卷。清范纘輯。清抄本。

查儉堂詞話　一卷。清查禮撰。清乾隆五十七年（一七九二）刊本。

詞林紀事　二十二卷。清張宗橚輯。清道光十五年（一八三五）刊本、《中國文學珍本叢書》本、一九五七年上海古典文學出版社《中國文學參考資料小叢書》本、一九八二年三月成都古籍書店據清嘉慶刻本複印本。

詞林紀事、詞林紀事補正合編　楊寶霖補正。一九九八年上海古籍出版社出版。

雨村詞話　四卷。清李調元撰。《函海》本、《詞話叢編》本。

銅鼓書堂詞話　一卷。清查禮撰。《銅鼓書堂叢書》本、《屏廬叢刊》本。

雕菰樓詞話　一卷。清焦循撰。《詞話叢編》本。

詞名集解　六卷，續編二卷。附《宋樂類編》。清汪汲撰。《古愚叢書》本。

靈芬館詞話　二卷。清郭麐撰。《靈芬館全集》本、《詞話叢編》本。

詞品　一卷。清郭麐撰。《花近樓叢書》本、《古今文藝叢書》本。

十二詞品　一卷。清郭麐撰。《申報館叢書》本、《娛萱室小品》本。

詞品　一卷。清楊夔生撰。《花近樓叢書》本。

續十二詞品　一卷。清楊伯夔撰。《申報館叢書》本、《娛萱室小品》本。

三家詞品　一卷。清江順詒撰。《詞學集成》本、寶彝室集刊本。

詞綜偶評　一卷。清許昂霄撰。清張載華輯。《詞話叢編》本。

介存齋論詞雜著　一卷。附《宋四家詞選目錄敘論》一卷。清周濟撰。《詞話叢編》本。

又，與《復堂詞話》、《蒿庵詞話》合一冊。赤坎校點。一九五九年十月北京人民文學出版社《中國古典文學理論批評專著選輯》本、一九八四年重印本。

又，一卷。附於《譚評詞辨》後。清刊本。

論詞雜著　一卷。《詞學小叢書》本。

詞苑萃編　二十四卷。清馮金伯編。清嘉慶十一年（一八〇六）刻本、《詞話叢編》本。

本事詞　二卷。清葉申薌輯。清道光十二年（一八三二）天籟軒刻本、《詞話叢編》本、《中國文學參考資料小叢書》本，與《本事詩》合一冊。

蓮子居詞話　四卷。清吳衡照撰。清嘉慶二十三年（一八一八）吳氏家刊本、道光十二年（一八三二）汪氏振綺堂本。

樂府餘論　一卷。清宋翔鳳撰。《浮溪精舍叢書》本、《雲自在龕叢書》本、《詞話叢鈔》本、《詞話叢編》本。

填詞淺說　一卷。清謝元淮撰。《詞話叢編》本。

雙硯齋詞話　一卷。清鄧廷楨撰。《詞話叢編》本。

戲鷗居詞話　一卷。《叢話》一卷。清毛大瀛撰。《戊寅叢編》本。

問花樓詞話　一卷。清陸鎣撰。清同治十一年（一八七二）羲經堂刊本、《詞話叢編》本。

詞徑　一卷。清孫麟趾撰。《詞話叢鈔》本、《詞話叢編》本。

聽秋聲館詞話　二十卷。清丁紹儀撰。清同治八年（一八六九）刊本、一九三一年上海醫學書局排印本、《詞話叢編》本。

憩園詞話　六卷。清杜文瀾撰。潘鍾瑞、黃念慈校鈔。《詞話叢編》本。

詞學集成　八卷。清江順詒輯。清光緒七年（一八八一）刻本、《詞話叢編》本。

賭棋山莊詞話　十二卷。續五卷。清謝章鋌撰。清光緒十年（一八八四）南昌弢翕陳氏刊本。《賭棋山莊全集》本、《詞話叢編》本。

賭棋山莊詞話錄要　清謝章鋌撰。清同治九年（一八七〇）石介抄本。

賭棋山莊詞學纂說　一卷。清謝章鋌撰。

芬陀利室詞話　三卷。清蔣敦複撰。清光緒十一年（一八八五）弢園王氏刊本、《詞話叢鈔》本、《詞話叢編》本。

詞概　一卷。清劉熙載撰。《詞話叢編》本、一九七八年十二月上海古籍出版社出版《藝概》本。

白雨齋詞話　八卷。附詞存一卷、詩鈔一卷。清陳廷焯撰。清光緒二十年（一八九四）刻本。

又，八卷。杜未末校點。一九五九年十月北京人民文學出版社《中國古典文學理論批評專著選輯》本。

又，十卷。清陳廷焯撰。手稿本。一九八四年五月上海古籍出版社《稿本叢刊》本。

白雨齋詞話足本校注　清陳廷焯撰。屈興國校注。一九八三年十一月齊魯書社《明清文學理論叢書》本。

復堂詞話　一卷。清譚獻撰。徐珂輯。《心園叢刊》本、《詞話叢編》本。

又，一卷。與《介存齋論詞雜著》、《蒿庵論詞》合一冊。赤坎校點。一九五九年十月北京人民文學出版社《中國古典文學理論批評專著選輯》本、一九八四年重印本。

歲寒居詞話　一卷。清胡薇元撰。《玉律閣叢書》本、《詞話叢編》本。

論詞隨筆　一卷。清沈祥龍撰。《樂志簃集》本、《詞話叢編》本。

詞徵　一卷。清張德瀛撰。一九二二年刊本、《閨樓叢書》本、《詞話叢編》本。

袌碧齋詞話　二卷。清陳銳撰。《袌碧齋集》本、《詞話叢編》本。

詞論　一卷。清張祥齡撰。《半篋秋詞》本、《詞話叢編》本。

香研居詞麈　五卷。清方成培撰。清光緒二年（一八七六）仁和葛氏刊本、《讀畫齋叢書》本、《嘯園叢書》本。

詞話　一卷。清查為仁撰。《花近樓叢書》本。

左庵詞話　一卷。清李佳撰。清光緒二十八年（一九〇二）刊本。

寄漁詞話　清劉桂年撰。清徐賡陛校並跋。抄本。

琳清仙館詞稿　二卷。清陶方琦撰。稿本。

詞學辨體　二卷。附錄《調亡諸體舞隊詞》二十體、《擷春主人自著詞論》二十則補遺續集一卷。清徐根撰。稿本。

詞學標準　不分卷。清姚燮輯。稿本。

曹中州詞學詳詮　四卷。清曹煥猷撰。武昌景文紙店石印。

詞評　茅一湘撰。《欣賞續編》之一。

誦帚堪詞論　四卷。劉永濟述。鉛印本。

逸調備考一卷宋樂類編一卷宮譜錄要一卷詞旨叢說一卷調名彙辨一卷　清秦巘輯。稿本，附於《詞系》二十四卷後。

詞苑珠塵　清何震彝撰。清光緒三十一年（一九〇五）排本。

鴛雲螭室詞話　一卷。清周文禾撰。清光緒十四年（一八八八）宋道南上海刊本。

樂天詞品　二卷。清林風鈞撰。清宣統二年（一九一〇）排印本。

蒿庵論詞　一卷。馮煦撰。《六十一家詞選》本（附錄）、《詞話叢編》本。

又，與《介存齋論詞雜著》、《複堂詞話》合一冊。赤坎校點。一九五九年十月人民文學出版社《中國古典文學理論批評專著選輯》本、一九八四年重印本。

菌閣瑣談　一卷。沈曾植撰。《詞話叢編》本。

詞說　一卷。蔣兆蘭撰。一九二六年鉛印本、《甲戌叢編》本、《詞話叢編》本。

海綃說詞　一卷。陳洵撰。《彊村遺書》本。

海綃說詞稿　一卷。《詞話叢編》本。

人間詞話　二卷。王國維撰。《海寧王忠慤公遺書》本、《詞話叢編》本、一九二一年北平樸社鉛印本、《詞學小叢書》本。

人間詞話箋證　靳德峻箋證。一九二八年北京文化學社鉛印本。一九八一年九月四川人民出版社蒲菁補箋本。

人間詞及人間詞話　沈啟元編校。一九三三年北平人文書局印行。

人間詞話講疏　二卷。許文雨疏證。一九三七年二月南京正中書局《國學叢刊》本。

校注人間詞話　二卷，補遺一卷。徐調孚校注。一九五四年中華書局鉛印本。

人間詞話　與《蕙風詞話》合一冊。一九六〇年四月北京人民文學出版社《中國古典文學理論批評專著選輯》，一九八二年重印本。

人間詞話新注　二卷。滕咸惠校注。一九八一年十一月齊魯書社出版。

人間詞話鑑賞辭典　黃霖、鄔國平、周興陸著。二〇一一年上海辭書出版社出版。

人間詞話疏證　彭玉平疏證。二〇一四年中華書局出版。

蕙風詞話　五卷。附詞二卷。況周頤撰。一九二四年惜陰堂刻本。

又，五卷，續編二卷。徐調孚注。與《人間詞話》合一冊。一九六〇年四月北京人民文學出版社《中國古典文學理論批評專著選輯》本，一九八二年重印本。

臥廬詞話　一卷。周曾輝撰。《周晉琦遺著》一九二一年排印本。

小三吾亭詞話　五卷。冒廣生撰。《晨風閣叢書》本、《詞話叢編》本。

閨秀詞話　四卷。清雷瑨等輯。一九一五年上海掃葉山房石印本。

織餘瑣述　二卷。況卜娛撰。《遯盦叢書》本、一九一九年西泠印社聚珍排印本。

詞林趣話　四卷。一九一九年會文堂書局刊。

芙蓉港詩詞話　一卷。徐涵撰。一九三五年常熟龐氏刊本。

詞林佳話　陳登元輯注。一九三一年上海南京書店印行。

詩詞雜話　馮沁甫撰。一九四七年新紀元出版社出版。

詩詞例話　周振甫著。一九六二年九月中國青年出版社印行。

瞿髯論詞絕句　夏承燾撰，吳無聞注。一九七九年三月中華書局出版。

北山樓詞話　《施蟄存全集》第七卷，施蟄存著，劉凌、劉效禮編。二〇一二年華東師範大學出版社出版。

宋詞紀事　唐圭璋編。一九八二年十一月上海古籍出版社出版。

唐五代詞紀事會評　史雙元編。一九九五年黃山書社出版。

詞話十論　劉慶雲編著。一九九〇年岳麓書社出版。

唐宋人詞話　孫克強編著。一九九九年河南文藝出版社出版。

宋元詞話　施蟄存、陳如江輯錄。一九九九年上海書局出版社出版。
歷代詞話新編　龔兆吉編。一九八四年十二月北京師範大學出版社出版。
歷代詩話詞話選　武漢大學中文系中國古代文學理論研究室編。一九八四年武漢大學出版社出版。
歷代詞話　張璋等編纂。二〇〇二年大象出版社出版。
詞話叢編二編　屈興國編。二〇一三年浙江古籍出版社出版。
宋詞故事集　王曙著。二〇〇一年北京工業大學出版社出版。
宋詞故事　賀偉編著。二〇〇二年齊魯書社出版。
唐宋詞集序跋匯編　金啟華、張惠民等匯編。一九九〇年江蘇教育出版社出版。
詞籍序跋萃編　施蟄存主編。一九九四年中國社會科學出版社出版。
宋代詞學資料匯編　張惠民編。一九九三年汕頭大學出版社出版。
詞話學　朱崇才著。一九九五年（臺北）文津出版社出版。
詞學指南　謝無量撰。一九一九年上海中華書局三版。
詞學初桄緒論　吳莽漢撰。一九二〇年上海朝記書莊《詞學初桄》緒言。
詞學ＡＢＣ　胡雲翼著。一九二一年一月上海世界書局《ＡＢＣ叢書》本。
詞學常識　徐敬修編。一九二五年上海大東書局印行。
詞學　梁啟勛撰。一九三二年京城印書局印行。一九八五年三月據京城印書局排印本影印。
詞學通論　吳梅著。一九三二年十二月上海商務印書館《國學小叢書》本。
詞學講義　吳梅著。一九三三年北京大學印本。
詞學概論　胡雲翼撰。一九三四年世界書局《中國文學講座》本。
詞學研究　盧冀野撰。一九三四年十二月上海中華書局《中國百科叢書》本。
詞學研究法　任二北撰。一九三五年八月上海商務印書館《學生國學小叢書》本。
詞調溯源　夏敬觀撰。一九三一年五月上海商務印書館《國學小叢書》本。
詞史　劉毓盤撰。一九三一年上海群眾圖書發行公司發行。
詞曲史　王易。一九三二年五月神州國光社再版。一九四七年上海中國文化服務社重版。一九九六年東方出版社《民國學術經典文庫》本。
中國詞史大綱　胡雲翼撰。一九三三年上海大陸書局印行。
中國詞史略　胡雲翼撰。一九三三年上海北新書局出版。一九四九年再版。
唐宋詞史　楊海明撰。一九八七年江蘇古籍出版社出版。
唐宋詞流派史　劉揚忠撰。一九九九年福建人民出版社出版。
唐宋詞史論　王兆鵬著。二〇〇〇年人民文學出版社出版。
唐五代詞史論稿　劉尊明著。二〇〇〇年文化藝術出版社出版。
晚唐五代詞研究　成公柳著。二〇〇〇年湖南人民出版社出版。
金元詞論稿　趙維江著。二〇〇〇年中國社會科學出版社出版。
女性詞史　鄧紅梅著。二〇〇〇年山東教育出版社出版。
徽宗詞壇研究　諸葛憶兵著。二〇〇一年北京出版社出版。
詞論史論稿　邱世友著。二〇〇二年人民文學出版社出版。
詞學史料學　王兆鵬著。二〇〇四年中華書局出版。
詞與文類研究　孫康宜著。二〇〇四年北京大學出版社出版。
張先與北宋中前期詞壇關係探論　孫維城著。二〇〇七年安徽大學出版社出版。
意象空間：唐宋詞意象的符號學闡釋　辛衍君著。二〇〇七年遼寧大學出版社出版。
詞學新詮　葉嘉瑩著。二〇〇八年北京大學出版社出版。
金代詞人群體研究　李藝著。二〇〇八年首都師範大學出版社出版。
唐宋詞人審美心理研究　田恩銘、陳雪婧著。二〇〇八年陝西人民出版社出版。
唐宋詞傳播方式研究　錢錫生著。二〇〇九年復旦大學出版社出版。
宋南渡詞人群與多元地域文化　姚惠蘭著。二〇一一年東方出版中心出版。
宋詞研究　詹安泰著。二〇一一年上海古籍出版社出版。
六一詞接受史研究　劉雙琴著。二〇一一年中山大學出版社出版。
東風夜放花千樹：宋詞流派研究　雷江紅、楊昉著。二〇一二年吉林大學出版社出版。
唐宋音樂管理與唐宋詞發展研究　龍建國著。二〇一二年南開大學出版社出版。

詞學新視野：李清照辛棄疾暨詞學國際學術研討會論文集　中國李清照辛棄疾學會編。二〇一二年上海古籍出版社出版。

宋詞研究　（日）村上哲見著，楊鐵嬰、金育理、邵毅平譯。二〇一二年上海古籍出版社出版。

唐宋詞的魅力：基於古典詩詞曲之比較研究　潘裕民著。二〇一二年廣西師範大學出版社出版。

詞調史研究　田玉琪著。二〇一二年人民出版社出版。

宋詞中的身體敘事：經濟因素的滲透與反映　竇麗梅著。二〇一二年河南人民出版社出版。

宋詞與園林　羅燕萍著。二〇一二年中國社會科學出版社出版。

南宋前期詩詞之文體互滲研究　許芳紅著。二〇一二年中國社會科學出版社出版。

宋元明詞選研究　丁放、甘松、曹秀蘭著。二〇一二年商務印書館出版。

唐宋詞的定量分析　劉尊明著。二〇一二年北京大學出版社出版。

微睇室說詞　劉永濟著、鞏本棟講評。二〇一二年鳳凰出版社出版。

中國詞體美學與多維視野流變研究　金軍華、韓霄著。二〇一三年黑龍江人民出版社出版。

馬興榮詞學論稿　馬興榮著。二〇一三年上海古籍出版社出版。

唐宋名家詞風格流派新探　殷光熹著。二〇一三年雲南人民出版社出版。

春江花月夜：宋詞主體意象研究　許興寶著。二〇一三年寧夏人民出版社出版。

唐宋詞說　鄭福田著。二〇一三年北京大學出版社出版。

新興與傳統：蘇軾詞論述　（日）保苅佳昭著。二〇一三年上海古籍出版社出版。

現代詞學的建立：《詞學季刊》與20世紀三、四十年代的詞學　傅宇斌著。二〇一三年商務印書館出版。

宋詞題序研究　張曉寧著。二〇一三年陝西人民出版社出版。

多元共生的系統與文化：北宋懷古詠史詞研究　張若蘭著。二〇一三年雲南大學出版社出版。

唐宋詞與流行文化　宋秋敏著。二〇一三年上海人民出版社出版。

蘇東坡詞歷代傳播與接受專題研究論稿　陳景周著。二〇一四年蘇州大學出版社出版。

靈谿詞說正續編　繆鉞、葉嘉瑩著。二〇一四年北京大學出版社出版。

北宋詞政治抒情研究　李世忠著。二〇一四年中國社會科學出版社出版。

唐宋詞舉要　彭玉平著。二〇一四年商務印書館出版。

宋詞詩化現象探討　劉華民著。二〇一四年江蘇鳳凰教育出版社。

二十世紀以來唐宋詞研究　劉懷榮、潘文竹等著。二〇一四年中國社會科學出版社出版。

詞學考論　劉榮平著。二〇一四年廣陵書社出版。

二〇一〇年詞學國際學術研討會論文集　劉鋒燾主編。二〇一四年西安出版社出版。

詞學審美範疇研究　周明秀著。二〇一四年上海古籍出版社出版。

唱道與樂情：宋代禪宗漁父詞研究　伍曉蔓、周裕鍇著。二〇一四年中國社會科學出版社出版。

盛唐中唐詩對宋詞影響研究　劉京臣著。二〇一四年中國社會科學出版社出版。

唐宋詞概說　吳世昌著。二〇一五年北京出版社出版。

江南文化與南唐詞　張麗著。二〇一五年中國文史出版社出版。

宋詞翻譯美學研究　王平著。二〇一五年西南財經大學出版社出版。

唐宋婉約詞研究　趙琍著。二〇一五年中國社會出版社出版。

不器齋詞學論稿　錢錫生著。二〇一五年蘇州大學出版社出版。

宋代四大詞人群落及詞風演化　阮忠著。二〇一五年鳳凰出版社出版。

中國古代俳諧詞史論　王毅著。二〇一三年上海古籍出版社出版。

宋詞通史　肖鵬著。二〇一三年鳳凰出版社出版。

唐宋詞的女性化特徵演變史　孫豔紅著。二〇一四年中華書局出版。

南宋理宗詞壇研究　張瀠文著。二〇一四年南開大學出版社出版。

北宋館閣文人詞創作研究　昌慶志著。二〇一四年黃山書社出版。

音樂的文學小史　朱謙之撰。一九三三年泰東書局印行。

詞曲通義　任二北撰。一九三一年上海商務印書館印行。一九八一年十二月揚州師院中文系詞曲研究室重印。

中國詩詞概論　劉麟生編。一九三三年八月上海世界書局《中國文學叢書》本。

詩詞學 徐謙著。一九三三年上海商務印書館出版。

詩賦詞曲概論 丘瓊蓀撰。一九三四年中華書局出版。一九八五年三月北京中國書店據印。

詞筌 余毅恆撰。一九四七年上海正中書局出版。一九九一年臺灣正中書局增訂本。

詞曲 蔣伯潛、蔣祖詒著。一九四八年十二月上海世界書局《國文自學輔導叢書》本。一九九七年上海書店《古典文史基本知識叢書》本。

宋詞研究 胡雲翼著。一九二六年上海中華書局《少年中國學會叢書》本。

宋詞通論 薛礪若著。一九三七年七月上海開明書店出版。一九八五年六月上海書店影印重版。

讀詞偶得 俞平伯撰。一九三四年十一月上海開明書店出版。

唐宋詞論叢 夏承燾撰。一九五六年十二月上海古典文學出版社出版。一九六二年北京中華書局重版。

宋詞四考 唐圭璋撰。一九五九年江蘇文藝出版社出版。一九八五年九月江蘇古籍出版社重印本。

詞集考（唐五代宋金元編） 饒宗頤著。一九九二年中華書局出版。

詩詞論析 張志岳撰。一九六三年一月黑龍江人民出版社出版。

詩詞論析續集 一九八〇年十月黑龍江人民出版社出版。

月輪山詞論集 夏承燾撰。一九七九年九月北京中華書局出版。

詞曲概論 龍榆生撰。一九八〇年四月上海古籍出版社出版。

宋詞 周篤文撰。一九八〇年五月上海古籍出版社《中國古典文學基本知識叢書》本。

迦陵論詞叢稿 葉嘉瑩撰。一九八〇年十一月上海古籍出版社出版。

詞論 劉永濟撰。一九八一年三月上海古籍出版社出版。

古典詩詞藝術探幽 艾治平著。一九八一年十二月湖南人民出版社出版。

詩詞漫話 陳榕甫著。一九八二年二月花城出版社《隨筆叢書》本。

詞學研究論文集（一九四九～一九七九） 華東師範大學文學研究室編。一九八二年三月上海古籍出版社出版。

詩詞曲論文集 羅忼烈著。一九八二年五月廣東人民出版社《古典文學研究叢書》本。

兩小山齋論文集 羅忼烈著。一九八二年七月中華書局出版。

詞與音樂 劉堯民著。一九八二年八月雲南人民出版社出版。

詩詞散論 繆鉞著。一九八二年十一月上海古籍出版社出版。

論詩詞曲雜著 俞平伯著。一九八三年十月上海古籍出版社出版。

詹安泰詞學論稿 湯擎民整理。一九八四年一月廣東人民出版社出版。

閒堂文藪（第一輯） 程千帆著。一九八四年一月齊魯書社出版。

詩詞論叢 金啟華著。一九八四年五月湖北人民出版社出版。

詩詞抉微 艾治平著。一九八四年七月湖南人民出版社出版。

天風閣學詞日記 夏承燾撰。一九八四年十二月浙江古籍出版社出版。

詩詞通論 任秉義著。一九八四年十二月遼寧人民出版社出版。

唐宋詞通論 吳熊和著。一九八五年一月浙江古籍出版社出版。

唐宋詞學論集 唐圭璋、潘君昭著。一九八五年二月齊魯書社印行。

唐宋詞美學 楊海明著。一九九八年江蘇教育出版社出版。

唐宋詞與唐宋歌妓制度 李劍亮著。一九九九年浙江大學出版社出版。

唐宋詞社會文化學研究 沈松勤著。二〇〇〇年浙江大學出版社出版。

唐五代詞的文化觀照 劉尊明著。一九九四年（臺北）文津出版社出版。

宋詞文化與文學新視野 沈家莊著。二〇〇一年人民文學出版社出版。

宋詞與人生 鄧喬彬著。二〇〇一年上海古籍出版社出版。

金元詞通論 陶然著。二〇〇一年上海古籍出版社出版。

唐宋詞與人生 楊海明著。二〇〇二年河北人民出版社出版。

金元詞研究 丁放著。二〇〇二年中國社會科學出版社出版。

宋韻：宋詞人文精神與審美形態探論 孫維城著。二〇〇二年安徽大學出版社出版。

樂府詩詞論藪 蕭滌非著。一九八五年五月齊魯書社出版。

詞與音樂關係研究 施議對著。一九八五年七月中國社會科學出版社出版。

兩間居詩詞叢話 秦似著。一九八五年七月四川人民出版社出版。

詞學常識 傅敬修撰。一九二五年大東書局印行。

學詞百法 劉坡公著。一九二八年初版，一九八一年八月上海古籍出版社出版。

填詞門徑 顧憲融著。一九三三年上海中央書店印行。

怎樣讀唐宋詞　夏承燾、吳熊和著。一九五七年十二月浙江人民出版社出版。

讀詞常識　夏承燾、吳熊和著。一九六二年九月北京中華書局《中國文學史知識叢書》本，一九八一年新版。

讀詞常識　陳振寰著。一九八二年十二月上海古籍出版社出版。

怎樣閱讀古典詩詞　張福深編著。一九八四年十一月遼寧少年兒童出版社出版。

詩詞格律　王力著。一九六二年三月中華書局《知識叢書》本。一九七七年十二月第二版。

詩詞格律十講　王力著。一九六二年五月北京出版社《語文小叢書》本。

詩詞格律淺說　賀巍著。一九七八年四月北京人民出版社出版。

唐宋詞格律　龍榆生編撰。一九七八年十月上海古籍出版社出版。

詩詞曲律常識　徐洪興著。一九七八年十月四川人民出版社出版。

古代詩詞常識　劉福元、楊新我合著。一九八〇年六月河北人民出版社出版。

詩詞基本知識　席金髮編著。一九八一年一月內蒙古人民出版社出版。

詩詞曲格律　陳鋒著。一九八一年一月黑龍江人民出版社出版。

詩詞曲格律綱要　涂宗濤著。一九八二年八月天津人民出版社出版。

宋詞賞析　沈祖棻著。一九八〇年四月上海古籍出版社出版。

唐宋詞欣賞　夏承燾著。一九八〇年八月百花文藝出版社出版。

唐宋詩詞賞析　鄭孟彤著。一九八一年六月廣東人民出版社出版。

唐宋詩詞探勝　吳熊和、蔡義江、陸堅合編。一九八一年九月浙江人民出版社出版。

歷代名家詞百首賞析　虢壽麓編注。一九八一年九月湖南人民出版社出版。

宋詞小札　劉逸生編著。一九八一年十二月廣東人民出版社出版。

唐宋詩詞賞析　張碧波、李寶堃編。一九八二年二月黑龍江人民出版社出版。

歷代名家詞賞析　徐育民、趙慧文撰。一九八二年八月北京出版社出版。

唐宋文學欣賞　傅經順撰。一九八二年十一月陝西人民出版社出版。

唐宋詞鑑賞集　人民文學出版社編輯部編。一九八三年五月人民文學出版社出版。

宋詞名篇賞析　臧維熙撰。一九八四年二月安徽人民出版社出版。

古典詩詞名篇鑑賞集　《文史知識》編輯部編。一九八四年六月中華書局《文史知識叢書》本。

唐宋詞賞析　王方俊、張曾峒撰。一九八四年十月山東文藝出版社《中國古典文學賞析叢書》本。

詩詞拾翠　蔡厚示編著。一九八五年六月海峽文藝出版社出版。

宋詞的花朵　艾治平撰。一九八五年十一月北京出版社出版。

詩詞曲賦名作賞析（一）、（二）　《名作欣賞》編輯部編。一九八五年八月、一九八五年十一月山西人民出版社《中國古典文學名著名篇賞析叢書》本。

千秋一寸心：周汝昌講唐詩宋詞　周汝昌著。二〇〇六年中華書局出版。

唐詩宋詞十五講　葛曉音著。二〇〇三年北京大學出版社出版。

古典詩詞札記　吳小如著。二〇〇二年天津古籍出版社出版。

名家講宋詞　《文史知識》編輯部編。二〇一三年中華書局出版。

唐宋詞深度導讀　丁鳳來著。二〇一二年蘇州大學出版社出版。

迦陵談詞　葉嘉瑩著。二〇一四年三聯書店出版。

人間詞話七講　葉嘉瑩著。二〇一四年北京大學出版社出版。

唐音宋韻　余恕誠著。二〇一五年北京大學出版社出版。

宋詞十講　劉揚忠著。二〇一五年江蘇鳳凰文藝出版社出版。

小詞大雅：葉嘉瑩說詞的修養與境界　葉嘉瑩著。二〇一五年北京大學出版社出版。

宋詞欣賞教程　張仲謀著。二〇一五年南京大學出版社出版。

古代詩詞曲名句選　劉利、蔣士珍等編。一九八二年六月廣西人民出版社出版。

古詩詞佳句欣賞　張國棟編。一九八二年十二月內蒙古人民出版社出版。

詩詞曲語辭匯釋　張相著。一九五三年四月北京中華書局第一版。

唐宋詞常用語釋例　溫廣義編撰。一九七九年三月內蒙古人民出版社出版。

詩詞曲語詞例釋　王鍈著。一九八〇年四月中華書局出版。

詩詞名作掌故叢話　武原著。一九八四年十月陝西人民出版社出版。

歷代詞人姓氏　十卷。長沙楊氏聚珍版《枝巢叢書》本。
杭州西溪奉祀歷代兩浙詞人姓氏錄　周慶雲纂。一九二二年夢坡室仿宋排印本。
嘉興詞徵　吳藕汀、吳小汀輯。二〇〇一年西泠印社出版。
雲南歷代詩詞選　張文勛選注。二〇〇二年雲南人民出版社出版。
浙江詞史　許伯卿著。二〇一四年浙江大學出版社出版。
南宋西湖詞解讀　應守岩著。二〇一三年浙江古籍出版社出版。
中國史上之民族詞人　繆鉞著。一九四三年青年出版社印行。
中國女詞人　曾乃敏著。一九三五年女子書店印行。
唐宋詞人年譜　夏承燾著。一九五七年三月上海古典文學出版社出版。一九七八年上海古籍出版社重版。
兩宋詞人年譜　王兆鵬著。一九九四年（臺北）文津出版社出版。
蜀詞人評傳　姜方錟編。一九八四年八月成都古籍書店據一九三四年成都協美公司鉛印本影印。
敦煌曲初探　任二北撰。一九五四年上海文藝聯合出版社《中國戲曲叢書》本。
敦煌曲校錄　任二北撰。一九五五年上海文藝聯合出版社印行。
花間詞人研究　伊碪編撰。一九三七年上海元新書局印行。
劉禹錫詩詞評釋　高志忠編著。一九八二年一月黑龍江人民出版社出版。
溫飛卿及其詞　一卷。盧冀野述。一九三〇年上海會文堂書局排印本。
溫飛卿繫年　夏承燾撰。《唐宋詞人年譜》本。
韋端己年譜　夏承燾撰。《唐宋詞人年譜》本。
韋莊年譜　曲瀅生著。一九三二年出版。
馮正中年譜　夏承燾撰。《唐宋詞人年譜》本。
南唐二主年譜　夏承燾撰。《唐宋詞人年譜》本。
李後主詩詞年譜　章崇文撰。一九四一年上海大東書局出版。
李後主著作考　季灝撰。一九四七年上海民治出版社印行。
李煜詞討論集　《文學遺產》編輯部編。一九五七年一月北京作家出版社出版。
李煜、李清照詞詳解　靳極蒼著。一九八五年八月四川人民出版社出版。
李後主評傳　高蘭、孟祥魯撰。一九八五年九月齊魯書社出版。
詞魂——南唐李後主　趙夢昭、李問理著。一九九四年湖北人民出版社出版。
李璟‧李煜　楊海明著。《插圖本中國文學小叢書》本。一九九九年春風文藝出版社出版。
王禹偁事跡著作編年　徐規撰。一九八二年四月中國社會科學出版社出版。
范文正公年譜　宋樓鑰撰。明萬曆三十六年（一六〇八）《范文正公文集》本。
范仲淹　李涵、沈學明編著。一九八三年一月中華書局《中國歷史小叢書》本。
張子野年譜　夏承燾撰。《唐宋詞人年譜》本。
二晏年譜　夏承燾撰。《唐宋詞人年譜》本。
二晏及其詞　宛敏灝著。一九三五年六月上海商務印書館《國學小叢書》本。
廬陵歐陽文忠公年譜　宋胡柯撰。明正德本《歐陽文忠公集》本。
增訂歐陽文忠公年譜　清華孳亨撰。《昭代叢書》本。
歐陽文忠公年譜　楊希閔撰。清光緒四年（一八七八）《豫章先賢九家年譜》本。一九五八年揚州古籍刊行社重印。
歐陽脩　袁行雲編寫。一九六一年六月中華書局《中國歷史小叢書》本。
歐陽脩　張華盛編。一九八一年八月安徽人民出版社出版。
歐陽脩資料彙編　洪本健編。上、中、下三冊。《古典文學研究資料匯編》之一。一九九五年中華書局出版。
王荊文公年譜　元大德本《王荊文公詩箋注》本。一九五八年中華書局重印本。
王荊國文公年譜　清顧棟高撰。《求恕齋叢書》本。
王荊公年譜考略　清蔡上翔著。一九五九年四月中華書局出版。
王文公年譜　楊希閔撰。《十五家年譜》本。
王安石評傳　梁啟超著。一九三六年世界書局出版。
王安石傳　柯昌頤著。一九三三年上海商務印書館印行。
王安石　鄧廣銘著。一九七九年人民出版社出版。
蘇軾年譜　宋王宗稷著。明李贄輯評。明萬曆三十五年（一五四四）茅維楨刻《蘇軾文集》本。

又，年譜後語。原題燕石齋撰。明萬曆二十八年（一六〇〇）焦竑刻本。

東坡紀年錄 一卷。宋傅藻撰。《四部叢刊初編·東坡先生詩》附。

東坡事類 二十二卷。清梁廷枏撰。清道光刊《藤花亭十七種》本。

蘇軾的生活 胡懷琛著。一九三五年世界書局出版。

蘇東坡 周景濂著。一九三七年二月上海正中書局《國學叢刊》本。

蘇軾研究專集 四川大學學報編輯部編、四川大學中文系唐宋研究室編。一九八〇年四川人民出版社出版。

蘇東坡 顏中其著。一九八一年八月黑龍江人民出版社出版。

蘇軾評傳 曾棗莊著。一九八一年九月四川人民出版社出版。

蘇軾 王水照編寫。一九八二年一月上海古籍出版社《中國古典文學基本知識叢書》本。

蘇軾文學論集 劉乃昌著。一九八二年四月齊魯書社印行。

蘇軾新論 朱靖華撰。一九八三年十一月齊魯書社出版。

東坡詞論叢 蘇軾研究學會編。一九八二年九月四川人民出版社出版。

蘇軾及其作品 叢鑑、柯大課編著。一九八四年十月吉林人民出版社《古典文學叢書》本。

蘇東坡軼事彙編 顏中其編。一九八四年十月岳麓書社出版。

蘇軾資料彙編 四川大學中文系唐宋文學研究室編。全五冊，上編四冊，下編一冊。《古典文學研究資料彙編》之一。一九九四年中華書局出版。

黃文節公年譜 清楊希閔著。《十五家年譜》本。

山谷年譜 一卷。宋任淵撰。《山谷詩集注》本。

山谷先生年譜 三卷。宋黃罃撰。明弘治葉氏刻《豫章黃先生文集》本。

黃庭堅年譜簡編 龍榆生編。《蘇門四學士》之二《豫章黃先生詞》本。

重編淮海先生年譜節要 一卷。清秦瀛撰。《四部備要·淮海集》附。

秦觀年譜簡譜 龍榆生編。《蘇門四學士》之一《淮海居士長短句》本。

秦少游 何瓊崖等編。一九八三年二月江蘇人民出版社《江蘇歷史人物小叢書》本。

淮海居士詩詞叢話 不分卷。秦國璋輯。一九一四年無錫秦氏嘉會堂刊本。

蘇門四學士 周義敢編寫。一九八三年十一月上海古籍出版社《中國古典文學基本知識叢書》本。

後山年譜 宋任淵著。明嘉靖十年（一五三一）梅南書屋刊《後山詩注》本。

賀方回年譜 夏承燾撰。《唐宋詞人年譜》本。

清真先生遺事 一卷。王國維撰。《海寧王忠愨公遺書》本、《周邦彥集》本。

清真居士年譜 一卷。陳思撰。《遼海叢書》本。

周詞訂律 十卷，補遺一卷。清楊易霖撰。一九三一年上海開明書店仿宋印本。

石林遺事 三卷。附錄一卷。葉德輝輯。宣統刊《石林遺書》本。

易安居士事輯 清俞正燮撰。《癸巳類稿》本。

李清照事跡考辨 黃盛璋撰。一九六二年中華書局《李清照集》附。

趙明誠李清照夫婦年譜 黃盛璋撰。一九六二年中華書局《李清照集》附。

李清照事跡編年 王學初撰。一九七九年十月人民文學出版社《李清照集校注》附。

宋李清照易安居士年譜 黃墨谷撰。一九八一年十一月齊魯書社《重輯李清照集》附。

李清照及漱玉詞 一卷。胡雲翼編著。一九三〇年上海亞細亞書局版。

李清照 傅東華撰。一九三五年商務印書館出版。

李清照 徐培均撰。一九八一年十二月上海古籍出版社《中國古典文學知識小叢書》本。

李清照評傳 王延梯著。一九八二年四月陝西人民出版社《中國古代作家研究叢書》本。

李清照 蔡國黃著。一九八三年八月中華書局《中國歷史小叢書》本。

李清照研究論文集 濟南市社科研究所編。一九八四年五月中華書局出版。

李清照資料彙編 褚斌傑編。一九八四年五月北京《古典文學研究資料匯編》本。

李清照及其作品 平慧善著。一九八五年九月時代文藝出版社出版。

當代視野下的李清照 劉勇剛著。二〇一四年廣陵書社出版。

李清照 陳玉蘭評注。二〇一五年中華書局出版。

李忠定公（綱）年譜 清楊希閔編。《十五家年譜》本。

陳與義年譜　胡穉編注。四部叢刊影宋《簡齋集》附。

陳與義年譜　白敦仁著。一九八三年三月中華書局出版。

宋岳鄂王年譜　錢汝雯著。一九二四年印本。

張元幹年譜　王兆鵬等。一九八九年南京出版社出版。

張元幹詞研究　曹濟平著。二〇一三年南京師範大學出版社出版。

張于湖先生年譜　畢壽頤撰。一九三一年無錫國專校友會集刊。

張孝祥年譜　宛敏灝著。一九五九年第四、五期《安徽史學通訊》。

楊文節公年譜　鄒樹榮編。一九二二年南昌鄒氏《粟園叢書》本。

楊誠齋年譜　夏敬觀著。一九四〇年商務印書館《楊誠齋詩》附。

范成大年譜　孔凡禮撰。一九八五年齊魯書社出版。

范成大楊萬里卷　湛之撰。一九六五年六月中華書局《古典文學研究資料彙編》本。一九八五年中華書局重印本，改名《楊萬里范成大資彙匯編》。

朱淑真研究　黃嫣梨著。一九九二年上海三聯書店出版。

陸游年譜　清錢大昕撰。《潛研堂全書》本。

陸游年譜　歐小牧編。一九五八年人民文學出版社出版，一九八一年七月重印本。

陸游年譜　於北山著。一九六一年十二月中華書局出版。

陸游的生活　胡懷琛著。一九三三年世界書局印。

陸放翁詞之思想與藝術　郭銀田著。一九四三年獨立出版社印行。

陸游傳論　齊治平著。一九五八年三月古典文學出版社出版。一九八四年二月岳麓書社重版。

陸游傳　朱東潤撰。一九六〇年三月中華書局出版。

陸游研究　朱東潤撰。一九六一年九月中華書局出版。

陸游　齊治平著。一九六一年十一月中華書局《古典文學基本知識叢書》本。

陸游卷　孔凡禮、齊治平編。一九六二年十一月中華書局《古典文學研究資料彙編》本。

陸游　曹濟平撰。一九八二年五月江蘇人民出版社《中國歷史名人傳叢書》本。

陸游傳　郭光編。一九八二年五月中州書畫社印。

陸游　喻朝剛著。一九八三年三月黑龍江人民出版社出版。

稼軒年譜　清辛啟泰編撰。附於《稼軒集抄存》。清嘉慶刻本。

辛棄疾年譜　清梁啟超編撰。中華書局印本。

稼軒先生年譜　陳思編撰。《遼海叢書》本。

稼軒先生年譜　鄭騫編撰。一九三八年商務印書館印。

辛稼軒年譜　鄧廣銘撰。一九五七年八月北京古典文學出版社印行。

辛稼軒評傳　徐嘉端著。一九四六年文通書局印行。

辛棄疾傳　錢東甫著。一九五五年九月作家出版社出版。

辛棄疾　唐圭璋著。一九五七年七月上海人民出版社版。

辛棄疾（稼軒）傳　鄧廣銘著。一九五七年十二月上海人民出版社出版。

辛棄疾　夏承燾、游止水著。一九六二年十二月中華書局《中國古典文學知識小叢書》本，一九七九年四月上海古籍出版社重版。

辛棄疾論叢　劉乃昌撰。一九七九年七月齊魯書社印行。

辛棄疾的故事　劉益安、馮一合著。一九七九年河南人民出版社出版。

辛棄疾評傳　王延梯撰。一九八一年二月陝西人民出版社《中國古代作家研究叢書》本。

辛棄疾　張碧波著。一九八二年五月黑龍江人民出版社出版。

辛棄疾　楊牧之撰。一九八四年三月中華書局《中國歷史小叢書》本。

辛棄疾詞傳　鍾銘鈞著。一九八五年二月中州古籍出版社出版。

陳亮年譜　童振福撰。一九三六年商務印書館印。

陳龍川先生年譜長編三卷　顏虛心著。一九四六年商務印書館印行。

陳龍川傳　鄧廣銘著。一九四三年重慶獨立出版社《傳記叢書》本。

懷賢錄　明沈愚輯。羅振常訂補。有關劉過研究資料。上海蟫隱廬仿宋印本。

陳同甫年譜　姜書閣編訂。《陳亮龍川詞箋注》附。

白石道人年譜　陳思撰。《遼海叢書》本。

姜白石繫年　夏承燾撰。《唐宋詞人年譜》本。

論姜白石創作歌曲研究　楊蔭瀏、陰法魯合撰。一九五七年北京音樂出版社出版。

白石道人歌曲通考　丘瓊蓀著，一九五七年音樂出版社出版。

姜白石與音樂　吳潤霖著。一九八八年上海音樂出版社出版。

中國抒情傳統的演變——姜夔和南宋詞　（美）林順夫著，張宏生譯。二〇〇五年上海古籍出版社出版。

劉後村先生年譜　張基撰。《之江學報》一卷三期。
劉克莊年譜　程章燦著。一九九三年貴州人民出版社出版。
吳夢窗繫年　夏承燾撰。《唐宋詞人年譜》本。
周草窗年譜　夏承燾撰。《唐宋詞人年譜》本。
文天祥自撰年譜　《文山全集》附《紀年錄》。
文天祥年譜　許浩基撰。一九二七年《杏蔭室匯刻》本。
文天祥　易君左撰。一九三三年新生命書店出版。
文天祥年譜　楊德恩撰。一九三九年長沙商務印書館《中國史學小叢書》本。
文天祥　孫毓修撰。一九三三年商務印書館出版。
文天祥評述　傅抱石著。一九四〇年青年書店印。
文天祥　萬繩楠著。一九五九年中華書局出版。
文天祥　陳德泉著。一九八二年十二月上海人民出版社出版。
元遺山先生年譜　一卷。清翁方綱撰。《粵雅堂叢書》本、石蓮庵彙刻《九金人集》本。
元遺山先生年譜　二卷。清凌廷堪撰。石蓮庵彙刻《九金人集》本。
遺山年譜　清施國祁撰。《元遺山詩集箋注》本，一九五八年人民文學出版社據道光蔣氏瑞松齋原刻排印。
廣元遺山年譜　李光廷著。《適園叢書》本。

（蔣哲倫編　劉尊明修訂　慕池增補）

名句索引

【一畫】

【二畫】

【三畫】

三杯兩盞淡酒，怎敵他曉來風急？ 2303
三徑就荒秋自好，一錢不值貧相逼。 3438
也應似舊，盈盈秋水，淡淡春山。 1849
也擬臨朱戶，嘆因郎憔悴，羞見郎招。 1983
凡我同盟鷗鷺，今日既盟之後，來往莫相猜。 2914
千山萬水不曾行，魂夢欲教何處覓。 235
千尺絲綸直下垂，一波纔動萬波隨。 78
千古江山，英雄無覓，孫仲謀處。 3136
千古事，雲飛煙滅。 3009
千古忠肝義膽，萬里蠻煙瘴雨，往事莫驚猜。 2917
千古盈虧休問。嘆慢磨玉斧，難補金鏡。 4195
千古興亡，百年悲笑，一時登覽。 3023
千古興亡多少事？悠悠，不盡長江滾滾流！ 3152
千年田換八百主，一人口插幾張匙？ 3018
千里江山寒色暮，蘆花深處泊孤舟。笛在月明樓。 425
千里孤墳，無處話淒涼。 1353
千里故鄉，十年華屋，亂魂飛過屏山簇。 624
千里萬里，二月三月，行色苦愁人。 1048
千里澄江似練，翠峰如簇。 98
千里斷腸，關山古道。回首高城似天杳。 1851
千林搖落漸少，何事西風老色，爭妍如許。 4203
千金縱買相如賦，脈脈此情誰訴？ 2894
千首富，不救一生貧。 3477
千峰雲起，驟雨一霎兒價。更遠樹斜陽，風景怎生圖畫？ 2943
千萬縷、藏鴉細柳，為玉尊、起舞回雪。 3283
口不能言，心下快活自省。 1521
夕陽鳥外，秋風原上，目斷四天垂。 728
大江東去，浪淘盡、千古風流人物。 1232
大兒鋤豆溪東，中兒正織雞籠。最喜小兒無賴，溪頭臥剝蓮蓬。 2972
小山重疊金明滅，鬢雲欲度香腮雪。 117
小舟從此逝，江海寄餘生。 1267
小兒破賊，勢成寧問強對！ 2824
小徑紅稀，芳郊綠遍，高臺樹色陰陰見。 886
小堂深靜無人到，滿院春風。惆悵牆東。一樹櫻桃帶雨紅。 339
小楫輕舟，夢入芙蓉浦。 2009
小閣重簾有燕過，晚花紅片落庭莎。曲欄杆影入涼波。 840
小樓昨夜又東風，故國不堪回首月明中。 402
小樓連苑橫空，下窺繡轂雕鞍驟。 1588
山下蘭芽短浸溪，松間沙路淨無泥，蕭蕭暮雨子規啼。 1421
山月不知心裡事，水風空落眼前花。 162
山寺月中尋桂子，郡亭枕上看潮頭。 86
山色有無中。 1002
/ 1213
山色誰題？樓前有雁斜書。 3906
山抹微雲，天連衰草，畫角聲斷譙門。 1595
山長水遠，遮斷行人東望眼。恨舊愁新，有淚無言對晚春。 3695
山南山北雪晴，千里萬里月明。 62
山映斜陽天接水，芳草無情，更在斜陽外。 662
山圍故國遶清江，髻鬟對起；怒濤寂寞打孤城，風檣遙度天際。 2063
山無重數周遭碧，花不知名分外嬌。 2938
山無數，亂紅如雨，不記來時路。 1650
山黛遠，月波長。暮雲秋影蘸瀟湘。 4490

才子詞人，自是白衣卿相。 776
才始送春歸，又送君歸去。 1176
才欲歌時淚已流，恨應更、多於淚。 940

【四畫】

不向花邊拚一醉，花不語，笑人痴。 2796
不如江月，照伊清夜同去。 2733
不如桃杏，猶解嫁東風。 793
不如飲待奴先醉，圖得不知郎去時。 659
不如歸去下簾鉤。心兒小，難著許多愁。 2383
不似當時，小樓衝雨，幽恨兩人知。 1987
不忍登高臨遠，望故鄉渺邈，歸思難收。 758
不言不語，一段傷春，都在眉間。 2011
不言愁恨，不言憔悴，只恁寄相思。 4410
不知天上宮闕，今夕是何年。 1218
不知筋力衰多少，但覺新來懶上樓。 2940
不知醞藉幾多香，但見包藏無限意。 2240
不恨古人吾不見，恨古人不見吾狂耳。知我者，二三子。 3059
不是渭城西去客，休唱〈陽關〉。 1172
不為擣衣勤不睡，破除今夜夜如年。 1700
不負人生，古來唯有，中秋重九。願年年此夕，團欒兒女，醉山中酒。 4580
不將心嫁冶遊郎。 1146
不須攜酒登臨。問有酒、何人共斟？ 3471
不解寄、一字相思，幸有歸來雙燕。 1794
不憤錢塘蘇小小，引郎松下結同心。 473
不請長纓，繫取天驕種，劍吼西風。 1785
不應有恨，何事長向別時圓？ 1218
不辭散落人間去，怕群花、自嫌凡俗。向他秋晚，喚回春意，幾曾幽獨！ 2820
不灑世間兒女淚，難堪親友中年別。 3552
不戀單衾再三起。有誰知，為蕭娘，書一紙。 2034
中州盛日，閨門多暇，記得偏重三五。 2293
中流容與，畫橈不點清鏡。 3336
中秋誰與共孤光，把盞淒然北望。 1247
中庭日淡芭蕉卷。 2138
中庭月色正清明，無數楊花過無影。 818
今夕不登樓，一年空過秋。 3497
今日此尊空，知君何日同！ 1458
今年元夜時，月與燈依舊。不見去年人，淚滿春衫袖。 1012
今年何以報君恩？一路繁花相送到青墩。 2400
今年花勝去年紅。可惜明年花更好，知與誰同？ 1037
今年海角天涯，蕭蕭兩鬢生華。 2242
今老矣，搔白首，過揚州。倦遊欲去江上，手種橘千頭。 2921
今何許？憑欄懷古，殘柳參差舞。 3225
今夜山深處，斷魂分付潮回去。 1857
今夜故人來不來？教人立盡梧桐影。 626
今夜殘燈斜照處，熒熒，秋雨晴時淚不晴。 1294
今宵酒醒何處？楊柳岸、曉風殘月。 684
今宵剩把銀釭照，猶恐相逢是夢中。 1101
今朝一歲大家添，不是人間偏我老。 2587
今歲清明逢上巳，相思先到濺裙水。 3415
元知造物心腸別，老卻英雄似等閒。 2582
六代繁華，暗逐逝波聲。 270
六曲闌干偎碧樹。楊柳風輕，展盡黃金縷。 334

月上柳梢頭，人約黃昏後。 1012
月分明，花澹薄，惹相思。 259
月有微黃籬無影，掛牽牛數朵青花小。秋太淡，添紅棗。 4268
月明人倚樓。 93
月明楊柳風。 475
月洗高梧，露溥幽草，寶釵樓外秋深。 3164
月浸葡萄十里。看往來神仙才子，肯把菱花撲碎？ 4030
月掛霜林寒欲墜。正門外、催人起。 2748
月移花影西廂。數流螢過牆。 3749
月解重圓星解聚，如何不見人歸？ 2158
水天空闊，恨東風、不惜世間英物。 4134
水是眼波橫，山是眉峰聚。 1176
水浸碧天天似水，廣寒宮闕人間世。 1668
水堂西面畫簾垂，攜手暗相期。 205
水涵空、欄杆高處，送亂鴉斜日落漁汀。 3918
水殿風來暗香滿。 1325
水漲魚天拍柳橋，雲鳩拖雨過江皋。一番春信入東郊。 4445
水精雙枕，傍有墮釵橫。 1034
水精簾裡頗黎枕，暖香惹夢鴛鴦錦。 120
水遠。怎知流水外，卻是亂山尤遠。 4239
水窮行到處，雲起坐看時。 1821
水調數聲持酒聽，午醉醒來愁未醒。 808
父老猶記宣和事，抱銅仙、清淚如水。 4030
片紅休掃盡從伊，留待舞人歸。 432
牛衣古柳賣黃瓜。 1433

【五畫】

世事一場大夢，人生幾度新涼？ 1247
世事悠悠渾未了，年光冉冉今如許！ 3676
世情薄，人情惡，雨送黃昏花易落。 2639
世路如今已慣，此心到處悠然。 2725
世路無窮，勞生有限，似此區區長鮮歡。 1237
世態便如翻覆雨，妾身元是分明月。 4124
乍雨乍晴，輕暖輕寒，漸近賞花時節。 956
乍咽涼柯，還移暗葉，重把離愁深訴。 4214
乍暖還寒時候，最難將息。 2303
兄弟燈前家萬里，相看如夢寐。 1497
半廊花院月，一帽柳橋風。 2590
半黃梅子，向晚一簾疏雨。斷魂分付與，春將去。 1741
半壕春水一城花。煙雨暗千家。 1310
去也如何去，住也如何住。住也應難去也難，此際難分付。 2804
去年元夜時，花市燈如畫。 1012
去年沙嘴是江心。 107
去年相送，餘杭門外，飛雪似楊花。今年春盡，楊花似雪，猶不見還家。 1273
去住若為情，西江潮欲平。 1458
去路香塵莫掃，掃即郎去歸遲。 211
古今幾度，生存華屋，零落山丘。 4604
古祠深殿，香冷雨和風。 493
古臺荒、斷霞斜照，新夢黯、微月疏砧。 3489
只今袖手野色裡，望長淮、猶二千里。縱有英心誰寄！ 3524
只有一枝梧葉，不知多少秋聲！ 4379

只有關山今夜月，千里外，素光同。 1874
只言江左好風光，不道中原歸思轉淒涼。 2321
只恐花深裡，紅露濕人衣。 1141
只恐雙溪舴艋舟，載不動許多愁。 2297
只道真情易寫，那知怨句難工。 2590
只應花好似年年，花不似、人憔悴。 1456
只應幽夢解重來，夢中不識從何去。 4398
只願君心似我心，定不負相思意。 1559
可惜一片清歌，都付與黃昏。 3698
可惜一溪風月，莫教踏碎瓊瑤。 1254
可惜東風，將恨與、閒花俱謝。記取崔徽模樣，歸來暗寫。 3403
可惜流年，憂愁風雨，樹猶如此！ 2907
可惜渚邊沙外，不共美人遊歷。問甚時同賦，三十六陂秋色？ 3321
可堪孤館閉春寒，杜鵑聲裡斜陽暮。 1624
可堪閒憶似花人。 523
可憐千點吳霜，寒銷不盡，又相對、落梅如雨。 3873
可憐今夕月，向何處、去悠悠？ 3044
叵耐靈鵲多謾語，送喜何曾有憑據。 613
四十年來家國，三千里地山河。鳳閣龍樓連霄漢，玉樹瓊枝作煙蘿。幾曾識干戈？ 458
四面邊聲連角起。千嶂裡，長煙落日孤城閉。 665
奴為出來難，教君恣意憐。 440
平山欄檻倚晴空，山色有無中。 1002
平生塞北江南，歸來華髮蒼顏。布被秋宵夢覺，眼前萬里江山。 2974
平林漠漠煙如織，寒山一帶傷心碧。 47
平岡細草鳴黃犢，斜日寒林點暮鴉。 3025
平蕪盡處是春山，行人更在春山外。 1007
平頭鞋子小雙鸞。 1182
未老莫還鄉，還鄉須斷腸。 183
未信此情難繫絆，楊花猶有東風管。 1368
未羞他、雙燕歸來，畫簾半捲。 4340
未暇買田清潁尾，尚須索米長安陌。 3438
本是尋常田舍子，如何呼喚作詩人？無益費精神。 3477
正是銷魂時節，東風滿樹花飛。 577
正銷魂，梧桐又移翠陰。 100
正銷魂又是，疏煙淡月，子規聲斷。 2853
玉人和月摘梅花。 1779
玉郎還是不還家，教人魂夢逐楊花，繞天涯。 559
玉骨西風，恨最恨、閒卻新涼時節。 4071
玉階空佇立，宿鳥歸飛急。 47
玉鉤雙語燕，寶甃楊花轉。幾處簸錢聲，綠窗春睡輕。 2318
玉鑑瓊田三萬頃，著我扁舟一葉。 2708
生怕見、花開花落，朝來塞雁先還。 3079
生怕客談榆塞事，且教兒誦《花間集》。 3589
用舍由時，行藏在我，袖手何妨閒處看。 1237
白首為功名。舊山松竹老，阻歸程。 2468
白草黃沙，月照孤村三兩家。 2363
白紵春衫如雪色，揚州初去日。 293
白髮書生神州淚，盡淒涼、不向牛山滴。 3602
白髮寧有種？一一醒時栽！ 2917
白頭居士無呵殿，只有乘肩小女隨。 3239
白璧青錢，欲買春無價。歸來也，風吹平野，一點香隨馬。 2456

白鷗問我泊孤舟，是身留，是心留？心若留時，何事鎖眉頭？ 4292

目送征鴻飛杳杳，思隨流水去茫茫。 281

目盡青天懷今古，肯兒曹恩怨相爾汝？舉大白，聽〈金縷〉。 2409

目斷四天垂。 728

石人應下千行血。擬展青天，寫作斷腸文，難盡說。 4468

【六畫】

休去倚危欄，斜陽正在、煙柳斷腸處。 2895

休言萬事轉頭空，未轉頭時皆夢。 1257

休相問，怕相問，相問還添恨。 553

休對故人思故國，且將新火試新茶。詩酒趁年華。 1310

共追遊處，凌波翠陌，連棹橫塘。 3925

共攜手處，香如霧，紅隨步，怨春遲。消瘦損，憑誰問？只花知，淚空垂。 2529

冰池晴綠照還空，香徑落紅吹已斷。 3559

冰弦寫怨更多情，騷人恨，枉賦芳蘭幽芷。春思遠，誰嘆賞、國香風味。 4115

同雲深處望三關，斷腸山又山。 2349

名播蘭馨妃后裡，暈潮蓮臉君王側。 4165

名韁利鎖，天還知道，和天也瘦。 1588

回首夕陽紅盡處，應是長安。 1172

回首天涯歸夢，幾魂飛西浦，淚灑東州。 4100

回首向來蕭瑟處，歸去，也無風雨也無晴。 1275

回首東風銷鬢影，重省，十年心事夜船燈。 3867

回首青門路。亂紅飛絮，相逐東風去。 1568

回首洛陽花石盡，煙渺黍離之地，更不復、新亭墮淚。 3977

回首望霄漢，雙淚墮清波。 4432

回梭織朵垂蓮子，盤花易綰，愁心難整，脈脈亂如絲。 4409

回潮似咽。送一點秋心，故人天末。 4351

因甚天也慳春，輕陰便成雨。 3870

地卑山近，衣潤費爐煙。 2000

多少六朝興廢事，盡入漁樵閒話。 897

多少新亭揮淚客，誰夢中原塊土？ 3598

多少暗愁密意，唯有天知。 2013

多少蓬萊舊事，空回首，煙靄紛紛。 1595

多情自古傷離別，更那堪冷落清秋節！ 684

多情卻被無情惱，今夜還如昨夜長。 4596

多情卻被無情惱。 1356

多情唯是燈前影，伴此翁同去同來。 3611

多情誰似南山月，特地暮雲開。灞橋煙柳，曲江池館，應待人來。 2602

多情應笑我、早生華髮。 1232

多情簾燕獨徘徊，依舊滿身花雨又歸來。 2121

多謝月相憐，今宵不忍圓。 2774

多謝無功，此事如何著得儂！ 1413

好在半朧淡月，到如今、無處不銷魂。故國梅花歸夢，愁損綠羅裙。 2459

好花枝、半出牆頭，似悵望、芳草王孫何處。 4451

好是悲歌將進酒，不妨同賦惜餘春。 2438

好風如扇雨如簾，時見岸花汀草漲痕添。 1844

好風襟袖先知。 2020

如今向、漁村水驛，夜如歲、焚香獨自語。 2069

如今卻憶江南樂，當時年少春衫薄。 185

江山依舊雲空碧，昨日主人今日客。 1517
江水蒼蒼，望倦柳愁荷，共感秋色。 3430
江州司馬，青衫淚濕，同是天涯。 4477
江南春盡離腸斷，蘋滿汀洲人未歸。 633
江南舊事休重省。遍天涯、尋消問息，斷鴻難倩。 2379
江晚正愁余，山深聞鷓鴣。 2949
江影沉沉，露涼鷗夢闊。 239
江都宮闕，清淮月映迷樓，古今愁。 701
江楓漸老，汀蕙半凋，滿目敗紅衰翠。 4351
江頭未是風波惡，別有人間行路難。 2935
池北池南草綠，殿前殿後花紅。 71
池塘水綠風微暖，記得玉真初見面。 866
百年短短興亡別，與君猶對當時月。 4001
百年裡，渾教是醉，三萬六千場。 1206
百囀無人能解，因風飛過薔薇。 1490
羽扇綸巾，談笑間、檣櫓灰飛煙滅。 1232
老子平生，江南江北，最愛臨風笛。 1467
老子豈無經世術，詩人不預平戎策。 3444
老夫聊發少年狂，左牽黃，右擎蒼，錦帽貂裘，千騎卷平岡。 1345
老冉冉兮花共柳，是栖栖者蜂和蝶。 2986
老去相如倦。向文君、說似而今，怎生消遣？ 3191
老去胸中，有些磊塊，歌罷猶須著酒澆。 3573
老矣青山燈火客，撫佳期、漫灑新亭淚。歌哽咽，事如水！ 3760
老來情味減，對別酒，怯流年。 2959
而今白髮三千丈，愁對寒燈數點紅。 2343
而今春似輕薄蕩子難久。 3069
而今樂事他年淚。 1573
而今燈漫掛。不是暗塵明月，那時元夜。 4283
而今識盡愁滋味，欲說還休。欲說還休，卻道天涼好個秋。 3071
而今麗日明金屋，春色在桃枝。 1987
而今聽雨僧廬下，鬢已星星也。悲歡離合總無情，一任階前點滴到天明。 4301
耳畔風波搖蕩，身外功名飄忽，何路射旄頭？ 2425
肌玉暗消衣帶緩，淚珠斜透花鈿側。 4124
自在飛花輕似夢，無邊絲雨細如愁。寶簾閒掛小銀鉤。 1632
自有多情處，明月掛南樓。 1664
自放鶴人歸，月香水影，詩冷孤山。 4063
自春來、慘綠愁紅，芳心是事可可。 718
自是人生長恨水長東！ 410
自是蕭郎飄蕩，錯教人恨楊花。 4082
自胡馬窺江去後，廢池喬木，猶厭言兵。 3305
自許封侯在萬里。有誰知，鬢雖殘，心未死！ 2614
自憐兩鬢清霜，一年寒食，又身在、雲山深處。 3870
行人去，暗銷春素，橫笛空山暮。 3928
行人歸意速。最先念、流潦妨車轂。 2041
行到小溪深處，有黃鸝千百。 1658
行到江南知是夢，雪壓漁船。 3507
行客待潮天欲暮，送春浦，愁聽猩猩啼瘴雨。 533
行雲卻在行舟下，空水澄鮮，俯仰留連，疑是湖中別有天。 988
衣上酒痕詩裡字，點點行行，總是淒涼意。 1097
衣袂京塵曾染處，空有香紅尚軟。 3191
衣帶漸寬終不悔，為伊消得人憔悴。 698

西北望長安，可憐無數山。 2949
西風殘照，漢家陵闕。 51
西窗又吹暗雨。為誰頻斷續，相和砧杵？ 2366
西窗下，風搖翠竹，疑是故人來。 1605
西園何限相思樹，辛苦梅花候海棠。 4596
西塞山前白鷺飛，桃花流水鱖魚肥。 58

【七畫】

伴人無寐，秦淮應是孤月。 4134
似人處、最在雙波凝盼。 3894
似花還似非花，也無人惜從教墜。 1198
但令人飽我愁無。 1423
但有江花，共臨秋鏡照憔悴。 3854
但屈指西風幾時來，又不道流年暗中偷換。 1325
但怪得、竹外疏花，香冷入瑤席。 3313
但悵望、一縷新蟾，隨人天角。 3876
但教有酒身無事，有花也好，無花也好，選恁春秋。 4543
但夢想、一枝瀟灑，黃昏斜照水。 2044
但滿眼京塵，東風竟日吹露桃。 1983
但遠山長，雲山亂，曉山青。 1386
但箭雁沉邊，梁燕無主，杜鵑聲裡長門暮。 4025
但繫馬垂楊，認郎鸚鵡。 3281
但願人長久，千里共嬋娟。 1218
佇倚危樓風細細，望極春愁，黯黯生天際。 698
何日歸家洗客袍？銀字笙調，心字香燒。 4295
何必苦言歸，石亭春滿枝。 1867
何必絲與竹，山水有清音。 4564
何物繫君心？三歲扶床女！ 1713
何處今宵孤館裡，一聲征雁，半窗殘月，總是離人淚。 2107
何處合成愁？離人心上秋。縱芭蕉、不雨也颼颼。 3941
何處是遼陽？錦屏春晝長。 480
何處是歸程，長亭更短亭。 47
何處望神州？滿眼風光北固樓。 3152
何處銷魂？初三夜月，第四橋春。 3783
何遜而今漸老，都忘卻、春風詞筆。 3313
兵塵萬里，家書三月，無言搔首。 4580
冷落竹籬茅舍，富貴玉堂瓊榭。兩地不同栽，一般開。 3353
別君南浦，翠眉曾照波痕淺。再來漲綠迷舊處，添卻殘紅幾片。 4192
別來此處最縈牽。短篷南浦雨，疏柳斷橋煙。 2779
別來相憶，知是何人。有湖中月，江邊柳，隴頭雲。 1383
別巷寂寥人散後，望殘煙草低迷。 421
別後不知君遠近，觸目淒涼多少悶。 1030
別後只知相愧，淚珠難遠寄。 197
別後書辭，別時針線。離魂暗逐郎行遠。 3245
別時不似見時情。今夜月明江上酒初醒。 1495
別時容易見時難。 448
別愁深夜雨，孤影小窗燈。 2129
別離滋味濃於酒，著人瘦。 1842
君知否？亂鴉啼後，歸興濃如酒。 2099
君思我，回首處，正江涵秋影雁初飛。 3514
君淚盈，妾淚盈。羅帶同心結未成，江頭潮已平。 646
君莫舞，君不見、玉環飛燕皆塵土！ 2895
吟詩日日待春風，及至桃花開後卻匆匆。 2398
吟邊眼底，被嫩綠、移紅換紫。甚等閒、半委東風，半委

小橋流水。 3780
含笑問檀郎：花強妾貌強？ 621
含羞眉乍斂，微語笑相和。 278
吳山青，越山青。兩岸青山相送迎，誰知離別情？ 646
吳山點點愁。 93
吳主山河空落日，越王宮殿半平蕪。 468
吳楚地，東南坼。英雄事，曹劉敵。被西風吹盡，了無塵跡。 2911
吳鴻好為傳歸信，楊柳閶門屋數間。 3939
吾儕心事，古今長在，高山流水。 3090
坐待不來來又去，一方明月中庭。 2483
壯志饑餐胡虜肉，笑談渴飲匈奴血。 2470
壯歲旌旗擁萬夫，錦襜突騎渡江初。 3111
弄夜色，空餘滿地梨花雪。 1979
忍把浮名，換了淺斟低唱！ 776
忍淚佯低面，含羞半斂眉。 227
快長堤萬弩，平岡千騎，波濤卷，魚龍夜。 4558
我已無家，君歸何里？中路徘徊七寶鞭。 4047
我有一卮芳酒，喚取山花山鳥，伴我醉時吟。 4564
我有平生〈離鸞操〉，頗哀而不慍微而婉。聊一奏，更三嘆。 3605
我住長江頭，君住長江尾。日日思君不見君，共飲長江水。 1559
我見青山多嫵媚，料青山見我應如是。情與貌，略相似。 3059
我來弔古，上危樓，贏得閒愁千斛。虎踞龍蟠何處是？只有興亡滿目。 2925
我念梅花花念我，關情。起看清冰滿玉瓶。 3771

我是曲江臨池柳，這人折了那人攀。恩愛一時間。 605
我是行人，更送行人去。 2536
我欲穿花尋路，直入白雲深處，浩氣展虹霓。 1470
我欲乘風歸去，又恐瓊樓玉宇，高處不勝寒。起舞弄清影，何似在人間！ 1218
我最憐君中宵舞，道「男兒到死心如鐵」。看試手，補天裂。 3001
我節君袍雪樣明，俯仰都無愧色。 3786
把酒祝東風，且共從容，垂楊紫陌洛城東。 1037
把酒送春春不語，黃昏卻下瀟瀟雨。 2769
把酒問姮娥：被白髮欺人奈何？ 3085
投老殘年，江南誰念方回。 4109
折得一枝楊柳，歸來插向誰家？ 4383
折蘆花贈遠，零落一身秋。 4330
更消他，幾度春風，幾度飛花。 4229
更能消、幾番風雨？匆匆春又歸去。 2894
更草草離筵，匆匆去路，愁滿旌旗。 2957
更淒然，萬綠西泠，一抹荒煙。 4322
更無人問，一枕江南恨。 2332
更聞簾外雨瀟瀟，滴芭蕉。 562
更攜取胡床上南樓，看玉做人間，素秋千頃。 1824
杏花疏影裡，吹笛到天明。 2403
杏花無處避春愁，也傍野煙發。唯有御溝聲斷，似知人嗚咽。 2526
杜宇一聲春去，樹頭無數青山。 4609
杜郎老矣，想舊事、花須能說。記少年，一夢揚州，二十四橋明月。 4067
杜鵑啼月一聲聲，等閒又是三春盡。 2542

求田問舍，怕應羞見，劉郎才氣。 2907
沉水臥時燒，香消酒未消。 2255
沉思前事，似夢裡，淚暗滴。 2059
沉恨細思，不如桃杏，猶解嫁東風。 793
沙上不聞鴻雁信，竹間時聽鷓鴣啼。此情唯有落花知！ 1439
沙汀宿雁破煙飛，溪橋殘月和霜白。 692
男兒西北有神州，莫滴水西橋畔淚！ 3260
男兒何用傷離別？況古來、幾番際會，風從雲合。 2838
良宵誰與共，賴有窗間夢。可奈夢回時，一番新別離！ 1757
見也如何暮，別也如何遽。別也應難見也難，後會無憑據。 2804
角聲寒，夜闌珊。怕人尋問，咽淚裝歡。瞞，瞞，瞞！ 2639
赤壁磯頭落照，肥水橋邊衰草，渺渺喚人愁。 2697
身如西瀼渡頭雲，愁抵瞿塘關上草。 2587
身如秋後蠅。若教隨馬逐郎行，不辭多少程。 2032
身是客、愁為鄉。算玉簫、猶逢韋郎。 3406
車如流水馬如龍。 423
那回歸去，蕩雲雪，孤舟夜發。傷心重見，依約眉山，黛痕低壓。 3263

【八畫】

事去空流東汴水，愁來不見西湖月。 4162
事無兩樣人心別。 3001
佳人猶唱醉翁詞，四十三年如電抹。 1244
佳人舞點金釵溜，酒惡時拈花蕊嗅。 438
佳處徑須攜杖去，能消幾兩平生屐？ 2911
使李將軍，遇高皇帝，萬戶侯何足道哉！披衣起，但淒涼感舊，慷慨生哀。 3570
來時舊路，尚巖花、嬌黃半吐。到而今唯有，溪邊流水，見人如故。 2550
依稀聞道「太狂生」！ 491
依舊，依舊，人與綠楊俱瘦。 4448
依舊四橋風景在，為問坡仙甚處。但遺愛、沙邊鷗鷺。 3367
依舊桃花面，頻低柳葉眉。 230
兒時曾記得，呼燈灌穴，斂步隨音。任滿身花影，猶自追尋。 3164
免葵燕麥，向殘陽、影與人齊。 2082
兩岸人家微雨後，收紅豆，樹底纖纖抬素手。 265
兩情若是久長時，又豈在朝朝暮暮。 1611
初將明月比佳期，長向月圓時候望人歸。 1162
到長淮底。過當時樓下，殷勤為說，春來羈旅況味。 1962
到歸時、定有殘英，待客攜尊俎。 1949
呼我盟鷗，翩翩欲下，背人還過木末。 3263
和淚試嚴妝，落梅飛曉霜。 375
和羞走。倚門回首，卻把青梅嗅。 2229
和雲流出空山，甚年年淨洗，花香不了？ 4316
坡謂西湖，正如西子，濃抹淡妝臨鏡臺。 3174
夜久更闌風漸緊，與奴吹散月邊雲，照見負心人。 607
夜山低，晴山近，曉山高。 4548
夜半狂歌悲風起，聽錚錚、陣馬簷間鐵。 3005
夜來小雨新霽，雙燕舞風斜。 2113
夜長爭得薄情知？春初早被相思染。 3245
夜深月過女牆來，傷心東望淮水。 2063
夜深風竹敲秋韻，萬葉千聲皆是恨。 1030
夜寒袖濕欲成冰，都緣珠淚零。 2032

芳草不迷行客路，垂楊只礙離人目。 2991
芳草王孫知何處？唯有楊花糝徑。 2379
芳草有情，夕陽無語，雁橫南浦，人倚西樓。 1837
近來始覺古人書，信著全無是處。 3121
近新來又報胡塵起。絕域張騫歸來未？ 3524
返照迎潮，行雲帶雨，依依似與騷人語。 1721
金谷年年，亂生春色誰為主？餘花落處，滿地和煙雨。 648
金屋無人風竹亂，衣篝盡日水沉微。一春須有憶人時。 1994
金風玉露一相逢，便勝卻人間無數。 1611
金風細細，葉葉梧桐墜。 850
金鉤細，絲綸慢捲，牽動一潭星。 1602
金鎖已沉埋，壯氣蒿萊。 445
金爐應見舊殘煤，莫使恩情容易似寒灰。 2088
長安古道馬遲遲，高柳亂蟬嘶。 728
長安故人問我，道愁腸殢酒只依然。目斷秋霄落雁，醉來時響空弦。 2959
長於春夢幾多時？散似秋雲無覓處。 863
長亭路，年去歲來，應折柔條過千尺。 2059
長恨此身非我有，何時忘卻營營？ 1267
長恨離多會少，重訪問竹西，珠淚盈把。 3295
長風怒捲高浪，飛灑日光寒。 4568
長記平山堂上，欹枕江南煙雨，杳杳沒孤鴻。 1213
長記欲別時，和淚出門相送。 257
長記曾攜手處，千樹壓、西湖寒碧。 3313
長條故惹行客。似牽衣待話，別情無極。 2051
門外猧兒吠，知是蕭郎至。 619
阿嬌初著淡黃衣，倚窗學畫伊。 502
雨自北山明處黑，雲隨白鳥去邊陰。幾多秋思亂鄉心。 4537
雨後卻斜陽，杏花零落香。 136
雨橫風狂三月暮。門掩黃昏，無計留春住。 1053
青山無限好，猶道不如歸。 1821
青山遮不住，畢竟東流去。 2949
青未了、柳回白眼，紅欲斷、杏開素面。 3397
青春半面妝如畫，細雨三更花又飛。 3933
青鳥不傳雲外信，丁香空結雨中愁。 390
青箬笠，綠蓑衣，斜風細雨不須歸。 58

【九畫】

便有團圓意，深深拜，相逢誰在香徑。 4195
便似得班超，封侯萬里，歸計恐遲暮。 1811
便挽取長江入尊罍，澆胸臆。 2334
便做春江都是淚，流不盡，許多愁。 1609
便欲凌空，飄然直上，拂拭山河影。倚風長嘯，夜深霜露淒冷。 3790
便當日親見〈霓裳〉，天上人間夢裡。 4030
信人間自古銷魂處，指紅塵北道，碧波南浦，黃葉西風。 1750
信勞生、空成今古，笑我來、何事愴遺情。 1907
前日神光牛背，今日春風馬耳，因見古人心。一笑青山底，未受二毛侵。 4564
前度劉郎，幾許風流地，花也應悲。但茫茫暮靄，目斷武陵溪，往事難追。 2529
前度劉郎重到，訪鄰尋里，同時歌舞，唯有舊家秋娘，聲價如故。 1945
南朝千古傷心事，猶唱後庭花。舊時王謝，堂前燕子，飛向誰家？ 4477

南樓不恨吹橫笛，恨曉風、千里關山。 3909

卻是池荷跳雨，散了真珠還聚。聚作水銀窩，瀉清波。 2674

卻笑東風從此，便熏梅染柳，更沒些閒。閒時又來鏡裡，轉變朱顏。 3079

卻將萬字平戎策，換得東家種樹書。 3111

卻傍金籠共鸚鵡，念粉郎言語。 676

卻羨彩鴛三十六，孤鸞還一隻。 293

咫尺畫堂深似海，憶來唯把舊書看。幾時攜手入長安。 178

哀音似訴。正思婦無眠，起尋機杼。 3266

哀箏一弄湘江曲，聲聲寫盡湘波綠。 1131

垂下簾櫳，雙燕歸來細雨中。 990

垂柳不縈裙帶住，謾長是、繫行舟。 3941

垂楊只解惹春風，何曾繫得行人住！ 877

城上風光鶯語亂，城下煙波春拍岸。 653

城中桃李愁風雨，春在溪頭薺菜花。 3025

客裡相逢，籬角黃昏，無言自倚修竹。 3313

客裡看春多草草，總被詩愁分了。 4389

客路那知歲序移，忽驚春到小桃枝。 2337

宣和舊日，臨安南渡，芳景猶自如故。緗帙流離，風鬟三五，能賦詞最苦。 4034

屏山掩、沉水倦熏，中酒心情怕杯勺。 2415

屏掩斷香飛，行雲山外歸。 579

屏裡吳山夢自到，驚覺，依然身在江表。 2003

幽恨無人晤語。賴明月、曾知舊遊處，好伴雲來，還將夢去。 1746

幽雲怪雨。翠蓱濕空梁，夜深飛去。 3844

幽懷誰共語，遠目送歸鴻。 4588

待不眨眼兒覷著伊，將眨眼底工夫，剩看幾遍。 1846

待他晴後得君來，無言掩帳羞憔悴。 4022

待把宮眉橫雲樣，描上生綃畫幅。怕不是、新來裝束。 4276

待從頭收拾舊山河，朝天闕！ 2470

待都將許多明，付與金尊，投曉共流霞傾盡。 1824

待葺箇園兒名「佚老」，更作箇亭兒名「亦好」，閒飲酒，醉吟詩。 3018

待歸來，先指花梢教看，卻把心期細問。問因循過了青春，怎生意穩。 2510

後不如今今非昔，兩無言、相對滄浪水。 3945

後回君若重來，不相忘處，把杯酒、澆奴墳土。 3482

後會不知何日又。是男兒，休要鎮長相守。 4060

怎不思量，除夢裡有時曾去。無據。和夢也新來不做。 2211

怎奈向、一縷相思，隔溪山不斷。 2066

怎知人、一點新愁，寸心萬里。 3780

怎得東君長為主，把綠鬢朱顏，一時留住？ 4451

怎得青鸞翼，飛歸教見憔悴。 1962

怒髮衝冠，憑欄處、瀟瀟雨歇。 2470

怒濤漸息，樵風乍起，更聞商旅相呼，片帆高舉。 741

怨月恨花煩惱，不是不曾經著。這情味，望一成消減，新來還惡。 2096

恨入四絃人欲老，夢尋千驛意難通。當時何似莫匆匆。 3250

恨共春蕪長。 559

恨西風不庇寒蟬，便掃盡、一林殘葉。謝楊柳多情，還有綠陰時節。 4372

恨君不似江樓月，南北東西。南北東西，只有相隨無別離。 2318

恨君卻似江樓月，暫滿還虧。暫滿還虧，待得團圓是幾時？ 2318

恨牡丹笑我倚東風，頭如雪。 2986
恨芳菲世界，遊人未賞，都付與、鶯和燕。 2853
恨被榆錢，買斷兩眉長鬥。 1460
恨無人與說相思，近日帶圍寬盡。 2510
恨登山臨水，手寄七弦桐，目送歸鴻。 1785
恨黑風、吹雨濕霓裳，歌聲歇。 4162
恨灞陵醉尉，匆匆未識，桃李無言。 3047
指冷玉笙寒，吹徹〈小梅〉春透。 4448
指神京，非霧非煙深處。 762
指點牡丹初綻朵，日高猶自憑朱欄，含顰不語恨春殘。 172
故山夜永。試待他、窺戶端正。看雲外山河，還老盡、桂花影。 4195
故山知好在，孤客自悲涼。 1261
故苑荒涼悲舊賞，悵寒蕪衰草隋宮路。 3985
故國山川，故園心眼，還似王粲登樓。 4100
故國如塵，故人如夢，登高還懶。 4236
故鄉何處是，忘了除非醉。 2255
故園信息，愛渠入眼南山碧。念上國，誰是、膾鱸江漢未歸客。 3430
斫去桂婆娑，人道是清光更多。 3085
春已歸來，看美人頭上，裊裊春幡。 3079
春日宴，綠酒一杯歌一遍，再拜陳三願。 367
春水碧於天，畫船聽雨眠。 183
春且住。見說道、天涯芳草無歸路。 2894
春去，最誰苦？但箭雁沉邊，梁燕無主，杜鵑聲裡長門暮。 4025
春去也，飛紅萬點愁如海。 1620
春去春來，潮生潮落，幾度斜陽人倚樓。 3714
春未透，花枝瘦，正是愁時候。 1480
春未綠，鬢先絲，人間別久不成悲。 3242
春光還與美人同：論心空眷眷，分袂卻匆匆。 2590
春如舊，人空瘦。淚痕紅浥鮫綃透。 2594
春色三分，二分塵土，一分流水。 1198
春到南樓雪盡，驚動燈期花信。小雨一番寒，倚闌杆。 2111
春花秋月何時了，往事知多少？ 402
春恨悄。天涯暮雲殘照。 4097
春風吹碧，春雲映綠，曉夢入芳裀。軟襯飛花，遠隨流水，一望隔香塵。 3501
春婉娩，客飄零，殘花殘酒片時清。 2662
春無蹤跡誰知？除非問取黃鸝。百囀無人能解，因風飛過薔薇。 1490
春愁南陌，故國音書隔。 207
春意看花難，西風留舊寒。 2257
春夢人間須斷。但怪得當年，夢緣能短！ 3915
春慵恰似春塘水，一片縠紋愁。溶溶泄泄，東風無力，欲皺還休。 2667
春歸何處？寂寞無行路。若有人知春去處，喚取歸來同住。 1490
昨日春如十三女兒學繡，一枝枝不教花瘦。 3069
昨夜西風凋碧樹，獨上高樓，望盡天涯路。 847
昨夜更闌酒醒，春愁過卻病。 384
昨夜松邊醉倒，問松「我醉何如」。只疑松動要來扶，以手推松曰：「去！」 3121
昨夜雨疏風驟，濃睡不消殘酒。 2252
昨宵裡恁和衣睡，今宵裡又恁和衣睡。 695
昭君不慣胡沙遠，但暗憶、江南江北。想珮環、月夜歸

來，化作此花幽獨。 3313
是天外空汗漫，但長風浩浩送中秋？ 3044
是他春帶愁來，春歸何處？卻不解帶將愁去。 2962
是別有人間，那邊纔見，光影東頭？ 3044
是處紅衰翠減，苒苒物華休。唯有長江水，無語東流。 758
是醉魂醒處，畫橋第二，奩月初三。 4063
柔櫓不施停卻棹——是船行。 603
柳下桃蹊，亂分春色到人家。 1583
柳下繫船猶未穩，能幾日，又中秋。 3187
柳外重重疊疊山，遮不斷、愁來路。 1895
柳外輕雷池上雨，雨聲滴碎荷聲。 1034
柳徑無人，墮絮飛無影。 820
柳陰曲，是兒家。門前紅杏花。 799
柳絲長，春雨細，花外漏聲迢遞。 141
洛浦夢回留珮客，秦樓聲斷吹簫侶。 3542
洛陽城裡春光好，洛陽才子他鄉老。 190
洞庭青草，近中秋、更無一點風色。 2708
流水泠泠，斷橋橫路梅枝亞。雪花飛下，渾似江南畫。 2456
流水落花春去也，天上人間。 448
流光容易把人拋，紅了櫻桃，綠了芭蕉。 4295
流浪征驂北道，客檣南浦。 1746
為大喬能撥春風，小喬妙移箏，雁啼秋水。 3302
為君沉醉又何妨，祇怕酒醒時候斷人腸。 1648
為君持酒勸斜陽，且向花間留晚照。 909
為迴風、起舞尊前，盡化作、斷霞千縷。 4357
為問暗香閒豔，也相思萬點付啼痕。 2459
為問頻相見，何似長相守？ 1556
為報今年春色好，花光月影宜相照。 2301
為當時曾寫榴裙，傷心紅綃褪萼。 3876
為憐流去落紅香，銜將歸畫梁。 2502
珍重主人心，酒深情亦深。 188
甚美人、忽到窗前，鏡裡好春難折。 4091
甚荒溝、一片淒涼，載情不去載愁去。 4357
甚無情便下得雨僝風僽，向園林鋪作地衣紅縐。 3069
相見爭如不見，有情何似無情。 951
相見處，晚晴天，刺桐花下越臺前。 535
相思一度，穠愁一度。最難忘、遮燈私語。 3410
相思已是不曾閒，又那得功夫咒你。 2645
相思只在：丁香枝上，荳蔻梢頭。 4454
相思本是無憑語，莫向花箋費淚行！ 1110
相思休問定何如。情知春去後，管得落花無？ 1831
相思字，空盈幅；相思意，何時足？ 2991
相思成病底情懷？和煩惱，尋個便，送將來。 1763
相思除是，向醉裡、暫忘卻。 2415
相看只有山如舊。嘆浮雲、本是無心，也成蒼狗。 4280
相留相送，時見雙燕語風檣。 3670
相將共、歲寒伴侶，小窗淨、沉煙熏翠袂。 4115
相將見、脆丸薦酒，人正在、空江煙浪裡。 2044
相將羈思亂如雲，又是一窗燈影兩愁人。 2056
相逢一醉是前緣，風雨散、飄然何處？ 1307
相逢不盡平生事，春思入琵琶。 4515
相媚好，白髮誰家翁媼。 2972
相顧無言，唯有淚千行。 1353
看山恰似走來迎。子細看山山不動——是船行。 603
看夜深、竹外橫斜，應妒過雲明滅。 4360
看花南陌醉，駐馬翠樓歌。 3419

看淵明、風流酷似，臥龍諸葛。 2997
看畫城，簇簇酒肆歌樓，奈沒個、巧處安排著我。 3474
看畫船盡入西泠，閒卻半湖春色。 4074
秋千外、芳草連天，誰遣風沙暗南浦？ 4025
秋去又秋來，但黃花、年年如舊。 2462
秋到邊城角聲哀，烽火照高臺。悲歌擊筑，憑高酹酒，此興悠哉！ 2602
秋娘渡與泰娘橋，風又飄飄，雨又蕭蕭。 4295
秋晚蓴鱸江上，夜深兒女燈前。 2959
紅乍笑，綠長顰。與誰同度可憐春？ 3236
紅妝春騎，踏月花影、牙旗穿市。 4030
紅杏枝頭春意鬧。 909
紅杏香中簫鼓，綠楊影裡秋千。 3384
紅酥手，黃縢酒。滿城春色宮牆柳。 2594
紅腮隱出枕函花，有些些。 496
紅箋小字，說盡平生意。 853
紅樓別夜堪惆悵，香燈半捲流蘇帳。 181
紅樓歸晚，看足柳昏花暝。 3391
紅蓮相倚渾如醉，白鳥無言定自愁。 2940
紅蓼一灣紋纈亂，白魚雙尾玉刀明，夜涼船影浸疏星。 2721
紅燭自憐無好計，夜寒空替人垂淚。 1097
紅燭背，繡簾垂，夢長君不知。 141
紅糝鋪地，門外荊桃如菽。夜遊共誰秉燭？ 2041
美人不用斂蛾眉，我亦多情無奈酒闌時。 1915
美酒清歌，留連不住，月隨人千里。 1373
胡未滅，鬢先秋，淚空流。此生誰料，心在天山，身老滄洲。 2630
苔枝綴玉，有翠禽小小，枝上同宿。 3313
苟富貴、無相忘，若相忘，有如此酒！ 4060
若有知音見採，不辭遍唱陽春。 888
若到江南趕上春，千萬和春住。 1176
若是前生未有緣，待重結、來生願。 2386
若耶溪，溪水西。柳堤，不聞郎馬嘶。 167
若問閒情都幾許？一川煙草，滿城風絮，梅子黃時雨！ 1738
若得山花插滿頭，莫問奴歸處。 2683
若教眼底無離恨，不信人間有白頭。 2932
若對黃花孤負酒，怕黃花、也笑人岑寂。 3602
茅簷人靜，蓬窗燈暗，春晚連江風雨。 2627
茅簷低小，溪上青青草。醉裡吳音 2972
要來小酌便來休，未必明朝風不起。 2240
郎如陌上塵，妾似堤邊絮。相見兩悠揚，蹤跡無尋處。 2477
郎笑藕絲長，長絲藕笑郎。 1389
重來故人不見，但依然、楊柳小樓東。記得同題粉壁，而今壁破無蹤。 3479
重到故鄉交舊少，淒涼，卻恐他鄉勝故鄉。 2575
重門不鎖相思夢，隨意繞天涯。 1689
重過閶門萬事非，同來何事不同歸？ 1692
重認取、流水荒溝，怕猶有、寄情芳語。 4203
重頭歌韻響錚鏦，入破舞腰紅亂旋。 866
韋郎去也，怎忘得玉環分付。第一是早早歸來，怕紅萼無人為主。 3308
風乍起，吹皺一池春水。 353
風光又能幾？減芳菲、都在賣花聲裡。 3780
風老鶯雛，雨肥梅子，午陰嘉樹清圓。 2000
風和雪，江山如舊，朝京人絕。 4001
風花飛有態，煙絮墜無痕。 1565

風前橫笛斜吹雨，醉裡簪花倒著冠。 1492
風清月白偏宜夜，一片瓊田，誰羨驂鸞，人在舟中便是仙。 993
風悲畫角，聽單于三弄落譙門。 2459
飛去飛來雙語燕，消息知郎近遠。 4609
飛紅若到西湖底，攪翠瀾、總是愁魚。 3906
飛絮落花，時節近清明。 498
飛絮遊絲無定。 951
飛鴻過也，萬結愁腸無晝夜。漸近燕山，回首鄉關歸路難。 2363
香心靜，波心冷，琴心怨，客心驚。 3492
香冷金猊，被翻紅浪，起來慵自梳頭。 2262
香雲低處有高樓，可惜高樓不近木蘭舟。 2650
香箋欲寫相思意，相思淚滴香箋字。 4461
香斷燈昏吟未穩，淒清。只有霜華伴月明。 3771
乘肩爭看小腰身，倦態強隨閒鼓笛。 3862
乘風好去，長空萬里，直下看山河。 3085
倚闌看處背斜陽，風流暗斷腸。 3562
借問孤山林處士，但掉頭、笑指梅花蕊。天下事，可知矣！ 3977
借錢塘潮汐，為君洗盡，岳將軍淚！ 4313
倩何人喚取，紅巾翠袖，搵英雄淚！ 2907
凌波不過橫塘路，但目送、芳塵去。 1738
剔盡寒燈夢不成。 2763
剗地東風欺客夢，一枕雲屏寒怯。 2929
剗襪步香階，手提金縷鞋。 440
原沒春風情性，如何共、海棠說。 3733
夏果收新脆，金丸落，驚飛鳥。 2003
宮裡吳王沉醉，倩五湖倦客，獨釣醒醒。 3918

【十畫】

宴罷又成空，夢迷春雨中。 443
家住江南，又過了、清明寒食。花徑裡、一番風雨，一番狼籍。 2994
家住吳門，久作長安旅。 2009
差池欲住，試入舊巢相並。還相雕梁藻井，又軟語商量不定。 3391
座上琴心，機中錦字，覺最縈懷抱。 2023
庭院深深幾許？楊柳堆煙，簾幕無重數。 1053
弱柳從風疑舉袂，叢蘭裛露似霑巾。 81
恐翠袖、正天寒，猶倚梅花那樹。 4354
恐鳳鞋挑菜歸來，萬一灞橋相見。 3397
恐斷紅尚有相思字，何由見得。 2051
料峭春寒中酒，交加曉夢啼鶯。 3880
料得年年腸斷處：明月夜，短松岡。 1353
時人錯把比嚴光，我自是無名漁父。 2625
時光只解催人老，不信多情，長恨離亭，淚滴春衫酒易醒。 855
時易失，志難成，鬢絲生。平章風月，彈壓江山，別是功名。 2633
書生報國無地，空白九分頭。 2547
桂華流瓦，纖雲散，耿耿素娥欲下。 2037
桃花枝上，啼鶯言語，不肯放人歸。 4409
桃花落，閒池閣。山盟雖在，錦書難託。莫，莫，莫！ 2594
桃溪不作從容住，秋藕絕來無續處。 2077

梳洗罷，獨倚望江樓。 165
殊方路永。更分破秋光，盡成悲境。 3451
殷勤花下同攜手，更盡杯中酒。 1915
殷勤待與東風約：莫苦吹花，何似吹愁卻。 2568
殷勤昨夜三更雨，又得浮生一日涼。 1271
殷勤理舊狂。 1138
浪挾天浮，山邀雲去，銀浦橫空碧。 4326
浮天水送無窮樹，帶雨雲埋一半山。 2935
浮生常客路，事逐孤鴻去。 3777
浮名浮利，虛苦勞神。嘆隙中駒，石中火，夢中身。 1380
浮萍自合無根蒂，楊柳誰教管送迎。 4601
浮雲飛絮，一身將影向瀟湘。 3670
海棠開後，燕子來時，黃昏庭院。 1548
海棠經雨胭脂透。 916
海棠糝徑鋪香繡，依舊成春瘦。 2856
海闊山遙，未知何處是瀟湘！ 749
消息未通何計是，便須佯醉且隨行。依稀聞道「太狂
生」！ 491
消幾番、花落花開，老了玉關豪傑！ 4067
留不得！留得也應無益。 293
留春不住，費盡鶯兒語。 1080
病葉難留，纖柯易老，空憶斜陽身世。 4209
病翼驚秋，枯形閱世，消得斜陽幾度？ 4214
破我一床蝴蝶夢，輸他雙枕鴛鴦睡。 4459
破帽多情卻戀頭。 1290
破暖輕風，弄晴微雨，欲無還有。 1588
祖席離歌，長亭別宴。香塵已隔猶回面。 881
祇知長作碧窗期，誰信東風、吹散彩雲飛。 358

秦娥夢斷秦樓月。 51
笑相遇，似覺瓊枝玉樹相倚，暖日明霞光爛。 2066
笑富貴千鈞如髮。 3001
笑綠鬟鄰女，倚窗猶唱，夕陽西下。 4283
粉痕銷淡錦書稀。怕見山南山北子規啼。 3764
粉蝶兒、守定落花不去，濕重尋香兩翅。 3780
粉牆低，梅花照眼，依然舊風味。 2044
紗窗外、斜風細雨，一陣輕寒。 3047
素月分輝，明河共影，表裡俱澄澈。悠然心會，妙處難與
君說。 2708
缺月掛疏桐，漏斷人初靜。 1313
能西風老盡，羞趁東風嫁與。 3857
脈脈人千里。念兩處風情，萬重煙水。 701
荀令如今頓老，總忘卻、樽前舊風味。謾惜餘熏，空篝素
被。 4181
草色煙光殘照裡，無言誰會憑欄意。 698
草草展杯觴，對此盈盈女。葉葉紅衣當酒船，細細流霞
舉。 2446
草草興亡休問，功名淚，欲盈掬。 3548
荒橋斷浦，柳陰撐出扁舟小。 4316
衰草愁煙，亂鴉送日，風沙迴旋平野。 3295
衰楊古柳，幾經攀折，憔悴楚宮腰。 732
記小江風月佳時，屢約非煙遊伴。 1794
記小舟夜悄，波明香遠，渾不見、花開處。 4334
記出塞、黃雲堆雪。馬上離愁三萬里，望昭陽宮殿孤鴻
沒，絃解語，恨難說。 3009
記前度、剪燈一笑，再相逢、知在那人家？ 4375
記前時送春歸後。把春波都釀作一江醇酎，約清愁楊柳岸

邊相候。 3069
記得太行山百萬，曾入宗爺駕馭。今把作握蛇騎虎。 3598
記得西樓凝醉眼，昔年風物似如今。只無人與共登臨。 1774
記得那年花下，深夜。初識謝娘時。 205
記得綠羅裙，處處憐芳草。 511
記琅玕、新詩細掐，早陳跡、香痕纖指。怕因循，羅扇恩
疏，又生秋意。 3889
記當日、門掩梨花，剪燈深夜語。 3387
記醉踏南屏，彩扇咽寒蟬，倦夢不知蠻素。 3831
起來獨自繞階行，人悄悄，簾外月朧明。 2468
迴別，帆影滅，江浪如雪。 291
追亡事，今不見；但山川滿目淚沾衣。 2957
追往事，嘆今吾，春風不染白髭鬚。 3111
送春去，春去人間無路。 4025
送春滋味，念遠情懷，分付楊花。 2113
送數聲驚雁，乍離煙水，嘹唳度寒雲。 2459
酒入愁腸，化作相思淚。 662
酒困路長唯欲睡，日高人渴漫思茶。敲門試問野人家。 1433
酒杯深淺去年同。試澆橋下水，今夕到湘中。 2395
酒面撲春風，淚眼零秋雨。過了別離時，還解相思否？ 2477
酒徒一半取封侯，獨去作江邊漁父。 2622
酒濃春入夢，窗破月尋人。 1861
酒醒波遠，政凝想、明璫素襪。如今安在，唯有欄杆，伴
人一霎。 3263
針線閒拈伴伊坐。和我，免使年少光陰虛過。 718
馬上琵琶關塞黑，更長門翠輦辭金闕。看燕燕，送歸妾。 3055
馬上離魂衣上淚。各自個、供憔悴。 2748
馬作的盧飛快，弓如霹靂弦驚。 3107
馬滑霜濃，不如休去，直是少人行。 2026
馬嘶殘雨春蕪濕，倚門立。 477
馬蹄濃露，雞聲淡月，寂歷荒村路。 3643
骨冷肌清偏要月，天寒日暮尤宜竹。 3592
高柳垂陰，老魚吹浪，留我花間住。田田多少，幾回沙際
歸路。 3277
高柳晚蟬，說西風消息。 3321
高峰夢醒雲起，是瘦吟窗底憶君時。 3514
高情已逐曉雲空，不與梨花同夢。 1250

【十一畫】

做冷欺花，將煙困柳，千里偷催春暮。 3387
偶作小紅桃杏色，閒雅，尚餘孤瘦雪霜姿。 1278
偷眼暗形相。不如從嫁與，作鴛鴦。 157
偷彈清淚寄煙波，見江頭故人，為言憔悴如許。 2553
剪不斷，理還亂，是離愁。別是一般滋味在心頭。 412
剪碎惜秋心，更腸斷、珠塵蘚路。 3950
參差煙樹霸陵橋，風物盡前朝。 732
唯有汀邊鷗鷺，不管人間興廢，一抹度青霄。 3686
唯有樓前流水，應念我、終日凝眸。凝眸處，從今又添，
一段新愁。 2262
唯有舊時山共水，依然，暮雨朝雲去不還。 3757
唯是年年飛雁，霜雪知還。 4502
唱得紅梅字字香，柳枝桃葉盡深藏。遏雲聲裡送離觴。 1148
商女篷窗罅，猶唱〈後庭花〉。 1734
問世間、情是何物，直教生死相許？ 4571
問玉堂何似，茅舍疏籬？ 1834

問江南池館有誰來？江南客。 3683
問江路梅花開也未？春到也、須頻寄。人到也、須頻寄。 2748
問君能有幾多愁，恰似一江春水向東流。 402
問東風，先到垂楊，後到梅花？ 4112
問姮娥、於我肯從容，同圓缺。 4165
問春何處，花落鶯無語。 4611
問燕子來時，綠水橋邊路。曾畫樓、見個人人否。 2556
國事如今誰倚仗？衣帶一江而已。便都道、江神堪恃。 3977
國脈微如縷。問長纓何時入手，縛將戎主？ 3608
執手相看淚眼，竟無語凝噎。 684
堂堂劍氣，斗牛空認奇傑。 4134
寂寞憑高念遠，向南樓、一聲歸雁。 2853
寄到玉關應萬里，戍人猶在玉關西。 1698
寄語花神，何似當初莫做春。 4443
寄語薄情郎，粉香和淚泣。 477
寄聲月姊，借我玉鑑此中看。 2694
帳裡鴛鴦交頸情，恨雞聲，天已明。 314
常恨世人新意少，愛說南朝狂客。把破帽、年年拈出。 3602
常記溪亭日暮，沉醉不知歸路。興盡晚回舟，誤入藕花深處。 2250
張緒，歸何暮。半零落依依，斷橋鷗鷺。 4354
彩扇舊題煙雨外，玉簫新譜燕鶯中。欄杆到處是春風。 3752
彩雲散，香塵滅。銅駝恨，那堪說。想男兒慷慨，嚼穿齦血。 4126
徙倚望滄海，天淨水明霞。 1904
從今裊裊盈盈處，誰復端端正正看。 2660
從別後，憶相逢，幾回魂夢與君同？ 1101
悵望關河空弔影，正人間鼻息鳴鼉鼓。誰伴我，醉中舞。 2406

情到不堪言處，分付東流。 1837
情知已被山遮斷，頻倚欄杆不自由。 2932
情寄吳梅香冷，夢隨隴雁霜寒。 3503
情懷漸覺成衰晚，鸞鏡朱顏驚暗換。 653
惜春長怕花開早，何況落紅無數。 2894
捲珠簾、凄然顧影，共伊到明無寐。 1373
採香幽涇鴛鴦睡，誰道湔裙人遠。 4192
接葉巢鶯，平波捲絮，斷橋斜日歸船。能幾番遊？看花又是明年。 4322
斜月照簾帷，憶君和夢稀。 579
斜風細雨不曾晴，倚闌滴盡胭脂淚。 4022
斜陽冉冉春無極。 2059
斜陽外，寒鴉萬點，流水繞孤村。 1595
斜陽映山落，斂餘紅猶戀，孤城欄角。 1971
斜陽獨倚西樓，遙山恰對簾鉤。 853
晚日寒鴉一片愁，柳塘新綠卻溫柔。 2932
晚色一川誰管領，都付雨荷煙柳。 4085
晚來妝面勝荷花。 845
晚來弄水船頭濕，更脫紅裙裹鴨兒。 114
晚來風定釣絲閒，上下是新月。 2177
晚逐香車入鳳城。東風斜揭繡簾輕。 491
望箭波無際。迎風漾日黃雲委。任去遠，中有萬點相思清淚。 1962
望斷江南山色遠，人不見，草連空。 1874
望斷行雲無覓處，夢回明月生南浦。 1882
望斷斜陽人不見，滿袖啼紅。 2360
梁間燕，前社客。似笑我、閉門愁寂。 1958
梅英疏淡，冰澌溶洩，東風暗換年華。 1583

細雨夢回雞塞遠，小樓吹徹玉笙寒。 393

細雨濕流光，芳草年年與恨長。 365

細看來，不是楊花，點點是離人淚。 1199

終日劈桃穰，人在心兒裡。兩朵隔牆花，早晚成連理？ 514

終南山色，不改舊時青；長安道，一回來，須信一回老。 4482

聊對舊節傳杯，塵箋蠹管，斷閡經歲慵賦。 3831

荳蔻梢頭舊恨，十年夢、屈指堪驚。 1640

荷葉荷花何處好？大明湖上新秋。 4591

莫向長亭折柳，正紛紛落葉，同是飄零。 4368

莫把欄杆頻倚，一望幾重煙水。何處是京華，暮雲遮。 2111

莫射南山虎，直覓富民侯。 2921

莫唱江南古調，怨抑難招，楚江沉魄。 3876

莫將社燕笑秋鴻，處處春山翠重。 1511

莫將清淚濕花枝，恐花也、如人瘦。 1998

莫等閒、白了少年頭，空悲切。 2470

莫開簾，怕見飛花，怕聽啼鵑。 4322

莫道不銷魂，簾捲西風，人比黃花瘦。 2282

莫攀我，攀我太心偏。 605

莫聽〈陽關〉牽離緒，拚酩酊花深處。 2533

被惜餘薰，帶驚剩眼。幾許傷春春晚。 1794

許多煩惱，只為當時，一餉留情。 2029

貪看〈六么〉花十八。 1028

貪與蕭郎眉語，不知舞錯〈伊州〉。 3629

軟草平莎過雨新，輕沙走馬路無塵。 1435

這一點閒愁，十年不斷，惱亂春風。 3479

連呼酒，上琴臺去，秋與雲平。 3918

連夜不妨頻夢見，過年唯望得書歸。 1072

連昌約略無多柳，第一是、難聽夜雨。 4354

郴江幸自繞郴山，為誰流下瀟湘去？ 1624

都來此事，眉間心上，無計相迴避。 670

都道晚涼天氣好；有明月，怕登樓。 3941

都道無人愁似我，今夜雪，有梅花，似我愁。 4292

野棠花落，又匆匆過了，清明時節。 2929

雪浪翻空，粉裳縞夜，不成春意。 2048

魚沒浪痕圓，流紅去，翻笑東風難掃。 4316

魚藻池邊射鴨，芙蓉苑裡看花。 71

鳥向平蕪遠近，人隨流水東西。 65

【十二畫】

傍珠簾散漫，垂垂欲下，依前被、風扶起。 1076

剩水殘山無態度，被疏梅料理成風月。 2997

勝絕，愁亦絕。此情誰共説。唯有兩行低雁，知人倚、畫樓月。 2665

啼到春歸無尋處，苦恨芳菲都歇。算未抵、人間離別。 3055

啼鳥還知如許恨，料不啼清淚長啼血。誰共我，醉明月？ 3055

啼猿何必近孤舟，行客自多愁。 525

喚取騎鯨客，撾鼓過銀山。 4568

喚起九歌忠憤，拂拭三閭文字，還與日爭光。 2691

喚起玉人，不管清寒與攀摘。 3313

喚起兩眸清炯炯。淚花落枕紅綿冷。 2072

堤上遊人逐畫船，拍堤春水四垂天。綠楊樓外出秋千。 1041

堪恨西風吹世換，更吹我，落天涯。 4140

堯之都，舜之壤，禹之封。於中應有，一箇半箇恥臣戎！ 2816

報國無門空自怨，濟時有策從誰吐？ 3676

寒光亭下水連天，飛起沙鷗一片。 2725

寒雀滿疏籬，爭抱寒柯看玉蕤。 1287
寒窗夢裡，猶記經行舊時路。 4354
寒機何意待人歸，但寂歷、小窗斜雨。 4017
寒燈不管人離索，照得人來，真個睡不著。 2200
寒聲隱地初聽，中夜入梧桐。 1901
寒蟬淒切。對長亭晚，驟雨初歇。 684
寒蟬鳴處，回首斜陽暮。 2536
尊前一唱〈陽關〉後，別個人人第五程。 2389
尊前誰為唱〈陽關〉，離恨天涯遠。 1548
尊前擬把歸期說，欲語春容先慘咽。 1023
尋思不似鵲橋人，猶自得、一年一度。 3638
尋常相見了，猶道不如初。 1831
尋尋覓覓，冷冷清清，淒淒慘慘戚戚。 2303
幾日行雲何處去？忘卻歸來，不道春將暮。 331
幾回憑雙燕，丁寧深意，往來卻恨重簾礙。 1743
幾度銷凝，滿湖煙月，一汀鷗鷺。 4334
幾番鶯外斜陽，欄杆倚遍，恨楊柳、遮愁不斷。 3746
悶來彈鵲，又攪碎、一簾花影。 2126
惱人風味阿誰知？請君問取南樓月。 2323
揀盡寒枝不肯棲，寂寞沙洲冷。 1313
揉碎花箋，忍寫斷腸句。 3482
換我心，為你心，始知相憶深。 564
揮金陌上郎，化石山頭婦。 1713
敢向青天問明月。算應無恨，安用暫圓還缺？願人長似，月圓時節。 4561
景物關情，川途換目，頓來催老。 2023
最可惜、一片江山，總付與啼鴃。 3299
最妨它、佳約風流，鈿車不到杜陵路。 3387
最是倉皇辭廟日，教坊猶奏別離歌。垂淚對宮娥。 458
最苦夢魂，今宵不到伊行。 1951
最苦潯陽江頭客，畫舸亭亭待發。 3009
最負他、秦鬟妝鏡，好江山、何事此時遊！ 4100
最關情，折盡梅花，難寄相思。 4109
朝朝準擬清明近，料燕翎、須寄銀箋。又爭知、一字相思，不到吟邊。 4226
朝雲暮雨，依舊十二峰前，猿聲到客船。 540
欹枕有時成雨夢，隔簾無處說春心。一從燈夜到如今。 1776
殘日照平蕪，雙雙飛鷓鴣。 537
殘月出門時，美人和淚辭。 181
殘燈孤枕夢，輕浪五更風。 464
殘燈明滅枕頭欹，諳盡孤眠滋味。 670
渭水西風，長安亂葉，空憶詩情宛轉。 2016
渺空煙、四遠是何年，青天墜長星？幻、蒼　雲樹，名娃金屋，殘霸宮城。 3918
湖山經醉慣。漬春衫、啼痕酒痕無限。 3915
湛湛長空黑，更那堪、斜風細雨，亂愁如織。 3602
無人知此意，歌罷滿簾風。 2395
無可奈何花落去，似曾相識燕歸來。 836
無言淚珠零亂，翠袖盡重漬遍；故要得別後思量，歸時覷見。 2223
無言獨上西樓，月如鉤。寂寞梧桐深院鎖清秋。 412
無那！恨薄情一去，音書無個。 718
無那，無那，好個恓惶的我。 2559
無奈夜長人不寐，數聲和月到簾櫳。 436
無奈輕寒著摸人。 2763
無奈歸心，暗隨流水到天涯。 1583

無波真古井，有節是秋筠。 1264
無風水面琉璃滑，不覺船移，微動漣漪，驚起沙禽掠岸飛。 985
無家種竹，猶借竹為名。 4309
無酒無詩情緒，欲梅欲雪天時。 3705
無情不似多情苦，一寸還成千萬縷。 895
無情水都不管，共西風、只管送歸船。 2959
無情汴水自東流，只載一船離恨向西州。 1394
無情畫舸，都不管、煙波隔前浦。等行人、醉擁重衾，載將離恨歸去。 2069
無情燕子，怕春寒、輕失花期。唯是有、南來歸雁，年年長見開時。 1834
無處說相思，背面秋千下。 1118
無寐，無寐，門外馬嘶人起。 1635
無意苦爭春，一任群芳妒。 2604
無端星月浸窗紗，一枝寒影斜。 2783
無端隔水抛蓮子，遙被人知半日羞。 114
無語銷魂，對斜陽衰草淚滿。又西泠殘笛，低送數聲春怨。 4106
無窮無盡是離愁，天涯地角尋思遍。 881
無避秋聲處，愁滿天涯。 4375
琵琶金翠羽，絃上黃鶯語。 181
琵琶流怨，都入相思調。 786
琵琶絃上說相思。當時明月在，曾照彩雲歸。 1090
畫眉未穩。料素娥、猶帶離恨。 4195
畫梁語燕驚殘夢。 480
畫船載取春歸去，餘情付、湖水湖煙。 3384
痛飲休辭今夕永。與君洗盡，滿襟煩暑，別作高寒境。 4518

登樓遙望秦宮殿，茫茫只見雙飛燕。 247
登臨形勝，感傷今古，發揮英氣。 4313
登臨事，更何須惜，吹帽淋衣。 1807
皓月隨人近遠。 2354
皓月瀉寒光，割人腸。 398
短夢依然江表，老淚灑西州。 4330
短籬殘菊一枝黃，正是亂山深處過重陽。 2321
硬語盤空誰來聽？記當時、只有西窗月。 3001
窗外芭蕉窗裡人，分明葉上心頭滴。 4426
窗外芭蕉窗裡燈，此時無限情。 2115
窗間斜月兩眉愁，簾外落花雙淚墮。 868
等多時、春不歸來，到春時欲睡。又說向燈前擁髻，暗滴鮫珠墜。 4030
紫塞月明千里，金甲冷，戍樓寒，夢長安。 485
紫騮認得舊遊蹤，嘶過畫橋東畔路。 1126
絮飛春盡，天遠書沉，日長人瘦。 3539
絲縈寸藕，留連歡事，桃笙平展湘浪影，有昭華穠李冰相倚。 3889
菡萏香銷翠葉殘，西風愁起綠波間。 393
華表月明歸夜鶴，嘆當時、花竹今如此！枝上露，濺清淚。 3945
華堂舊日逢迎。花豔參差，香霧飄零。 2029
萋萋多少江南恨，翻憶翠羅裙。冷落閒門，淒迷古道，煙雨正愁人。 3501
萋萋望極王孫草，認雲中煙樹，鷗外春沙。 4112
著意聞時不肯香，香在無心處。 2109
賀老定場無消息，想沉香亭北繁華歇。彈到此，為嗚咽。 3009
越王宮殿，蘋葉藕花中。 468

【十三畫】

塞門三月猶蕭索，縱有垂楊未覺春。 155
嫁郎如未嫁，長是淒涼夜。情少利心多，郎如年少何！ 3996
微波澄不動，冷浸一天星。 1656
微雨過，小荷翻，榴花開欲燃。 1334
想玉樹凋土，淚盤如露。咸陽送客屢回顧，斜日未能度。 4025
想君思我錦衾寒。 178
想佳人妝樓顒望，誤幾回、天際識歸舟。 758
想佳人花下，對明月春風，恨應同。 540
想東園、桃李自春，小脣秀靨今在否？ 1949
想得此時情切，淚沾紅袖黦。 202
想深閨獨守空床思，但頻占鏡鵲，悔分釵燕，長望書鴻。 1750
想當年，金戈鐵馬，氣吞萬里如虎。 3136
愁一箭風快，半篙波暖，回頭迢遞便數驛，望人在天北。 2059
愁心似醉兼如病，欲語還慵。日暮疏鐘。雙燕歸棲畫閣中。 339
愁來天不管。 2760
愁旋釋，還似織；淚暗拭，又偷滴。 1674
愁痕倚賴西風掃。被西風、翻催鬢鬢，與秋俱老。 4268
愁無際。暮雲過了，秋光老盡，故人千里。竟日空凝睇。 722
愁無際。舊時衣袂，猶有東門淚。 2074
愁損翠黛雙蛾，日日畫欄獨憑。 3391
愁腸已斷無由醉，酒未到，先成淚。 670
愁腸豈異丁香結？ 540
愁腸欲斷。正是青春半。 298
愁與西風應有約，年年同赴清秋。 3421
意長翻恨遊絲短，盡日相思羅帶緩。寶奩明月不欺人，明日歸來君試看。 3559
新月曲如眉，未有團圞意。 514
新來瘦，非干病酒，不是悲秋。 2262
新帖繡羅襦，雙雙金鷓鴣。 117
新酒又添殘酒困，今春不減前春恨。 1683
新筍已成堂下竹，落花都上燕巢泥。忍聽林表杜鵑啼。 1996
新綠小池塘，風簾動、碎影舞斜陽。 1951
新綠乍生時，孤村路，猶憶那回曾到。 4316
新歡不抵舊愁多，倒添了、新愁歸去。 2655
暖雨晴風初破凍。柳眼梅腮，已覺春心動。 2270
暖雪侵梳，晴絲拂領，栽滿愁城深處。 3426
暗想玉容何所似：一枝春雪凍梅花，滿身香霧簇朝霞。 175
暗裡東風，可慣無情，攪碎一簾香月。 4091
暗點檢：離痕歡唾，尚染鮫綃，嚲鳳迷歸，破鸞慵舞。 3883
會挽雕弓如滿月，西北望，射天狼。 1345
楊柳夜寒猶自舞，鴛鴦風急不成眠。 3253
楊柳岸、曉風殘月。 684
楊柳枝，芳菲節。所恨年年贈離別。 55
楓冷吳江，獨客又吟愁句。 4357
楚天千里清秋，水隨天去秋無際。 2907
歲月無多人易老，乾坤雖大愁難著。 3680
歲華晚、漂零漸遠，誰念我、同載五湖舟？ 4100
溪山掩映斜陽裡，樓臺影動鴛鴦起。隔岸兩三家，出牆紅杏花。 1191
溪梅晴照生香，冷蕊數枝爭發。 2419
煙中列岫青無數，雁背夕陽紅欲暮。 2077
煙月不知人事改，夜闌還照深宮。 568
煙水闊。高林弄殘照，晚蜩淒切。 4071
煙雨晚晴天，零落花無語。難話此時心，梁燕雙來去。 400
煙柳畫橋，風簾翠幕，參差十萬人家。 745

煙絡橫林，山沉遠照，邐迤黃昏鐘鼓。 1746
煙暝酒旗斜。但倚樓極目，時見棲鴉。 1583
煙橫水際，映帶幾點歸鴻，東風銷盡龍沙雪。 1791
煙斂寒林簇，畫屏展。天際遙山小，黛眉淺。 764
照花前後鏡，花面交相映。 117
照野霜凝，入河桂濕，一一冰壺相映。 3451
照影摘花花似面。芳心只共絲爭亂。 1017
當年不肯嫁春風，無端卻被秋風誤。 1721
當年燕子知何處？但苔深韋曲，草暗斜川。 4322
當時月，照人燭淚，照人梅髮。 4001
當時共我賞花人，點檢如今無一半。 866
當時相候赤欄橋，今日獨尋黃葉路。 2077
當路遊絲縈醉客，隔花啼鳥喚行人，日斜歸去奈何春。 1043
睨柱吞嬴，回旗走懿，千古衝冠髮。 4134
碎挼花打人。 621
禁煙近，觸處浮香秀色相料理。 1962
腰肢漸小，心與楊花共遠。 2442
腸已斷，淚難收，相思重上小紅樓。 2932
腸斷竹馬兒童，空見說、三千樂指。 4030
萬里天河，更須一洗，中原兵馬。 4558
萬里投荒，一身弔影，成何歡意！ 1477
萬里雲帆何時到，送孤鴻、目斷千山阻。 1898
萬里想龍沙，泣孤臣吳越。 2422
萬事到頭都是夢，休休！明日黃花蝶也愁。 1290
萬頃波光，岳陽樓上，一快披襟。 3471
萬點淮峰孤角外，驚下斜陽似綺。 3760
萬騎臨江貔虎噪，千艘列炬魚龍怒。 3464
萬疊城頭哀怨角，吹落霜花滿袖。 4280
落日胡塵未斷，西風塞馬空肥。 2957
落日塞塵起，胡騎獵清秋。漢家組練十萬，列艦聳層樓。 2921
落日楚天無際，憑欄目送飛鴻。 3479
落日樓頭，斷鴻聲裡，江南遊子。把吳鉤看了，欄杆拍遍，無人會、登臨意。 2907
落日繡簾捲，亭下水連空。 1213
落木蕭蕭風似雨，疏欞皎皎月如霜。此時此夜最淒涼。 4506
落花人獨立，微雨燕雙飛。 1090
落花已作風前舞，又送黃昏雨。 1915
落帽孟嘉尋箬笠，休官陶令覓蓑衣。都道不如歸。 2486
落絮無聲春墮淚，行雲有影月含羞。東風臨夜冷於秋。 3860
落落東南牆一角，誰護山河萬里！問人在、玉關歸未？ 3760
葉上初陽乾宿雨，水面清圓，一一風荷舉。 2009
蛾兒雪柳黃金縷，笑語盈盈暗香去。 2965
裊裊水芝紅，脈脈蒹葭浦。淅淅西風淡淡煙，幾點疏疏雨。 2446
解帶翻成結。 1711
解鞍欹枕綠楊橋，杜宇一聲春曉。 1254
試把花卜歸期，才簪又重數。 2962
試挑燈欲寫，還依不忍，箋幅偷和淚捲。 3834
試問夜如何？夜已三更，金波淡，玉繩低轉。 1325
試問捲簾人，卻道「海棠依舊」。 2252
試問鄉關何處是，水雲浩蕩迷南北。但一抹寒青有無中，遙山色。 2334
試問嶺南應不好？卻道，此心安處是吾鄉。 1281
試問謫仙何處？青山外，遠煙碧。 2519
試燈無意思，踏雪沒心情。 2279
賈島形模元自瘦，杜陵言語不妨村。誰解學西崑？ 3477

遇酒且呵呵，人生能幾何。 188
遊女帶香偎伴笑。爭窈窕，競折團荷遮晚照。 530
遊絲有意苦相縈，垂柳無端爭贈別。 1026
運巧思穿針樓上女， 粉面、雲鬟相亞。 710
過沙溪急，霜溪冷，月溪明。 1386
過春社了，度簾幕中間，去年塵冷。 3391
過春風十里，盡薺麥青青。 3305
過盡千帆皆不是，斜暉脈脈水悠悠。腸斷白蘋洲。 165
道是花來春未，道是雪來香異。竹外一枝斜，野人家。 3353
道旁楊柳依依，千絲萬縷，抵不住、一分愁緒。 3482
鉛華不御凌波處，蛾眉淡掃至尊前。 2846
隔江人在雨聲中，晚風菰葉生秋怨。 3930
隔浦相逢，偶然傾蓋，似傳心素。 4334
隔煙催漏金虯咽，羅幃暗淡燈花結。 2654
隔牆送過鞦韆影。 831
零落成泥碾作塵，只有香如故。 2604
靖康恥，猶未雪。臣子恨，何時滅！駕長車，踏破賀蘭山缺。 2470

【十四畫】

嘆冰魂猶在，翠輿難駐，玉簪為誰輕墜。 4263
嘆西園已是花深無地，東風何事又惡？ 1971
團扇，團扇，美人病來遮面。 74
塵染秋衣，誰念西風倦旅。恨無據。悵望極歸舟，天際煙樹。 4103
夢入江南煙水路，行盡江南，不與離人遇。 1099
夢回不見萬瓊妃，見荷花，被風吹。 4304
夢見雖多相見稀，相逢知幾時？ 382
夢怕愁時斷，春從醉裡回。 2121
夢後樓臺高鎖，酒醒簾幕低垂。 1090
夢破鼠窺燈，霜送曉寒侵被。 1635
夢湘雲，吟湘月，弔湘靈。 3492
夢想濃妝碧雲邊，目斷孤帆夕陽裡。 2428
夢裡不知身是客，一晌貪歡。 448
夢魂欲渡蒼茫去，怕夢輕、還被愁遮。 4112
夢魂慣得無拘檢，又踏楊花過謝橋。 1113
夢魂縱有也成虛，那堪和夢無？ 1135
夢斷錦幃空悄悄。強起愁眉小。 316
夢覺半床斜月，小窗風觸鳴琴。 209
嫣然搖動，冷香飛上詩句。 3277
嫩綠重重看得成，曲闌幽檻小紅英。 2662
對月懷歌扇，因風念舞衣。何須惆悵惜芳菲，拚卻一年憔悴待春歸！ 2124
對斜陽衰草淚滿。又西泠殘笛，低送數聲春怨。 4106
對瀟瀟暮雨灑江天，一番洗清秋。 758
屢卜佳期，無憑卻恨金錢。 4226
屢欲傳情，奈燕子、不曾飛去。倚珠簾、詠郎秀句。 3410
慢回嬌眼笑盈盈。 491
暝色入高樓，有人樓上愁。 47
暝堤空，輕把斜陽，總還鷗鷺。 3883
歌扇輕約飛花，蛾眉正奇絕。 3283
滿汀芳草不成歸，日暮；更移舟，向甚處？ 3247
滿目山河空念遠，落花風雨更傷春。不如憐取眼前人。 842
滿地殘陽，翠色和煙老。 922
滿院落花春寂寂，斷腸芳草碧。 215

滿院落花簾不捲，斷腸芳草遠。 2760
滿眼不堪三月暮，舉頭已覺千山綠。 2991
滿眼是相思，無説相思處。 2202
滿眼遊絲兼落絮。紅杏開時，一霎清明雨。 334
漁市散，渡船稀，越南雲樹望中微。 533
漠漠輕寒上小樓，曉陰無賴似窮秋。淡煙流水畫屏幽。 1632
漢苑飄苔，秦陵墜葉，千古淒涼不盡。 4206
漢開邊、功名萬里，甚當時、健者也曾閒？ 3047
漫留遺恨鎖眉峰。自是荷花開較晚，孤負東風。 2360
漫細將、茱萸看，但約明年，翠微高處。 3831
漫道玉為堂，玉堂今夜長。 1085
漫寫羊裙，等新雁來時繫著。怕匆匆、不肯寄與誤後約。 3329
漸行漸遠漸無書，水闊魚沉何處問。 1030
漸夜久、閒引流螢，弄微照素懷，暗呈纖白。 3837
漸新痕懸柳，淡彩穿花，依約破初暝。 4195
漸寫到別來，此情深處，紅箋為無色。 1168
漸霜風淒緊，關河冷落，殘照當樓。 758
瑣窗寒，輕攏慢撚，淚珠盈睫。推手含情還卻手，一抹〈梁州〉哀徹。 3009
瑤草碧，柳芽黃。載將離恨過瀟湘。請君看取東流水，方識人間別意長。 3556
盡吸西江，細斟北斗，萬象為賓客。扣舷獨嘯，不知今夕何夕。 2708
盡做舊愁都忘卻，新愁何處著？ 4526
盡道有些堪恨處，無情，任是無情也動人！ 1629
睡裡銷魂無説處，覺來惆悵銷魂誤。 1099
碧天雲，無定處，空有夢魂來去。夜夜綠窗風雨，斷腸君信否？ 200
碧水黃沙，夢到尋梅處。花無數。問花無語。明月隨人去。 2220
碧袖一聲歌，石城怨、西風隨去。 3423
碧雲天，黃葉地，秋色連波，波上寒煙翠。 662
碧雲日暮無書寄，寥落煙中一雁寒。 2660
算只有并刀，難剪離愁千縷。 3308
算平戎萬里，功名本是，真儒事，公知否？ 2903
算好春長在，好花長見，元只是、人憔悴。 2743
算春常不老，人愁春老，愁只是、人間有。 1814
算得人間天上，唯有兩心同。 725
算等閒、酬一笑，便千金慵覷。 689
綠卷芳洲生杜若，數帆帶雨煙中落。 2412
綠楊芳草長亭路，年少拋人容易去。 895
綠楊芳草幾時休，淚眼愁腸先已斷。 653
綠楊煙外曉寒輕，紅杏枝頭春意鬧。 909
綠樹聽鵜鴂，更那堪、鷓鴣聲住，杜鵑聲切。 3055
綠蕪凋盡臺城路，殊鄉又逢秋晚。 2016
綵扇紅牙今都在，恨無人解聽開元曲。空掩袖，倚寒竹。 4276
綵索身輕長趁燕，紅窗睡重不聞鶯。困人天氣近清明。 1437
翠竹誰家門可款？艤舟閒上斜陽岸。 2561
翠冷紅衰，怕驚起、西池魚躍。 3837
翠尊易泣，紅萼無言耿相憶。 3313
翠綃和淚暗偷封。江南闊，無處覓征鴻。 2844
翠葉吹涼，玉容銷酒，更灑菰蒲雨。 3277
翠黛空留千載恨，教人何處相尋？ 300
聞道中原遺老，常南望、翠葆霓旌。使行人到此，忠憤氣填膺，有淚如傾。 2686

聞道綺陌東頭，行人長見，簾底纖纖月。 2929

與余同是識翁人，唯有西湖波底月！ 1244

舞低楊柳樓心月，歌盡桃花扇底風。 1101

舞榭歌臺，風流總被，雨打風吹去。 3136

舞餘裙帶綠雙垂，酒入香腮紅一抹。 1028

認得醉翁語：「山色有無中。」 1213

誤我殘編，翠囊空嘆夢無準。 4206

誤驚起、風竹敲門，故人還又不至。 3889

說盟說誓，說情說意，動便春愁滿紙。多應念得脫空經，是那個先生教底？ 2645

說劍論詩餘事，醉舞狂歌欲倒，老子頗堪哀。 2917

豪華蕩盡，只有青山如洛。錢塘依舊，潮生潮落。 4146

輕妝照水，纖裳玉立，飄飄似舞。 4334

遙想公瑾當年，小喬初嫁了，雄姿英發。 1232

遠山眉樣認心期，流水車音牽目送。 1753

遠客扁舟臨野渡，思鄉處，潮退水平春色暮。 528

酴醾架上蜂兒鬧，楊柳行間燕子輕。 2662

銀瓶恨沉斷索。嘆梧桐未秋，露井先覺。 3837

銅仙鉛淚似洗，嘆移盤去遠，難貯零露。 4214

銅駝煙雨棲芳草，休向江南問故家。 4391

障泥未解玉驄驕，我欲醉眠芳草。 1254

鳳尾龍香撥，自開元〈霓裳〉曲罷，番風月？ 3009

鳳簫聲動，玉壺光轉，一夜魚龍舞。 2965

【十五畫】

劉郎此日別天仙，登綺席，淚珠滴。十二晚峰青歷歷。 104

嘶騎不來銀燭暗，枉教人、立盡梧桐影。 2379

嬌痴不怕人猜，和衣倒在人懷。 2772

寫不成書，只寄得、相思一點。 4340

寫得家書空滿紙。流清淚，書回已是明年事。 2616

層樓高峙。看檻曲縈紅，簷牙飛翠。人姝麗，粉香吹下，夜寒風細。 3333

廢沼荒丘疇昔，明月清風此夜，人世幾歡哀？ 2914

廢閣先涼，古簾空暮，雁程最嫌風力。 3430

彈到斷腸時，春山眉黛低。 1131

憔悴不知緣底事？遇人推道不宜春。 573

撩亂春愁如柳絮，悠悠夢裡無尋處。 331

數聲新雁，回首杜陵何處。 2577

暮雨乍歇，小楫夜泊，宿葦村山驛。 774

暮雨瀟瀟郎不歸。空房獨守時。 95

樂遊原上清秋節。咸陽古道音塵絕。 51

樓下分流水聲中，有當日憑高淚。 1166

樓下水流何處去，憑欄目送蒼煙暮。 2329

樓外垂楊千萬縷，欲繫青春，少住春還去。 2769

樓兒忒小不藏愁。幾度和雲飛去覓歸舟。 4298

樓空人去，舊遊飛燕能說。 2929

樓前綠暗分攜路，一絲柳，一寸柔情。 3880

樓頭畫角風吹醒，入夜重門靜。那堪更被明月，隔牆送過千影。 831

殢雨尤雲，有萬般千種，相憐相惜。 704

潮候朝昏來去，山色雨晴濃淡，天末送雙眸。 3741

澄明遠水生光，重疊暮山聳翠。 722

稻花香裡說豐年，聽取蛙聲一片。 3031

箭逕酸風射眼，膩水染花腥。時靸雙鴛響，廊葉秋聲。 3918

蝴蝶識人遊冶地，舊曾來處花開未？ 3415

蝸角虛名，蠅頭微利，算來著甚乾忙。 1206

誰向橋邊吹笛，駐馬西望銷魂。 207

誰伴明窗獨坐，和我影兒兩個。燈燼欲眠時，影也把人抛躲。 2559

誰似臨平山上塔，亭亭，迎客西來送客行。 1294

誰見幽人獨往來，縹緲孤鴻影。 1313

誰念客身輕似葉，千里飄零？ 4138

誰知道，斷煙禁夜，滿城似愁風雨！ 4034

誰是中州豪傑，借我五湖舟楫，去作釣魚翁。 2858

誰教歲歲紅蓮夜，兩處沉吟各自知。 3242

誰道人生無再少？門前流水尚能西，休將白髮唱黃雞。 1421

誰道閒情抛棄久？每到春來，惆悵還依舊。 319

賣花擔上，買得一枝春欲放。 2309

賣魚生怕近城門，況肯到紅塵深處？ 2625

輦下風光，山中歲月，海上心情。 4013

醉中不信有啼鵑。江南二十年。 4385

醉別西樓醒不記，春夢秋雲，聚散真容易。 1097

醉困不知醒，欹枕臥江流。 1664

醉拍春衫惜舊香，天將離恨惱疏狂。 1110

醉臥古藤陰下，了不知南北。 1658

醉則從他醉，還勝獨睡時。 619

醉倒山翁，但愁斜照斂。 2016

醉眠小塢黃茅店，夢倚高城赤葉樓。 1863

醉探枵囊毛錐在，問鄰翁、要寫《牛經》否。 4280

醉眼千峰頂上，世間多少秋毫！ 4606

醉眼渺河洛，遺恨夕陽中。 3721

醉裡不辭金盞滿，陽關一曲腸千斷！ 329

醉裡且貪歡笑，要愁那得工夫。 3121

醉裡挑燈看劍，夢回吹角連營。八百里分麾下炙，五十絃翻塞外聲，沙場秋點兵。 3107

醉裡偶搖桂樹，人間喚作涼風。 3627

醉裡插花花莫笑，可憐春似人將老。 2301

醉舞下山去，明月逐人歸。 1470

銷魂，當此際，香囊暗解，羅帶輕分。 1595

閱人多矣，誰得似長亭樹。樹若有情時，不會得青青如此！ 3308

【十六畫】

凝恨對殘暉，憶君君不知。 190

凝淚眼、杳杳神京路。斷鴻聲遠長天暮。 741

凝碧舊池頭，一聽管弦淒切。多少梨園聲在，總不堪華髮。 2526

彊整嬌姿臨寶鏡，小池一朵芙蓉。 546

憑仗西風，吹乾淚眼。 2371

憑仗桃根，說與淒涼意。 2074

憑仗清淮，分明到海，中有相思淚。 1373

憑君莫問，清涇濁渭，去馬來牛。 4604

憑寄離恨重重，這雙燕，何曾會人言語。 2211

憑畫樓，那更天遠，山遠，水遠，人遠！ 2223

憑誰為歌長恨？暗殿鎖、秋燈夜雨。 3840

憑誰問：廉頗老矣，尚能飯否？ 3136

憑欄久，疏煙淡日，寂寞下蕪城。 1605

整整斜斜楊柳陌，疏疏密密杏花村，一番風月更銷魂。 4421

曉色雲開，春隨人意，驟雨才過還晴。 1640

曉來庭院半殘紅，唯有遊絲千丈罥晴空。 1915

曉風乾，淚痕殘。欲箋心事，獨語斜闌。難，難，難！ 2639
曉起理殘妝，整頓教愁去。不合畫春山，依舊留愁住。 2642
樹頭花豔雜嬌雲，樹底人家朱戶。 1158
橋上酸風射眸子。立多時，看黃昏，燈火市。 2034
橋邊曾弄碧蓮花，悄不記、人間今古。 4017
歷歷數、西州更點。 1782
濁酒一杯家萬里，燕然未勒歸無計。 665
濃睡覺來鶯亂語，驚殘好夢無尋處。 334
燈前寫了書無數，算沒箇、人傳與。 1533
燕子不知何世；入尋常巷陌人家，相對如說興亡，斜陽裡。 2063
燕子來時新社，梨花落後清明。 893
燕子銜將春色去，紗窗幾陣黃梅雨。 1882
燕子樓中，又挨過、幾番秋色。相思處、青年如夢，乘鸞仙闕。 4124
燕子樓空，佳人何在，空鎖樓中燕。 1376
燕子樓空，暗塵鎖、一床絃索。 1965
燕子歸來依舊忙。憶君王，月破黃昏人斷腸。 1890
燕子歸來愁不語，舊巢無覓處。 3998
燕兵夜娖銀胡　，漢箭朝飛金僕姑。 3111
燕約鶯期，惱芳情、偏在翠深紅隙。 4074
燕雁無心，太湖西畔隨雲去。數峰清苦，商略黃昏雨。 3225
燕燕飛來，問春何在，唯有池塘自碧。 3310
燕燕輕盈，鶯鶯嬌軟。分明又向華胥見。 3245
獨上高樓，望盡天涯路。 847
獨立東風彈淚眼，寄煙波東去。 2556
獨自上層樓，樓外青山遠。望到斜陽欲盡時，不見西飛雁。 2751
獨自下層樓，樓下蛩聲怨。待到黃昏月上時，依舊柔腸斷。 2751
獨自莫憑欄，無限江山。別時容易見時難。流水落花春去也，天上人間。 448
獨行獨坐，獨倡獨酬還獨臥。 2763
獨抱濃愁無好夢，夜闌猶剪燈花弄。 2270
獨倚欄杆凝望遠，一川煙草平如翦。 1869
窺鏡蛾眉淡抹。為容不在貌，獨抱孤潔。 4360
篝燈強把錦書看。人在江南，心在江南。 4441
縛虎手，懸河口，車如雞棲馬如狗。 1727
蕉花露泣愁紅。 493
蕊黃無限當山額，宿妝隱笑紗窗隔。 123
蕭蕭疏雨亂風荷。微雲吹盡散，涼月墮平波。 1913
衡陽猶有雁傳書，郴陽和雁無。 1637
諱愁無奈眉。 4418
諱道相思，偷理綃裙，自驚腰衩。 3403
醒復醉，醉還醒。靈均憔悴可憐生。 4598
險韻詩成，扶頭酒醒，別是閒滋味。 2290
雕欄玉砌，空鎖三十六離宮。 2498
雕欄玉砌應猶在，只是朱顏改。 402
靜聽寒聲斷續，微韻轉、淒咽悲沉。爭求侶，殷勤勸織，促破曉機心。 3164
鴛鴦秋雨半池蓮。分飛苦，紅淚曉風前。 4594
鴛鴦隻影江南岸，腸斷枯荷夜雨聲。 4601
鴛鴦獨宿何曾慣，化作西樓一縷雲。 3236

【十七畫】

應自棲香正穩，便忘了、天涯芳信。 3391
應念嶺表經年，孤光自照，肝膽皆冰雪。 2708
應是星娥嗟久阻，敘舊約、飆輪欲駕。 710
應倚平山欄檻，是醉翁飲處，江雨霏霏。 1807
應笑書生心膽怯，向車中、閉置如新婦。 3598
擬倩東風浣此情，情更濃於酒。 1892
擬歌先斂，欲笑還顰，最斷人腸。 1005
營屯繡錯，山形米聚，喉襟百二秦關。 4511
燭影搖紅，向夜闌，乍酒醒、心情懶。 1548
牆裡鞦韆牆外道，牆外行人，牆裡佳人笑。 1356
簇樂紅妝搖畫舫，問中流、擊楫何人是？千古恨，幾時洗？ 3977
縱使長條似舊垂，也應攀折他人手。 55
縱使相逢應不識，塵滿面，鬢如霜。 1353
縱荳蔻詞工，青樓夢好，難賦深情。 3305
縱隴水秦雲阻歸音，便不許時閒，夢中尋訪？ 2340
縱飄零，滿院楊花，猶是春前。 4226
縹鳳不來遊，臺空江自流。 2480
繁華一瞬，不堪思憶。 2504
繁華夢，驚俄頃；佳麗地，指蒼茫。寄一笑、何與興亡！ 1731
臉霞紅印枕。睡覺來、冠兒還是不整。 2510
臨別贈言朋友事，有殷勤、六字君聽取：節飲食，慎言語。 4306
臨斷岸、新綠生時，是落紅、帶愁流處。 3387
舉頭西北浮雲，倚天萬里須長劍。 3023
薔薇謝，歸來一笑。 2023
襄陽古道灞陵橋，詩興與秋高。 4531
豳詩謾與。笑籬落呼燈，世間兒女。 3266
還似舊時遊上苑，車如流水馬如龍。花月正春風。 423
隱映新妝面，臨水岸，春將半，雲日暖，斜橋轉，夾城西。 2529
霜橋月館，水村煙市，總是思君處。 2507
霞珮冷，疊瀾不定，麝靄飛雨，乍濕鮫綃，暗盛紅淚。 3889
鴻雁在雲魚在水，惆悵此情難寄。 853
鵁鶄飛起郡城東，碧江空，半灘風。 487
黛蛾長斂，任是春風吹不展。困倚危樓，過盡飛鴻字字愁。 1614
點點不離楊柳外，聲聲只在芭蕉裡。也不管、滴破故鄉心，愁人耳。 4459

【十八畫】

叢臺歌舞無消息，金尊玉管空陳跡。空陳跡，連天衰草，暮雲凝碧。 2504
斷紅一任風吹起，結習空時不點衣。 3933
斷虹遠飲橫江水，萬山紫翠斜陽裡。 3777
斷虹霽雨，淨秋空，山染修眉新綠。 1466
斷送一生唯有，破除萬事無過。 1507
斷送一生憔悴，能消幾箇黃昏！ 1576
斷無蜂蝶慕幽香，紅衣脫盡芳心苦。 1721
斷腸片片飛紅，都無人管，更誰勸啼鶯聲住？ 2962
斷腸何必更殘陽，極目傷平楚。 2226
斷腸院落，一簾風絮。 1945

羅帳燈昏，哽咽夢中語： 2962

羅帶光銷紋衾疊，連環解，舊香頓歇。怨歌永、瓊壺敲盡缺。 1979

羅帶悔結同心，獨憑朱欄思深。 209

藕花相向野塘中。暗傷亡國，清露泣香紅。 568

藕花菱蔓滿重湖。 468

【十九畫】

鏡中冉冉韶華暮。欲寫幽懷恨無句。 4586

鏡湖元自屬閒人，又何必官家賜與！ 2622

鏡暗妝殘，為誰嬌鬢尚如許。 4214

鏡裡朱顏都變盡，只有丹心難滅。 4121

關河萬里寂無煙，月明空照蘆葦。 3528

難相見，易相別，又是玉樓花似雪。 202

霧失樓臺，月迷津渡，桃源望斷無尋處。 1624

願天上人間，占得歡娛，年年今夜。 710

願身能似月亭亭，千里伴君行。 791

願春暫留，春歸如過翼，一去無跡。 2051

願新春以後，吉吉利利，百事都如意。 2776

【二十畫】

勸君今夜須沉醉，樽前莫話明朝事。 188

勸君莫上最高梯。 1996

勸君莫作獨醒人，爛醉花間應有數。 863

勸我早歸家，綠窗人似花。 181

寶扇重尋明月影，暗塵侵、上有乘鸞女。 1898

寶馬雕車香滿路。 2965

寶瑟泠泠千古調，朱絲弦斷知音少。 2946

寶箏拈得雁難尋，篆香消盡山空冷。 2542

寶髻鬆鬆挽就，鉛華淡淡妝成。 951

寶鏡難尋，碧雲將暮，誰勸杯中綠？江頭風怒，朝來波浪翻屋。 2925

蘆花千里霜月白，傷行色，來朝便是關山隔。 363

蘆葉滿汀洲，寒沙帶淺流。二十年重過南樓。 3187

飄然快拂花梢，翠尾分開紅影。 3391

飄零久，而今何意，醉臥酒壚側。 3258

飄零疏酒盞，離別寬衣帶。 1620

鶩落霜洲，雁橫煙渚，分明畫出秋色。 774

攜盤獨出，空想咸陽，故宮落月。 4222

櫻桃落盡春歸去，蝶翻輕粉雙飛。 421

【二十一畫】

爛嚼紅茸，笑向檀郎唾。 415

蘭露重，柳風斜，滿庭堆落花。 144

鐵馬蒙氈，銀花灑淚，春入愁城。 4013

鐵馬曉嘶營壁冷，樓船夜渡風濤急。 3589

鐵騎無聲望似水。想關河：雁門西，青海際。 2614

露花倒影，煙蕪蘸碧，靈沼波暖。 706

露侵宿酒，疏簾淡月，照人無寐。 3564

露痕輕綴。疑淨洗鉛華，無限佳麗。 2044

露蛩悲、清燈冷屋，翻書愁上鬢毛白。 3430

鶯嘴啄花紅溜，燕尾點波綠皺。 4448

鶯囀上林，魚游春水。 4415

【每日讀詩詞】
唐宋詞鑑賞辭典
別冊

作　　者　施蟄存等
封面設計　陳玟秀
內頁排版　藍天圖物宣字社
業　　務　王綬晨、邱紹溢、郭其彬
編輯企劃　劉文雅
總 編 輯　趙啟麟
發 行 人　蘇拾平

出　　版　啟動文化
台北市 105 松山區復興北路 333 號 11 樓之 4
電話：（02）2718-2001　傳真：（02）2718-1258
Email：onbooks@andbooks.com.tw

發　　行　大雁文化事業股份有限公司
台北市 105 松山區復興北路 333 號 11 樓之 4
24 小時傳真服務（02）2718-1258
Email：andbooks@andbooks.com.tw
劃撥帳號：19983379
戶名：大雁文化事業股份有限公司

初版一刷　2020 年 6 月
定　　價　950 元（第五卷＋別冊不分售）
I S B N　978-986-493-116-3

版權所有・翻印必究 ALL RIGHTS RESERVED 缺頁或破損請寄回更換
歡迎光臨大雁出版基地官網 www.andbooks.com.tw
中文繁體版通過成都天鳶文化傳播有限公司代理，由上海辭書出版社有限公司授予啟動文化・大雁文化事業股份有限公司獨家出版發行，非經書面同意，不得以任何形式複製轉載。